«Es ist merkwürdig, aber
von jedem, der verschwindet,
heißt es, er sei hinterher in
San Francisco gesehen worden.»

Oscar Wilde

Armistead Maupins «Stadtgeschichten» in sechs Bänden

Stadtgeschichten
(rororo 13441)

Mehr Stadtgeschichten
(rororo 13442)

Noch mehr Stadtgeschichten
(rororo 13443)

Tollivers Reisen
(rororo 13444)

Am Busen der Natur
(rororo 13445)

Schluß mit lustig
(rororo 13446)

Armistead Maupin, geboren 1944 in Washington, studierte Englisch an der University of North Carolina und arbeitete als Reporter und für eine Nachrichtenagentur. Er schrieb für Andy Warhols Zeitschrift *Interview*, die *New York Times* und die *Los Angeles Times*. Seine Geschichten aus San Francisco, die «Tales of the City», schrieb er mehrere Jahre lang für den *San Francisco Chronicle*. Armistead Maupin lebt in San Francisco.

Armistead Maupin

Schluß mit lustig

Band 6

Deutsch von Heinz Vrchota

Rowohlt

Veröffentlicht im Rowohlt Taschenbuch Verlag GmbH,
Reinbek bei Hamburg, September 1995

Lektorat Eike Schönfeld, Hamburg
Umschlaggestaltung Walter Hellmann
(Illustration Cathrin Günther)
Satz Garamond und Gill Sans (Monotype Lasercomp),
Libro, Kriftel
Druck und Bindung Clausen & Bosse, Leck
Printed in Germany
1290-ISBN 3 499 13446 2

Piglet sidled up to Pooh from behind.
«Pooh!» he whispered.
«Yes, Piglet?»
«Nothing,» said Piglet, taking Pooh's paw.
«I just wanted to be sure of you.»

Ferkel schlich sich von hinten an Pu heran.
«Pu!» flüsterte es.
«Ja, Ferkel?»
«Nichts», sagte Ferkel und ergriff Pus Pfote.
«Ich wollte nur sicher sein, daß du noch da bist.»

A. A. Milne
The House at Pooh Corner

Für Ian McKellen

Was Hübsches

Brian Hawkins war zu dem Schluß gekommen, daß sich im Gesicht seiner Frau etwas verändert hatte. Etwas an der Mundpartie vielleicht. Ihre tatsächliche Stimmung spiegelte sich immer in den Mundwinkeln wider, und das selbst in Situationen wie der momentanen, wenn ihr das sicher ganz und gar nicht recht war. Er legte den Kopf schräg, bis seine Augen mit den ihren auf gleicher Höhe waren, und schob dann den Kopf leicht nach hinten wie jemand, der ein Gemälde taxiert.

Mein Gott, war sie hübsch! Sie verlieh dem Hübschsein Tiefe, schmückte es mit Ernsthaftigkeit und Entschlossenheit. Aber es zehrte etwas an ihr, nagte an ihr von innen heraus, während sie dasaß, lächelte, nickte und mit sanfter Stimme über die Trauer um ein Haustier sprach.

«Und Fluffy ist...?»

«Ein Spitz», erwiderte der Gast vom Tage, eine dicke, rotgesichtige Matrone wie aus einem Dick-und-Doof-Film.

«Und wann ist Fluffy ... von Ihnen gegangen?»

Die Pause war meisterhaft gesetzt, dachte er. Mary Anns behutsame Suche nach dieser mildernden Umschreibung war je nach Raffinement des jeweiligen Zuschauers entweder bewundernswert taktvoll oder ungeheuer lustig.

«Vor drei Monaten», sagte die Matrone. «Fast schon vier.»

Die arme alte Kuh, dachte Brian. Auf direktem Weg zur Schlachtbank.

«Und Sie haben sich dann entschieden, sie...?»

«Gefriertrocknen zu lassen», sagte die Frau.

«Gefriertrocknen», sagte Mary Ann.

Aus dem Studiopublikum war nervöses Gekicher zu hören. Nervös wohl deswegen, weil Mary Ann ihre respektvolle Mitleidsmiene erst noch ablegen mußte. Seien Sie nett zu der Frau, sagte ihre Miene. Sie ist ein Mensch wie jeder andere auch. Wie üblich wirkte das enorm. Mary Ann wusch ihre Hände immer in Unschuld.

Brians Partner Michael betrat das Büro der Gärtnerei, warf seine Arbeitshandschuhe auf den Tresen und legte Brian den Arm um die Schulter. «Wen hat sie denn heute da?»

«Schau's dir an», sagte Brian und drehte den Ton lauter. Die Frau öffnete gerade einen hölzernen Tragekäfig, der einer Hundehütte nachempfunden war. «Sie ist mein Kind», sagte sie, «mein süßes kleines Baby. Sie war für mich immer mehr als nur ein Hund.»

Michael sah stirnrunzelnd zu. «Was ist *das* denn?»

Die Kamera zeigte Mary Ann kurz in Großaufnahme, als sie die Kicherer mit einem neuerlichen Blick zum Schweigen brachte. Die Frau fuhr mit ihren fleischigen Händen in den Käfig und förderte ihre süße Fluffy zutage, die noch genauso flauschig aussah wie zu Lebzeiten.

«Sie rührt sich ja gar nicht», sagte Michael.

«Sie ist tot», klärte Brian ihn auf. «Gefriergetrocknet.»

Während Michael johlte, drapierte die Frau das steife Tier auf ihrem Schoß und tätschelte sein schneeweißes Fell zurecht. Sie machte auf Brian einen hochgradig verletzbaren Eindruck. Ihre Unterlippe zitterte merklich, als ihre Blicke zwischen dem Publikum und ihrer Inquisitorin hin und her schossen.

«Manche Menschen», sagte Mary Ann sogar noch sanfter als vorhin, «finden das wahrscheinlich . . . ungewöhnlich.»

«Ja.» Die Frau nickte. «Aber sie leistet mir Gesellschaft. Und ich kann sie immer streicheln.» Halbherzig führte sie diese Möglichkeit vor und sah Mary Ann dann mit peinigender Arglosigkeit an. «Möchten Sie auch mal?»

Mary Ann warf blitzschnell einen Blick ins Publikum. Die Kamera zog wie üblich sofort mit. Als Gelächter durch das Studio schallte, streckte Brian den Arm aus und schlug mit dem Handballen auf den Aus-Knopf.

«He», sagte Michael. «Das war doch richtig toll.»

«Sie ist in die Falle gelockt worden», sagte Brian.

«Na und? Wenn man mit einem gefriergetrockneten Hund

im Fernsehen auftritt, dann rechnet man doch mit ein paar Sticheleien.»

«Hast du ihr Gesicht gesehen, Mann? Damit hat sie nicht gerechnet.»

«He, hallo», sagte eine Kundin von der Tür aus.

«Ach ja», stieß Michael hervor. «Haben Sie was Passendes gefunden?»

«Ja. Wenn mir noch jemand beim Einladen helfen könnte...»

Brian sprang auf. «Klar... jederzeit.»

Die Frau ging – nein, sie schritt geschmeidig – durch verschiedene Gänge voller Sträucher und traf ihre Auswahl. Brian spürte, wie er einen Ständer bekam, als er in seinem Overall hinter ihr herging. Später schleppte er die Pflanzkübel mit den Sträuchern ins Büro, wo er ihre Rechnung fertigmachte und die Kübel aufschnitt.

«Wär's das dann?»

Sie gab ihm ihre Visa-Card. «Ja, das wär's wohl.» Ihre Haare waren ziegelrot und glänzten wie Seehundfell. Hinter ihren leuchtenden Augen lauerte etwas, was ihn unwillkürlich daran denken ließ, daß sie vielleicht mehr wollte als nur ein paar Sträucher kaufen.

Ungeschickt nudelte er ihre Karte durch die Maschine.

«Sind Sie schon lange hier?» fragte sie.

«Äh... ich oder die Gärtnerei?»

Um ihren Mund zuckte es. «Sie.»

«Ich glaub, drei Jahre bin ich jetzt hier.»

Sie trommelte mit ihren langen Fingern auf den Tresen. «Ich war früher öfters hier, aber da hieß der Laden noch anders.»

«God's Green Earth.»

«Stimmt, genau.» Sie lächelte. «Plant Parenthood find ich aber besser.»

«Ja, ich auch.»

Er griff nach dem Beleg und legte ihn ihr mitsamt einem Kugelschreiber hin. Sie unterschrieb schwungvoll, riß dann das Kohlepapier in akkurate rechteckige Schnipsel und lächelte ihn dabei die ganze Zeit süffisant an. «Nicht, daß ich einem Typen wie Ihnen nicht trauen würde», sagte sie.

Er spürte, wie er rot anlief. *Du hirnverbrannter Idiot. Hast du denn schon alles verlernt?*

«Meinen Sie, ich könnte ihre Muskeln mal auf die Probe stellen?»

«Was? Ach so . . . klar.»

«Mein Wagen steht ein Stück die Straße runter.»

Er deutete auf die Pflanzkübel. «Wär's das dann?» Natürlich war's das, du Arschloch. Du hast doch grad die Rechnung ausgestellt, oder?

«Das wär's.» Sie befeuchtete ihre Lippen mit der Präzision einer Katze, berührte mit der Zungenspitze nur die Mundwinkel.

Er hatte gerade zwei Pflanzkübel gepackt, als Polly ins Büro gestürmt kam. «Soll ich dir helfen?»

«Ist nicht nötig», sagte er.

«Echt nicht?»

«Nein.»

Seine Angestellte strich um die Sträucher herum, als müßte sie sich erst noch selbst ein Bild von der Situation machen. «Du schaffst aber keine drei.»

«Wer sagt das?»

Polly lächelte ihn mit zusammengekniffenen Augen an und machte mit der Hand einen kleinen, gezierten Schlenker, als wollte sie sagen: Sie gehört ganz allein dir, du Gierschlund. Polly war jung genug, um seine Tochter zu sein, aber in bezug auf Sex legte sie immer wieder eine beachtliche Intuition an den Tag.

Die Frau sah Brian an, dann Polly, dann wieder Brian.

«Okay», sagte er zu Polly. «Hilf mir.»

Polly grinste, daß ihre Sommersprossen tanzten, wuchtete zwei Pflanzkübel hoch und marschierte aus dem Büro. «Wohin damit?»

«Dort hinüber», sagte die Frau. «Zu dem Landrover.»

Polly ging auf dem Bürgersteig voraus. Ihr Top war am Brustbein ganz feucht, und ihre geschmeidigen Armmuskeln wirkten unter der Last wie aus Holz geschnitzt. Hinter ihr schritt, bleich und kühl wie Marmor, die Rothaarige, deren Arsch durch den knielangen weißen Pullover eindrucksvoll zur Geltung kam. Brian bildete mit seinem einen Pflanzkübel die Nachhut und fühlte sich wider besseres Wissen wie kein ganzer Mann.

«Das ist wirklich nett von Ihnen», sagte die Frau.

«Kein Problem», sagte Polly.

«Ganz recht», mischte Brian sich idiotischerweise ein. «Das gehört zum Service.»

Sie zwängten die Pflanzkübel hinten in den Landrover, doch Polly überlegte sich deren genaue Plazierung diesmal entschieden länger als gewöhnlich. «So, das dürfte halten», sagte sie schließlich und gab einem von den Kübeln einen Klaps.

«Danke.» Die Rothaarige lächelte Polly an, kletterte dann hinters Lenkrad und schlug die Tür zu.

«Und denken Sie dran», sagte Brian mit verschwörerisch gesenkter Stimme. «Immer gut feuchthalten. Ich weiß, wir haben grade Wassermangel, aber die Dinger gehen Ihnen ein, wenn Sie das nicht tun.»

«Ich werd sie nachts gießen», sagte sie an beide gerichtet, «wenn die Nachbarn nicht kucken.»

Er lachte. «So ist's recht.»

«Noch mal danke.» Sie ließ den Motor an.

«Netter Wagen», sagte Polly.

Die Rothaarige nickte. «Ja, sie ist ganz okay.» Sie fuhr los und ließ als eine Art Abschiedsgruß kurz ihre Handfläche sehen. Brian und Polly sahen ihr nach, bis sie um die nächste Ecke gebogen war.

«Sie war früher schon mal da», erzählte Polly ihm, als sie zur Gärtnerei zurückgingen.

«Ach ja?»

Sie nickte und kratzte sich einen Erdkrümel von der Wange. «Wenn's nach mir ginge, würd ich ihr die Strumpfhose ja auf der Stelle runterzupfen...»

Brian grinste sie mit einem Seitenblick süffisant an.

«Du doch auch», sagte sie.
«Ach.»
«Na, und ob.»
«In der Not vielleicht.»
Polly lachte glucksend.
«Glaubst du, daß sie auf Frauen steht?» fragte er.
Sie zuckte mit den Schultern. «Vielleicht. Vielleicht auch nicht.»
«Ich würd's ihr zutrauen, daß sie eine von euch ist.»
«Warum?»
Er dachte kurz darüber nach. «Sie hat zum Beispiel ‹sie› gesagt zu ihrem Auto.»
«Hmh?» Polly schnitt eine Grimasse.
«Ihr Auto. Sie hat davon geredet wie von einer Sie.»
«Und du glaubst, das ist so 'ne Art ... ja, was denn eigentlich? So 'ne Art geheimer Lesbencode?»
Er zuckte mit den Schultern.
«Ich nenn mein Auto Dwayne», sagte sie.
Er lächelte, als er sich Polly am Steuer ihres uralten Mustang vorstellte.
«Du bist mir vielleicht einer», sagte sie. «Du versuchst es wohl bei jeder, was?»
«Das mußt ausgerechnet du sagen», antwortete er. «Ich hab gedacht, du hast letzten Monat *die* Frau aufgetan.»
«Nämlich?»
«Was weiß ich. Die, die du im Rawhide II kennengelernt hast.»
Polly verdrehte die Augen.
«Ist es aus mit ihr, hm?»
Keine Antwort.
Brian kicherte.
«Was is?»
«Wie lang hat's denn diesmal gehalten, hm?»
Mit ihren strubbeligen Haaren und dem schuldbewußten Lächeln sah Polly aus, als wäre sie einem Gemälde von Norman Rockwell entstiegen: eine Schulschwänzerin, die man auf frischer Tat am Fischteich ertappt hatte.

«Weißt du», sagte er zu ihr, «du bist schlimmer als alle Männer, die ich kenne.»

«Das kommt» – sie ging direkt neben ihm her und stupste ihn mit ihrem festen kleinen Arsch an –, «weil ich *besser* bin als alle Männer, die du kennst.»

Wenn man Pollys Stichelei einmal beiseite ließ, war er wohl kaum mehr der Schwerenöter von früher. Er war schon seit drei Jahren nicht mehr herumgestreunt, nicht mehr, seit Geordie Davies damals krank geworden war. Ein paar Wochen, bevor Rock Hudson seine Erkrankung bekanntgegeben hatte, war auch bei ihr das Vollbild diagnostiziert worden, sie hatte den Filmstar aber um fast zwei Jahre überlebt und war schließlich im Haus ihrer Schwester irgendwo in Oklahoma in aller Stille gestorben.

Er hatte ihr angeboten, sich selbst um sie zu kümmern – mit Mary Anns Wissen –, aber sie hatte den Gedanken mit einem Lachen abgetan. Das zwischen ihnen sei Lust gewesen, aber keine Liebe, hatte sie ihm erklärt. «Mach nicht was aus uns, was wir nie waren. Wir hatten eine schöne Zeit miteinander, du Streuner. Und jetzt werden deine Dienste nicht mehr gebraucht.»

Als er selbst negativ getestet worden war, hatte ihn eine solche Erleichterung gepackt, daß er sich ins Joch einer geradezu fanatischen Häuslichkeit gespannt hatte. Er holte Spielfilme aus der Videothek, backte Brownies und blieb bei seiner Tochter zu Hause, und das sogar an den Abenden, an denen Mary Ann zu «wichtigen» Parties mußte. Er hatte so gar keine Lust mehr auf die Speichellecker und die Schickis, die um seine berühmte Frau herumschwirrten.

Falls zwischen Mary Ann und ihm etwas verlorengegangen war, dann jedenfalls nichts Aufsehenerregendes, nichts, das er mit Bestimmtheit hätte benennen können. Ihr Liebesleben war immer noch bestens (obwohl es zu den Zeiten, wo die Zuschauerquoten ermittelt wurden, dramatisch abflaute), und sie hatten im Lauf der Zeit zunehmendes Geschick darin entwikkelt, Streitereien aus dem Weg zu gehen.

Manchmal allerdings fragte er sich, ob sie nicht *allzu* behutsam miteinander umgingen, allzu formell und bemüht und künstlich in ihrer Freundlichkeit. Nämlich so, als wäre ihr häusliches Arrangement auch keinen Deut mehr: ein Arrangement eben, das Höflichkeit erforderte, weil ihm das Eigentliche fehlte.

Aber vielleicht stimmte, was Mary Ann oft von ihm sagte, und er übertrieb es mit der Analysiererei wirklich.

Er saß wieder im Büro und aktualisierte am Computer den Arbeitsplan, als Michaels Piepser sich meldete. Er machte die lärmende Plastikscheibe in der Jackentasche seines Partners ausfindig, stellte sie ab und trug sie hinaus ins Gewächshaus, wo Michael auf dem Boden kniete und Sukkulenten eintopfte.

«Oh, danke», sagte er und steckte die Tablettendose ein. «Tut mir leid.»

«He.» Brian zuckte mit den Schultern, weil ihm Michaels Entschuldigung peinlich war. Er hatte den Piepser schon vor langer Zeit als festen Bestandteil auch seines Lebens akzeptiert, obwohl sich das Gepiepse eigentlich an Michael richtete. Alle vier Stunden. «Brauchst du ein bißchen Wasser?» fragte er.

Michael war schon wieder mit dem Eintopfen beschäftigt. «Ich nehm sie gleich.»

Michael weigerte sich in der Regel, den Befehlen des Piepsers sofort zu folgen. Das war seine Art, das giftige Medikament in die Schranken zu weisen.

«Und», fragte Michael, «wer hat sie denn nun abgekriegt von euch beiden?»

Brian tat so, als wüßte er nicht, was Michael meinte.

«Na.» Michael deutete mit dem Kopf zur Tür. «Die Jessica Rabbit von eben.»

«Wer sagt, daß wir uns um sie gestritten haben?»

«Komisch. Ich hätte schwören können, daß es nach Testosteron gerochen hat.»

«Das muß Polly gewesen sein», sagte Brian.

Michael lachte und stieß den Pflanzenheber in die Erde. «Das erzähl ich ihr aber.»

Brian drehte sich um und ging zur Tür. «Nimm deine Tabletten», sagte er.
«Ja, Mutter.»
Gluckend ging er hinaus in die Sonne.

Ein toller Tag

In Mary Anns Schläfe pochte eine Ader ganz erbarmungslos. Sie legte sich auf das Sofa in ihrer Garderobe und schleuderte mit einem Seufzer die Schuhe von den Füßen. Kaum hatte sie das getan, klopfte jemand zaghaft an die Tür.

«Ja?» rief sie tonlos, weil sie ohnehin schon wußte, daß das Raymond war, der unselige neue Assistent, den man ihr für die Zeit zugewiesen hatte, in der Bonnie, ihre eigentliche Assistentin, mit ihrem Freund im Hausboot durch das Mississippidelta gondelte.

Das hatte ihr gerade noch gefehlt. Wieder so ein Einfaltspinsel ohne jede Ahnung vom Fernsehen.

«Mary Ann?»

«Ja, Raymond, kommen Sie rein.»

Die Tür ging einen Spaltbreit auf, und Raymond schlüpfte herein. Er trug ein schenkellanges schwarzes Yamamoto-Hemd, das zwar modisch sein sollte, in Wirklichkeit aber nur dafür sorgte, daß seine Dämlichkeit noch deutlicher zur Geltung kam. «Wenn's grad nicht paßt...»

«Nein, nein», sagte sie und quälte sich ein dünnes Lächeln ab. «Setzen Sie sich nur.»

Er entschied sich für den Hocker am Schminktisch und nestelte an den Zetteln auf seinem Klemmbrett herum. «Interessant, die Sendung.»

Sie stöhnte.

«Wo hat man die Frau denn aufgetan?»

«Wollen Sie mich verarschen? Solche Leute tun *uns* auf. Haben Sie sich mal das Programm von dieser Woche angeschaut? Als wären wir beim Talenteabend im Napa.»

Er verstand offenbar nur Bahnhof, denn er nickte bedächtig.

«Das ist eine Nervenklinik», klärte sie ihn auf. «Nördlich von San Francisco.»

«Aha.»

«Sie sind nicht von hier, wie?»

«Na ja... jetzt schon, aber eigentlich komm ich aus dem Mittleren Westen.»

Nach kurzer Überlegung entschied sie sich, ihm nicht zu erzählen, daß sie aus Cleveland kam. Ihre Beziehung war schließlich rein beruflicher Art, und da waren plumpe Vertraulichkeiten fehl am Platz. Warum sollte sie ihm etwas an die Hand geben, das er später gegen sie verwenden konnte?

«Also», sagte sie, «was haben Sie für mich?»

Würdevoll und mit großer Bedachtsamkeit ging Raymond die Liste auf seinem Klemmbrett durch. Sie hätte genausogut die Namen der bei einem Flugzeugunglück ums Leben Gekommenen enthalten können. «Erstens einmal», sagte er, «will Channel Two Sie für die Jerry-Lewis-Gala nächstes Jahr.»

«Und was heißt das? Daß ich dazu nach Oakland fahren muß?»

Er zuckte mit den Schultern. «Wahrscheinlich.»

«Okay, sagen Sie, daß ich's mache, daß ich aber nicht wieder mit demselben Trottel von Komoderator zusammengespannt werden will wie dieses Jahr. Und auch mit keinem anderen, wenn ich mir's recht überlege. Und sorgen Sie dafür, daß das Ding zu einer akzeptablen Zeit läuft. Also nicht nach Mitternacht oder so.»

«Gebongt.» Er kritzelte wie wild.

«Haben Sie gewußt, daß man ihn in Frankreich richtig toll findet?»

«Wen?»

«Jerry Lewis.»

«Ach so. Ja. Ich hab so was gehört.»

«Das ist ja vielleicht pervers», sagte sie. «Was?»

Raymond schaute sie nur mit großen Augen an und zuckte mit den Schultern.

«Sagen Sie nicht, Sie finden ihn auch toll.»

«Na ja ... ich weiß, daß man sich ziemlich lang lustig gemacht hat über ihn, aber es gibt immer mehr amerikanische Cineasten, die seine frühen Arbeiten ... na ja, wenigstens für vergleichbar halten mit, sagen wir mal, Tati.»

Sie hatte keine Ahnung, was das war, und es interessierte sie auch nicht. «Er hat doch immer viel zuviel Brylcreem in den Haaren, Raymond. Also, wirklich.»

Seine kleinen Äuglein richteten sich wieder entschlossen auf das Klemmbrett. Er fand Mary Ann offenbar total out, weil sie nicht wußte, daß Jerry Lewis wieder angesagt war – unter dämlichen Filmfanatikern jedenfalls. Wenn sie ihm vorhin erzählt hätte, daß sie aus Cleveland war, hätte er das jetzt gegen sie verwendet. Man konnte einfach nicht genug aufpassen.

«Was noch?» fragte sie.

Er schaute nicht auf. «So ein Professor vom City College möchte, daß Sie in seinem Fernsehseminar reden.»

«Tut mir leid. Kann ich nicht.»

«Okay.»

«Wann wäre das? Nein, egal, ich kann nicht. Was noch?»

«Äh ... ein Stammgast aus dem Studiopublikum hätt gern ein Autogrammfoto von Ihnen.»

«Reden Sie mal mit Julie. Wir haben einen ganzen Stapel davon. Fix und fertig unterschrieben.»

«Ich weiß, aber er wünscht sich was Persönliches.» Er reichte ihr das Klemmbrett mit einem Hochglanzfoto drauf. «Ich hab Ihnen ein leeres mitgebracht. Er meint, es ist ihm ganz egal. Wenn's nur was Persönliches ist.»

«Leute gibt's», sagte sie und angelte sich einen Filzstift. «Wie heißt er?»

«Cliff. Er sagt, er kommt schon jahrelang.»

Nach kurzem Nachdenken schrieb sie: *Für Cliff – In Erinnerung an schöne Stunden – Mary Ann.* «Wenn ihm das nicht reicht», sagte sie zu Raymond und gab ihm das Klemmbrett zurück, «hat er halt Pech gehabt. War's das?»

«Das war's.» Er hob die Hände.

«Großartig. Toll. Dann verziehen Sie sich jetzt.» Sie schenkte ihm ein mattes Lächeln, um ihm zu zeigen, daß sie nur scherzte. «Ich glaub, mit dem Thema Prämenstruelles Syndrom bin ich schon 'ne Woche früher dran.»

«Ach so...» Es dauerte seine Zeit, bis er begriffen hatte. «Kann ich Ihnen ein Aspirin oder so was bringen?»

«Nein, danke, Raymond. Es geht schon.»

Er zog sich in Richtung Tür zurück, blieb dann aber stehen. «Ach, stimmt... da hat doch während der Sendung einer für Sie angerufen. Aus New York. Andrews heißt der Kerl.»

«Andrews?»

Er fischte einen rosa Notizzettel aus der Tasche seines Yamamoto-Hemds. «Burke Andrews», las er vor.

«Ach so, *Andrew*. Burke Andrew.»

«Ja. Wahrscheinlich. Tut mir leid.» Er legte den Zettel auf den Schminktisch. «Ich leg ihn hierhin.»

Tausend Möglichkeiten wirbelten ihr wie die Karten auf einem Adressenkarussell durch den Kopf. «Ist es eine New Yorker Nummer?»

Raymond schüttelte den Kopf. «Von hier», sagte er, während er zur Tür hinausschlüpfte. «Sieht sehr nach Hotel aus.»

War das wirklich schon elf Jahre her?

Nach der Aufregung um die Kannibalensekte war er 1977 nach New York gegangen, und sie hatte von da an nichts mehr von ihm gehört, es sei denn, man ließe die Kodak-Weihnachtskarte gelten – so um 1983 war das –, auf der er selbst, seine grinsende, aufgetakelte Frau und die beiden kleinen Racker – ein Mädchen und ein Junge, wie ihr Vater erdbeerblond – irgendwo in Connecticut Girlanden aus Zedernzweigen aufhängten. Sie hatte ihr einen kleinen Stich versetzt, diese Karte, und das, obwohl – oder vielleicht gerade weil – sie damals schon mit Brian verheiratet gewesen war.

Sie hatte Burke ironischerweise auf dem *Love Boat* kennengelernt, und sie war damals augenblicklich angetan gewesen von seinem Colliegesicht, seiner Vornehmheit und seinen unglaublichen Oberschenkeln. Michael Tolliver, der damals mit ihr unterwegs gewesen war, hatte später behauptet, sie habe sich in Wirklichkeit in Burkes Amnesie verknallt: in die verführerische Unberührtheit seines Geistes. Nach ein paar Monaten hatte er seine Erinnerung aber wiedergefunden und war dann fast auf der Stelle nach New York gezogen. Er hatte sie natürlich gebeten, mit ihm mitzukommen, doch sie hatte ihr Leben in San Francisco viel zu sehr genossen, um einen Weggang ernsthaft in Erwägung zu ziehen.

Ab dem Moment hatte sich ihr Interesse an ihm auf das rein Berufliche beschränkt. Sie hatte seinen für immer größeres Renommee stehenden Namen durch eine Reihe von Hochglanzzeitschriften wandern sehen – *New York*, wo er angefangen hatte, *Esquire*, eine Medienkolumne in *Manhattan, inc.* – und dann durch das Fernsehen, wo er zuletzt als Producer für Bewegung gesorgt hatte.

Sie hatte sich oft gefragt, warum er nie versucht hatte, sich mit ihr in Verbindung zu setzen. Abgesehen von ihrer kurzen Romanze hatten sie, wenn schon nichts anderes, so doch eine gewisse Medienpräsenz gemein. Klar, sie war keine nationale Berühmtheit im engeren Sinn, aber man hatte sie in *Entertainment Tonight* mit einem Filmporträt gewürdigt, und jedem, der nach San Francisco kam, mußte ihr Gesicht im Fernsehen oder eigentlich auch schon auf den Reklametafeln an den Bussen auffallen.

Na ja. Sie hatte das komische Gefühl, daß er drauf und dran war, für Wiedergutmachung zu sorgen.

Wie sich herausstellte, wohnte er im Stanford Court. Die Zentrale stellte sie in sein Zimmer durch.

«Ja», blaffte er schon nach dem ersten Klingeln in den Hörer.

«Burke?»

«Ja.»

«Ich bin's, Mary Ann. Singleton.»

«Ach, hallo! Tut mir leid... Ich hab geglaubt, du bist der Zimmerservice. Der bringt dauernd meine Bestellung durcheinander und fragt auch noch jedesmal nach. Wie geht's dir? Mann, es ist toll, deine Stimme zu hören!»

«Tja», sagte sie einfallslos, «find ich auch.»

«Das ist ja vielleicht lange her.»

«Aber wirklich.»

Nach einer deutlichen Pause sagte er: «Ich ... äh ... ich hab da nämlich ein Problem. Und ich hab mich gefragt, ob du mir vielleicht helfen kannst.»

Ihr erster Gedanke, den sie aber gleich wieder verwarf, war der, daß seine Amnesie wiedergekommen war. «Klar», sagte sie in bemühtem Ton. «Ich tu, was ich kann.» Es war ein schönes Gefühl, daß sie ihm noch immer von Nutzen sein konnte.

«Ich hab da diesen Affen», sagte er.

«Wie bitte?»

«Ich hab da diese Affendame. Das heißt, eigentlich war sie mehr eine Freundin als ein Affe. Sie ist heute vormittag gestorben, und da hab ich mich gefragt, ob du das vielleicht regeln könntest, daß man sie mir gefriertrocknet.»

Sie verstand endlich, sammelte sich kurz und sagte: «Du Arschloch.»

Er keckerte wie ein Fünftkläßler, der ihr gerade einen Salamander ins Kleid gesteckt hatte.

«O Gott», sagte sie. «Ich hab dich wirklich mit einem toten Affen vor Augen gehabt.»

Er lachte erneut. «Da hab ich schon Schlimmeres erlebt.»

«Ja», sagte sie voll Mitgefühl. «Ich erinnere mich.»

Sie war jetzt verlegen, aber das aus Gründen, die aufwühlender waren als sein dummer kleiner Witz. Warum hatte es unter all den Sendungen, die er hätte sehen können, ausgerechnet die sein müssen? Wenn er eine Woche früher gekommen wäre, hätte er unter Umständen ihr Interview mit Kitty Dukakis erwischt oder, wenn schon nicht das, dann die Sendung über den Plötzlichen Kindstod, die enorme Einschaltquoten gehabt hatte. Aber, worüber machte er sich eigentlich lustig? Über gefriergetrocknete Hunde oder darüber, daß sie sich im Fernsehen einen Namen gemacht hatte?

«Mensch, wie geht's dir?» fragte er.

«Hervorragend. Und was treibt dich hierher?»

«Tja ...» Er schien zu zögern. «In erster Linie der Beruf.»

«Eine Story oder so?» Sie hoffte inbrünstig, daß es nicht um Aids ging. Sie hatte es langsam satt, Journalisten von außerhalb über die Seuche aufzuklären, denn die kamen größtenteils mit der Erwartung angereist, auf die schwelenden Ruinen von Sodom zu stoßen.

«Es ist ein bißchen kompliziert», sagte er zu ihr.

«Okay», erwiderte sie, was soviel hieß wie: Vergiß, daß ich gefragt habe.

«Ich würd es dir aber gern erzählen. Hast du morgen mittag schon was vor?»

«Äh ... bleib mal dran, ja?» Sie drückte auf die Stummschaltetaste und wartete eine gute halbe Minute, bevor sie wieder mit ihm sprach: «Nein, Burke, morgen mittag paßt es gut.»

«Toll.»

«Wo sollen wir uns treffen?»

«Tja», sagte er, «wenn du das Lokal aussuchst, setzen wir die Rechnung auf meine Gold Card.»

«Aber nur, wenn du sie auch absetzen kannst.»

«Klar doch», sagte er.

Sie überlegte kurz. «Es gibt da ein neues Lokal in der Innenstadt. So eine aufgeschickte Absackerkneipe.»

«Okay.» Er hörte sich skeptisch an.

«Der Laden ist momentan ziemlich in. Grade unter Journalisten.»

«Doch, gehen wir hin. Ich kann mich wahrscheinlich auf dich verlassen.»

Sie wußte nicht so recht, wie sie das verstehen sollte, und ließ es deshalb unkommentiert. «Der Laden heißt D'orothea's, und er ist an der Ecke Jones und Sutter.»

«Verstanden. Jones und Sutter. D'orothea's. Wann?»

«Um eins?»

«Toll. Ich kann's kaum erwarten.»

«Ich auch nicht», sagte sie. «Tschüs.»

Sie legte auf, streckte sich auf ihrer Chaiselongue wieder lang hin und stellte zu ihrer Verwunderung fest, daß ihre Kopfschmerzen weg waren.

Der Rest des Nachmittags ging mit Redaktionskonferenzen und einer typisch albernen Geburtstagsparty für einen der langgedienten Kameramänner des Senders drauf. Kurz vor drei verließ sie das Gebäude in aller Eile und ein bißchen später als normal und fuhr zur Schule ihrer Tochter in Pacific Heights.

Die Presidio Hill war eine teure «Alternativ»-Einrichtung, die besonderen Wert auf künstlerische Förderung und auf Einzelbetreuung legte. Mit fünf war Shawna das jüngste Kind in Ann's Class (sie hieß immer nur so und nie Kindergarten), und zu ihrer Gruppe gehörten unter anderem die Tochter eines gefeierten Rockstars und der Sohn eines berühmten *Playboy*-Interviewers.

Die Erwachsenen waren «dringend aufgefordert», sich am Schulalltag zu beteiligen, und deshalb konnte man die Freundin des Rockstars jeden zweiten Mittwoch dabei antreffen, wie sie in der Presidio Hill für die Kinder Würstchen im Speckmantel machte. Mary Ann war selbst ein-, zweimal zu solchen Arbeiten dienstverpflichtet worden, obwohl ihr die vorausgehende Einschüchterung abgrundtief zuwider war. Für fünf Riesen im Jahr konnte die Schule wirklich ihre eigenen Würstchenbrater einstellen.

Als sie vor dem schlichten Redwoodgebäude eintraf, herrschte das übliche Schulschlußchaos. Voyagers, Audis und noch nicht sehr betagte Hippiebullis standen in zweiter und sogar dritter Reihe auf der Washington Street, während ganze Haufen von Erwachsenen miteinander plauderten und ihr Interesse an den künstlerischen Werken ihrer Nachkommenschaft bekundeten.

Sie versuchte, Shawna in der Menge ausfindig zu machen. Das war kein sehr leichtes Unterfangen, denn Brian zog das Kind an und lieferte es ab, und Mary Ann wußte nie, was Shawna anhatte. Angestachelt von der Schulpolitik, kreative Kleidung zu fördern, hatte Shawna in der letzten Zeit ein schauerliches Modebekenntnis nach dem anderen abgelegt. So wie am Vortag, an dem sie knöchelhohe Reeboks mit einem Tutu und Leggings kombiniert hatte.

«Mom», rief eine schrille Stimme von vielen. Es war Shawna, die in ihrem volantbesetzten roten Kleid mit den großen Minnie-Mouse-Tupfen auf das Auto zugehüpft kam. Mary Ann war mit diesem Aufzug ganz einverstanden, weshalb sie sich schon etwas entspannte, als ihr der Rest ins Auge stach: die Perlenkette, der Lippenstift, der türkisfarbene Lidschatten.

«Hallo, Puppy», rief sie zurück und fragte sich gleichzeitig, ob Brian, eine Lehrerin oder Shawna selbst für diese neueste Scheußlichkeit verantwortlich waren. Sie stieß die Autotür auf und schaute nervös zu, wie ihre Tochter vom Gehweg auf die Straße stieg. Gleich neben ihr stand direkt am Gehweg ein Yellow Cab mit dem Fahrer am Steuer. Ein kleines Mädchen kletterte auf den Beifahrersitz. Das roch irgendwie nach elterlicher Vernachlässigung, und Mary Ann beobachtete die Szene mit einem Gefühl, das schon an Empörung grenzte.

«Das ist ihr Dad», sagte Shawna, während sie auf den Sitz hochhoppelte.

«Wer?»

«Aaaach! Der Kerl dort drüben! Der Taxifahrer.» Das Kind wurde mit jedem Tag klugscheißerischer. Mary Ann warf Shawna einen drohenden Blick zu. Als sie wieder zu dem Taxifahrer hinüberäugte, strahlte der sie wissend an, von Vater zu Mutter sozusagen, und sie war unwillkürlich beeindruckt. Wie viele Flughafentouren mußte er wohl fahren, um sich diesen besseren Babysitterservice leisten zu können?

«Er heißt George», sagte Shawna.

«Woher weißt du das denn?»

«Solange hat's mir erzählt.»

«Solange sagt George zu ihm? Statt Daddy, meinst du?»

Shawna verdrehte die Augen. «Das machen viele Kinder.»

«Tja, aber du nicht. Schnall dich an, Puppy.» Ihre Tochter gehorchte, machte aber eine atemberaubende Inszenierung daraus. Dann sagte sie: «Ich sag jetzt Mary Ann zu dir.»

Es war deutlich, daß Shawna ihr damit den Fehdehandschuh hinwarf; sie entschied sich, ihn nicht aufzunehmen. «Klar», sagte sie und fuhr los.

«Ich tu's.»

«Mhm.»

«Beim Großen Kreis hab ich heute schon so zu dir gesagt.»

Mary Ann warf ihr einen kurzen Blick zu. «Du hast beim Großen Kreis über mich geredet?» Warum war ihr das nur so unangenehm? Glaubte sie im Ernst, daß Shawna vor den anderen Kindern über sie herziehen würde?

«Wir haben übers Fernsehen geredet», klärte das Kind sie auf.

«Ach, wirklich?» Jetzt kam sie sich richtig dämlich vor. Shawna hatte den anderen Kindern sicher von ihrer berühmten Mom erzählt.

«Nicholas sagt, Fernsehen ist schlecht für einen.»

«Na ja, zuviel Fernsehen vielleicht. Puppy, hast du heute von Mommy erzählt, als ...?»

«Leg eine Kassette ein», sagte Shawna.

«Shawna ...»

«Mensch, ich will ein bißchen Musik hören.»

«Kannst du auch gleich. Sei nicht so ungeduldig.»

Das Kind kippte blödiehaft den Kopf zur Seite und gab seine Version von Pee-wee Herman zum besten. «Ich weiß, was du bist, aber was bin ich?»

«Wie nett. Wirklich sehr komisch.»

Der Kopf kippte noch einmal. «Ich weiß, was du bist, aber was bin ich?»

Mary Ann schaute sie finster an. «Ich hab's schon beim ersten Mal kapiert, okay?»

Nach kurzem Schmollen sagte Shawna: «Weißt du was?»

«Was?»

«Wir haben heute Quesadillas gehabt.»

«Ach, ja? Die mag ich. Du nicht auch?»

«Ja. Der Vater von Nicholas hat sie gemacht, und Nicholas hat Cheddarkäse drin gehabt, und ich hab Korkenzola drin gehabt.»

Korkenzola. Das würde sie sich für Brian merken. Er fand es toll, wenn Shawna «Walschpuver» statt «Waschpulver» sagte oder ein Wort sonstwie auf reizende Art vergeigte.

«Hört sich lecker an», sagte sie zu dem Kind, während sie an ihm vorbeigriff, um das Handschuhfach aufzudrücken. «Such dir eine Kassette aus, die dir gefällt. Ich glaub, es ist was von Phil Collins dabei.»

«Igitt!»

«Schon gut, Miss Picky.»

Shawna sah sie empört an. «Ich bin nicht Miss Piggy.»

«Ich hab Miss *Picky* gesagt, Dummerchen.» Sie lächelte. «Na, los. Such dir was aus, was dir gefällt.»

Nach einigem Wühlen entschied Shawna sich für Billy Joel. In bezug auf ihn hatten sie den gleichen Geschmack, weshalb sie auch beide so laut sie konnten mitsangen und ganz wunderbar zufrieden waren mit sich selbst.

All your life is Time magazine
I read it, too. What does it mean?

«Die Stelle find ich gut», überschrie Shawna die Musik.

«Ich auch.»

But here you are with your faith and
your Peter Pan advice.
You have no scars on your face
And you cannot handle pressure.
Pressure ... pressure ...
one-two-three-four pressure

Mary Ann musterte das lebhafte Gesicht des Kinds, dessen kleine Hände im Takt auf das Armaturenbrett trommelten. Normalerweise waren ihr diese kleinen gemeinsamen Gesangseinlagen sehr willkommen, weil sie ihre fragile Verbundenheit mit Shawna stärkten, doch das verfluchte Make-up sorgte an diesem Tag dafür, daß alles ganz anders war. Sie mußte in einem fort an Connie Bradshaw denken.

Die Ähnlichkeit war ihr natürlich schon früher aufgefallen, aber diesmal war sie überwältigend, fast schon beängstigend – wie bei einer Fummeltrine, die ein bißchen gar zu gut auf Marilyn macht. Sie drehte die Musik leiser und sagte ganz unaufgeregt zu Shawna: «Puppy, habt ihr euch heute beim Großen Kreis alle verkleidet?»

Shawna wirkte zögerlich, bevor sie sagte: «Nein.»

«Und warum...?»

«Dreh wieder lauter. Jetzt kommt die tollste Stelle.»

«Gleich.»

I'm sure you'll have
some cosmic rash-shuh-nal...

«Puppy!»

«Ich weiß, wie ich heiße. Du brauchst das nicht so oft zu sagen.»

Mary Ann schaltete den Kassettenrecorder aus. «Mein liebes Kind!» Es war jetzt an der Zeit, Mutter zu spielen – was soviel hieß, wie ihre eigene Mutter vor dreißig Jahren nachzuspielen. «Du sollst zuhören, wenn ich mit dir rede.»

Shawna verschränkte die Arme und wartete.

«Ist das mein Make-up da auf deinem Gesicht?»

«Nein.»

«Wo hast du es dann her?»

«Es ist meins», sagte Shawna. «Daddy hat's mir gekauft.»

«Es ist speziell für Kinder», erklärte Brian ihr abends nach dem Essen ruhig. Shawna war außer Hörweite im Schlafzimmer und sah fern.

«Du machst doch wohl Witze.»

Er grinste dümmlich und schüttelte den Kopf.

«Brian, das ist doch völlig bescheuert!»

«Ich weiß, aber sie findet Jem ganz furchtbar toll, und da hab ich mir gedacht, daß bei dem einen Mal schon nichts passieren kann.»

«Jim?»

«Jem. Diese Zeichentrick-Rocklady. Sie kommt jeden Samstag vormittag im Fernsehen.»

«Aha.»

«Und dazu gibt's 'ne ganze Kosmetikserie und noch so anderes Zeug.» Mary Ann fiel auf, daß er nicht im geringsten beunruhigt war. «Es ist nur eine Verkleidung.»

«Ja, aber wenn das zur Gewohnheit wird ...»

«Das verhindern wir schon.»

«Es sieht so schrecklich nuttig aus.»

Er lachte glucksend. «Okay. Make-up gibt's keins mehr.»

Sein unbekümmerter Ton brachte sie auf. «Ich will einfach nicht, daß sie rumläuft wie das Playmate aus einem Kinderporno.» Wie so oft ging ihre Phantasie mit ihr durch. Sie stellte sich vor, wie Shawna am hellichten Tag entführt und ihr Foto dann – inklusive Lippenstift, Lidschatten und allem Drum und Dran – überall im Land auf Milchtüten prangte.

Brian stand vom Tisch auf und räumte das Geschirr ab. «Um ehrlich zu sein», sagte er, «hat sie mich sehr an Connie erinnert.»

Sie hielt es für das Beste, das unkommentiert zu lassen.

«Dich nicht auch? Mit dem ganzen Make-up?»

«Das ist nicht sehr nett», sagte sie.

«Warum nicht?» sagte Brian. «Sie war ihre Mutter.»

Aus irgendeinem Grund schien er sie aufstacheln zu wollen, weshalb sie sich besonders anstrengte, ruhig zu bleiben. «Na, und wenn schon», sagte sie. «Ich glaub aber nicht, daß wir eine Kopie von ihr haben wollen.»

«Aber es ist dir aufgefallen?»

«So ein bißchen vielleicht.»

«Mir sogar sehr», sagte er.

Sie folgte ihm in die Küche und erzählte ihm von Shawna und ihrem Korkenzola. Als sie beide zu Ende gelacht hatten, sagte sie: «Rat mal, wer sich heute bei mir gemeldet hat?» Sie hatte schon im Vorfeld beschlossen, völlig unbeschwert darüber zu reden. Jeder andere Zugang hätte das Ganze mit zu viel Bedeutung aufgeladen.

«Wer?»

«Burke Andrew.»

Er machte den Geschirrspüler auf. «Im Ernst?»

«Ja. Er hat heute vormittag nach der Show angerufen.»

«Tja. Der hat ja lang nichts von sich hören lassen.»

Sie versuchte, in seinem Gesicht zu lesen, aber er drehte sich weg und räumte eifrig das Geschirr in die Maschine. «Er ist anscheinend hier», sagte sie.

«Anscheinend?»

«Na ja, ich meine, er *ist* hier. Wir gehen morgen mittag zu D'orothea's essen.»

Eigentlich hätte sie kein komisches Gefühl zu bekommen brauchen, als sie das sagte, aber sie bekam doch eines. Dabei gab es keinen plausiblen Grund, Brian zu dem Essen mitzunehmen. Burke und er waren schließlich nie befreundet gewesen, und dabei hatten sie sogar einige Zeit unter demselben Dach gewohnt. Brian war damals viel zu sehr damit beschäftigt gewesen, sich Stewardessen zu angeln, um seine Energie an eine Männerfreundschaft zu verschwenden.

«Sehr schön», sagte er. «Grüß ihn von mir.» Sie prüfte diesen Auftrag im Hinblick auf eine versteckte Anzüglichkeit, entdeckte aber nicht ein Fitzelchen. Burke war für Brian vielleicht gar kein Thema, aber das wußte man bei ihm nie so genau. Seine Art, im einen Moment völlig locker und im nächsten rasend eifersüchtig zu sein, konnte einen verrückt machen.

«Ich glaub, er ist beruflich hier. Er hat sich angehört, als wollte er ein bißchen Fernsehtratsch und -klatsch hören.»

«Aha.» Er machte den Geschirrspüler zu. «Klingt doch gut.»

«Wir werden sehen.» Sie wollte nicht allzu enthusiastisch erscheinen.

Während er an den Knöpfen des Geschirrspülers herummachte, sagte Brian: «Weiß er, daß du berühmt bist?»

Sie wußte nicht so recht, ob er das höhnisch meinte, deshalb nahm sie die Frage ganz sachlich. «Er hat offenbar die Show gesehen.»

Er schien kurz zu überlegen und fragte dann: «Die von heute?»

Sie hatte nicht die Absicht, die kleinen Wuschelpelzleichen wiederauferstehen zu lassen. «Keine Ahnung», log sie. «Das hat er nicht gesagt.»

Brian nickte.

«Warum?» fragte sie.

Er zuckte mit den Schultern. «Ach, nur so.»

Sie wollte schon fragen, ob er die Sendung gesehen hatte, aber ein gut funktionierender Abwehrmechanismus riet ihr, es lieber bleiben zu lassen. Brian hatte sie ganz sicher gesehen, und sie hatte ihm nicht gefallen. Warum sollte sie ihm die Gelegenheit geben, das wieder einmal zu sagen?

Das Leben mit Harry

Als Charlie Rubin Anfang 1987 gestorben war, hatten Michael Tolliver und Thack Sweeney seinen Hund geerbt. Sie hatten Harry natürlich schon etliche Zeit vorher gekannt, hatten sich während Charlies Kampf mit seiner dritten Pneumocystis zeitweise um ihn gekümmert und ihn später, als deutlich geworden war, daß Charlie das Krankenhaus nie wieder verlassen würde, bei sich aufgenommen. Zu Charlies Lebzeiten war Harry K-Y gerufen worden, doch Michael hatte es mit der Zeit immer entwürdigender gefunden, durch das Castro-Viertel zu laufen und dabei den Namen eines bekannten Gleitmittels zu rufen.

Der Namenswechsel zeigte allerdings nur teilweise Wirkung, da Michael weder zur Bank gehen noch bei P. O. Plus ein Paket aufgeben konnte, ohne daß er auf jemand stieß, der Harry aus seinem früheren Leben kannte. Aus heiterem Himmel stürzte sich der Hund dann wie ein Wilder auf einen völlig Fremden – wenigstens für Michael Fremden –, und garantiert rief die Person in einer Lautstärke, daß man es den halben Weg bis Daly City hören konnte: «K-Y!»

Michael und Thack waren dermaßen vernarrt in den Hund, daß es fast schon peinlich war. Keiner von ihnen hatte je vorgehabt, sich einen Pudel zuzulegen – sie betrachteten sich selbst als Golden-Retriever-Typen –, aber Harry hatte ihre Vorurteile (ihre Pudelphobie, um Thacks Ausdruck zu benutzen) schon mit seinem ersten Besuch bei ihnen zu Hause ausgeräumt. Eine Rolle spielte auch, daß Charlie sich nie auf eine dieser dämlichen Pudelschuren eingelassen, sondern dem Fell des Hunds seine natürliche Struppigkeit bewahrt hatte. Mit seinem runden braunen Gesicht und der Knopfnase wirkte Harry mehr wie ein lebendiger Teddybär als wie der klassische Fifi.

Wenigstens versicherten sie sich das gegenseitig.

Sie lebten inzwischen seit mehr als zwei Jahren auf dem Hügel oberhalb des Castro. Michaels ein Jahrzehnt dauerndes Wohnungsdasein in der Barbary Lane 28 hatte sein Ende gefunden, als Thack und ihm klargeworden war, daß sie ein Paar waren, und sie beschlossen hatten, sich ein Haus zu kaufen. Thack, der früher in Charleston alte Häuser renoviert hatte, war von ihrem zukünftigen Zuhause sehr viel mehr angetan gewesen als Michael. Der hatte das Haus als hoffnungslose Beleidigung fürs Auge empfunden, als er damals auf das «Zu verkaufen»-Schild aufmerksam geworden war.

Das mit grünen Asbestschindeln verkleidete und von einer Mauer aus Betonsteinen umgebene Haus hatte auf ihn wie ein unansehnliches, verschachteltes Durcheinander gewirkt, wie drei winzige Häuschen, die man in einem merkwürdigen Winkel aneinandergenagelt hatte. Thack hatte darin jedoch etwas völlig anderes gesehen und war voller Entdeckerfreude über die Mauer gehechtet, um nahe am Fundament ein paar lose Schindeln wegzureißen.

Kurz darauf hatte er, vor Aufregung ganz rot im Gesicht, seinen Befund kundgetan: Unter der ganzen militärischen Tarnverkleidung steckten drei originale «Erdbebenbaracken», Behelfsunterkünfte, die man für die Opfer der großen Erdbebenkatastrophe von 1906 gebaut hatte. In den Parks hatten Tausende davon gestanden, hatte er erzählt, alle aufgereiht wie in einer Kaserne; später hatten die Leute sie auf Rollwagen fortgeschafft, um sie als private Behausungen zu nutzen.

Bei den Verhandlungen mit dem Makler hatten sie über die architektonische Bedeutung des Hauses natürlich kein Wort verloren (genausowenig wie der Makler über die kaputten Leitungen und die Wanderameisen, die damals unter dem Sonnendeck biwakierten). Als sie am Memorial Day 1986 eingezogen waren, hatten sie sich zur Einweihung ein chinesisches Essen, ein elektrisch betriebenes Kaminfeuer von Duraflame und einen Spontanfick in Jockey-Shorts gegönnt.

In den folgenden zwei Jahren hatten sie sich an die Veränderung der Details gemacht, die sie am schrecklichsten fanden. Ein gut Teil davon war schon mit weißer Farbe und Michaels kreativem Pflanzeneinsatz zu erreichen gewesen, obwohl Thack sein Versprechen gehalten und sowohl in der Küche als auch im Schlafzimmer das alte Holz freigelegt hatte. Als ihre neuen Zedernholzschindeln nach ein, zwei Regenperioden die obligatorische Patina von altem Zinngeschirr angenommen hatten, waren die beiden Hausbesitzer vor elterlichem Stolz beinahe geplatzt.

Was noch ausstand, waren ein neues Badezimmer und Holzfenster, die die vorhandenen aus Aluminium ersetzen sollten, aber Michael und Thack waren im Moment knapp bei Kasse und hatten beschlossen, damit erst noch zu warten. Und trotzdem, wenn sie auf Flohmärkten oder privaten Garagenmärkten herumstöberten, fanden sie nichts dabei, für eine Indianerdecke, einen grellbunten Tonkrug oder eine Stehlampe mit einem Schirm aus Marienglas für ihr Schlafzimmer Geld hinauszuwerfen. Ohne es je auszusprechen, schienen sie sich doch über eines im klaren zu sein: Wenn sie schon das Bedürfnis hatten, sich ein Nest zu bauen, dann taten sie das besser gleich.

Eine Rekordhitzeperiode war endlich zu Ende gegangen. Vom Deck ihres Hauses aus (das nach Westen in Richtung Sonnenuntergang wies) war der langerwartete Nebel zu sehen, der sich wie weiße Lava den Hügel hinabwälzte. Michael stand an der Brüstung und beobachtete, wie der Nebel den spindeldürren roten Fernsehturm wegradierte, bis nur noch die obersten drei Masten übrig waren und dem Fliegenden Holländer gleich über den Twin Peaks dahinsegelten. Er atmete tief ein, hielt die Luft an, atmete wieder aus und holte erneut tief Luft.

Da seine eingetopften Sukkulenten reichlich vertrocknet aussahen, wickelte er den Gartenschlauch ab, wässerte sie ausgiebig und zog aus ihrer Erleichterung wie jedesmal so eine Art Vergnügen aus zweiter Hand. Als er fertig war, richtete er den kühlenden Strahl in einen der Nachbargärten, wo die ausgedörrten und eingerollten Wedel eines Baumfarns dessen Not anzeigten. Der Farn war das letzte grüne Fleckchen, das in dem Garten da unten noch auszumachen war; sogar das im Frühjahr noch so üppige Unkraut hatte sich während der Dürre in Stroh verwandelt.

«He», sagte Thack, als er aus der Küche auf das Deck trat. «Wir haben doch Rationierung.»

«Ich weiß.» Michael drehte die Düse auf Sprühnebel und verpaßte dem Farn schuldbewußt eine abschließende Dusche, um den Staub abzuwaschen.

«Wir werden noch Strafe zahlen.»

Er drehte das Wasser ab und fing an, den Schlauch aufzuwickeln. «Ich hab heute morgen nicht geduscht.»

«Und was heißt das?»

«Das heißt, daß der Farn mein Wasser kriegt. Das gleicht sich dann aus.»

Sein Liebhaber drehte sich um und ging wieder in die Küche. «Wo es noch nicht mal *unser* Baumfarn ist . . .»

«Ja, ja, schon gut.» Er folgte ihm durch die Glasschiebetür.

Thack machte die Backröhre auf und kniete sich hin, um einen blubbernden Auflauf zu begutachten, der intensiv nach Garnelen und Kräutern duftete. «Mrs. Bandoni hat gesagt, daß die neuen Besitzer das Haus abreißen wollen.»

«Das paßt», sagte Michael und setzte sich an den Küchentisch. Von dort konnte er den Baumfarn sehen, das leere Haus mit seinen streifigen Fenstern und den vielen Pappkartons, und auch das verblichene Nacktfoto, das auf der Kühlschranktür klebte. Beim Anblick des Hauses schauderte es ihn immer ein bißchen – nicht anders als bei einem leeren Hamsterkäfig, in dem noch das Stroh liegt.

«Das Fundament ist hinüber», sagte Thack. «Die, die das gekauft haben, müssen ganz von vorn anfangen.»

Der vorherige Eigentümer war so eine Art Architekt oder Konstruktionszeichner gewesen. Ein drahtiger kleiner Kerl mit silberner Bürstenfrisur und einer Leidenschaft für Jeans und Sweatshirts. In den Monaten vor seinem Tod hatte Michael oft gesehen, wie er, über seine Blaupausen gebeugt, an seinem Arbeitstisch gesessen, die Brille abgenommen und sich die Kaninchenaugen gerieben hatte. Weil sein Haus zu einer anderen Straße hin lag, hatten sie kaum je miteinander gesprochen, sondern sich nur manchmal die unter Nachbarn üblichen Bemerkungen über das Wetter oder den Zustand ihrer Gärten zugerufen.

Er war Junggeselle gewesen, wie Michael wußte, aber anscheinend einer, der sich in seiner Einsamkeit wohl fühlte. Seine Erkrankung war erst offenkundig geworden, als sich in seinem Haus Besucher eingestellt hatten. Es waren größtenteils ältere Leute gewesen, Verwandte vielleicht, die mit frischer Bettwäsche und zugedeckten Tellern erschienen waren, manchmal zu dritt oder viert. Einmal, als die Primeln des Mannes noch in voller Blüte gestanden hatten, war Michael beim Hinuntersehen eine Frau in Schwesterntracht aufgefallen, die im Garten verstohlen eine Zigarette rauchte.

«Hoffentlich», sagte Thack, «setzen sie nicht so ein schreckliches Ding aus verputztem Sperrholz hin.»

Michael kam nicht gleich mit und sah ihn stirnrunzelnd an.

«Ich mein das neue Haus», sagte Thack.

«Ach so. Ach so, ja. Wer weiß? Wahrscheinlich schon.»

Thack machte die Backofentür zu. «Los, geh schon und gieß das blöde Ding, wenn's dir keine Ruhe läßt.»

«Nein», sagte Michael. «Hast ja ganz recht.»

Sein Liebhaber stand auf und wischte sich die Hände an seiner Levi's ab. «Ach, übrigens, deine Mutter hat angerufen. Sie hat was auf den Anrufbeantworter gesprochen.»

Michael stöhnte. «Was übers Wetter, hm?»

«Ach, Mensch.»

«Das ist doch ihr Standardthema, oder etwa nicht? ‹Und, wie ist das Wetter bei euch?›»

«Aber doch nur, weil sie Angst vor dir hat.»

«*Angst?* Vor mir?»

«Na, und ob.» Thack nahm zwei bunte Teller vom Geschirrregal und stellte sie auf den Küchentresen. «Du behandelst sie wie den letzten Dreck, Michael.»

«*Ich* behandel *sie* wie den letzten Dreck? Wann hast du mich je was sagen gehört, was ...?»

«Es geht nicht darum, was du sagst, sondern darum, wie du's sagst. Deine Stimme verliert jedesmal schlagartig jede Lebendigkeit. Ich merk sofort, wenn du mit ihr telefonierst. Du redest mit niemand sonst so.»

Michael fragte sich, wie sie auf dieses Thema gekommen waren. «Hast du denn mit ihr gesprochen oder so?»

«Nein.» Thack hörte sich ein bißchen defensiv an. «Nicht in letzter Zeit.»

«Du hast im Büro mit ihr geredet. Das hast du mir erzählt.»

«Das war letzte Woche», antwortete Thack, während er in einer Schublade kramte. «Sind die Servietten in der Wäsche?»

Michael dachte kurz nach. «Ja.»

Sein Liebhaber riß zwei Blatt von der Küchenrolle und faltete sie der Länge nach.

«Mich ruft sie nie bei der Arbeit an», sagte Michael.

«Tja, vielleicht würde sie das ja tun, wenn du nicht so umspringen würdest mit dem alten Mädchen. Sie legt sich mächtig ins Zeug, um wieder Anschluß zu finden, Michael. Wirklich.»

Das wollte er nicht erörtern. Falls das «alte Mädchen» überhaupt Versöhnungsangebote gemacht hatte, dann waren sie erst im Jahr zuvor gekommen, als sein Vater plötzlich an einem Herzinfarkt gestorben war. Wie die meisten Farmersfrauen aus dem Süden brauchte sie die lenkende Hand eines Mannes – selbst dann, wenn sie sich dafür mit ihrem zur Hölle verdammten schwulen Sohn in Kalifornien aussöhnen mußte.

«Du fehlst ihr», sagte Thack. «Glaub mir das.»

«Genau. Deswegen ruft sie auch dich an.»

Thack warf eine Handvoll Feldsalat in die Salatschleuder. Mit aufreizender Langsamkeit breitete sich in seinem Gesicht ein Lächeln aus. «Das klingt ja ganz so, als wärst du eifersüchtig.»

«Ach, bitte!»

Tatsache war, daß Thack und Michaels Mutter in letzter Zeit unangenehm vertraut geworden waren miteinander. Sie mekkerten gemeinsam über dies oder das und unterhielten sich über den Wetterbericht wie zwei baptistische Hausfrauen in einem Nähkreis. Und diese Frau hatte mit seinem ersten Liebhaber kein einziges Wort gewechselt – selbst dann nicht, als sie gewußt hatte, daß er sterben würde.

Ihre eigene Trauer hatte schließlich für Veränderung gesorgt, und ihr eigener Verlust hatte sie aus Sehnsucht nach Zuwendung ans Telefon getrieben. Wenn er eifersüchtig war, dann um Jons willen, der sie um ihren Segen gebeten, ihn aber nie erhalten hatte. Doch wie sollte er Thack das je sagen können?

«Sie ist gegen alles, wofür du stehst», sagte Michael schließlich. «Ihr habt rein gar nichts gemein.»

Thack fing an, den Salat zu schleudern. «Nur dich», sagte er.

Beim Essen redeten sie über Thacks Arbeitstag. Er war inzwischen schon fast ein Jahr bei der Heritage Foundation und hatte die meiste Zeit Besichtigungstouren für historische Gebäude organisiert. Seit neuestem trat er vor dem Board of Permit Appeals als Gutachter auf und setzte sich für den Erhalt gefährdeter Bauten ein, was mehr nach seinem Geschmack war.

«Die bummeln vielleicht wieder. Mich kotzt das richtig an.»

«Um was geht's denn diesmal?» fragte Michael.

«Ach ... um so eine italienisch angehauchte Villa draußen an der Clement. Verschwinde, Harry. Ich bin noch nicht fertig.»

Der Hund saß zu Thacks Füßen, hielt den Kopf schräg, um den größtmöglichen Effekt zu erzielen, und leckte sich die kleinen braunen Lippen.

«Er ist auf die Garnelen scharf», sagte Michael.

«Tja, er muß aber warten.»

Michael schaute den Hund streng an. «Du hast doch gehört, was er gesagt hat, oder?»

Harry trollte sich, aber nur bis an die Tür, wo er in stoischer Ruhe und starr wie ein Tempellöwe wartete.

«Wir verlieren das Ding», sagte Thack. «Das weiß ich jetzt schon.»

«Ach so ... die Villa. Wie schade.»

«Sie ist gar nicht weit weg von der Gärtnerei, weißt du. Ich hab gegen Mittag vorbeigeschaut, weil ich dich fragen wollte, ob du vielleicht Lust hast, essen zu gehen.»

Michael nickte. «Brian hat's mir erzählt. Ich war nicht da, weil ich grade Mrs. Stonecyphers Bambus ausgeliefert habe.»

«Eine Lieferfahrt?» Thack runzelte die Stirn. «Ich hab gedacht, dafür hättest du Angestellte?»

«Hab ich auch, aber ... sie mag mich, und sie läßt 'ne Menge Geld bei uns. In ihrem Fall mach ich eine Ausnahme.»

«Verstehe.» Thack nickte. «Du bist auf den Strich gegangen.»

Michael lächelte ihn an. Reiche waren Thacks Weltsicht nach nicht mehr zu retten – sie waren korrupt und nur eine von vielen Facetten des weißen, männerbeherrschten, sexistischen und homosexuellenfeindlichen wirtschaftlichen Machtgefüges. Sogar die arme alte Mrs. Stonecypher mit ihren häßlichen Hüten und wackligen Zähnen.

«Schade, daß ich dich verpaßt habe», sagte er. «Du solltest nächstes Mal vorher anrufen.»

Thack zuckte mit den Schultern. «Ich hab's vorher nicht gewußt. Ist aber nicht so tragisch. Ich war dann mit Brian essen.»

Michael schauderte es bei dem Gedanken, welchen Gesprächsstoff sein Partner und sein Liebhaber wohl fanden, wenn er nicht dabei war. «Wo habt ihr gegessen?»

«In einem neuen Lokal in der Stadt. Mit so 'ner Art mexikanischer Nouvelle cuisine.»

«Im Corona», sagte Michael. «Wir waren letzte Woche mal da.»

«Es ist nett dort.»

«Was hast du gegessen?»

«Den Salat von gegrillten Meeresfrüchten.»

«Oh, ja. Den hatte Brian letztes Mal auch.»

Thack stocherte kurz in seiner Garnele herum und sagte dann: «Der arme Kerl tut mir richtig leid.»

«Brian? Warum?»

«Ach... einfach, wie sie ihn behandelt.»

Michael sah ihn kurz an. «Was hat er dir erzählt?»

«Nicht viel, aber man kann ja leicht seine Schlüsse ziehen.»

«Tja, dann zieh eben keine Schlüsse. Du kannst doch überhaupt nicht wissen, was zwischen den beiden läuft.»

Thack lächelte ihn verschmitzt an. «In der sonderbaren Schattenwelt der Heterosexuellen.»

«So hab ich das nicht gemeint.»

Thack lachte in sich hinein.

«Haben die beiden sich denn gestritten oder so?»

«Ich glaub nicht, daß sie dafür oft genug zusammen sind. Sie ist doch immer irgendwo unterwegs.»

«Sie ist eine öffentliche Person», sagte Michael, dem es auf die Nerven ging, wie Thack sich immer auf Brians Seite schlug. «Sie kann doch nichts dagegen tun, wenn die Leute sie für alles mögliche haben wollen.»

«Aber sie findet es toll.»

«Na, und wenn schon? Soll sie es doch genießen. Sie hat hart genug dafür gearbeitet.»

«Ich erzähl nur, was er gesagt hat.»

«Er kann ein richtiger Faulpelz sein, weißt du. Er ist ein schrecklich netter Kerl, aber...»

«Was soll das heißen... ein Faulpelz?»

«Er bewegt sich schnell in ausgefahrenen Gleisen. Er genießt ausgefahrene Gleise. Deshalb hängt er auch so an der Gärtnerei. Sie fordert ihn nicht stärker, als er es will. Er kann sich gemächlich treiben lassen und...»

«Ich hab gedacht, du...»

«Das soll nicht heißen, daß er keine gute Arbeit macht. Ich hab nur gemeint, daß er nicht so ehrgeizig ist wie sie. Und ich kann verstehen, daß ihr das vielleicht ein bißchen auf den Keks geht.»

«Ich hab gedacht, ihr zwei kommt toll miteinander aus.»

«Kommen wir auch. Aber wechsel jetzt nicht das Thema.»

«Welches wäre das?»

«Na ja, daß...» Er unterbrach sich, weil er nicht mehr so recht wußte, was das Thema war.

Thack bemerkte es und lächelte. «Hast du die Sendung von heute gesehen? Mit den toten Hunden?»

«Ja.»

«War das jetzt unter Geraldo-Niveau oder nicht?»

«Ich hab sie eigentlich ganz lustig gefunden. Außerdem kann sie gegen die Entscheidungen ihrer Producer nichts machen . . .»

«Ich weiß. Sie kann gegen gar nichts was machen.»

Michael warf ihm einen mürrischen Blick zu und ließ das Thema fallen. Schließlich war Thack erst viel zu kurz da, um Mary Anns persönliche Eigenart in ihrem ganzen Umfang zu erfassen. Man mußte sie schon von früher kennen, um zu verstehen, wie sie jetzt war.

Trotz der immensen Veränderungen in ihrem Leben sah Michael sie alle – sich selbst und Brian und Mary Ann – nach wie vor als die ewigen Singles, die noch immer ihren hochfliegenden Träumen nachjagten und noch immer in der Barbary Lane ihre Wunden leckten.

Aber er war dort vor zwei Jahren ausgezogen; Mary Ann und Brian sogar noch früher. Jetzt wohnte Polly Berendt, seine Angestellte, in seiner alten Bude im ersten Stock, und der Rest des Hauses wurde von Leuten bewohnt, die er kaum mit Namen kannte. Außer Mrs. Madrigal natürlich, die mit dem Haus genauso verwachsen zu sein schien wie der Efeu.

Er hatte die Vermieterin gerade erst am Vormittag getroffen, als sie zwischen den Obstständen eines Gehwegmarkts in Chinatown herumgeschlendert war. Sie hatte ihn überschwenglich umarmt und Thack und ihn für den nächsten Tag zum Abendessen eingeladen. Als ihm klargeworden war, wie lange er sich nicht um sie gekümmert hatte, war er von schlechtem Gewissen gepackt worden.

Er erzählte Thack davon, und der zeigte sich ebenfalls besorgt.

«Wir bringen ihr ’ne Flasche Sherry mit», sagte er.

Sie waren mit dem Essen inzwischen fertig, lagen auf dem Sofa – Michael mit dem Rücken an Thacks Brust und Harry zu ihren

Füßen – und sahen sich *Kramer gegen Kramer* an. Der Film wurde landesweit ausgestrahlt, und die Zensoren hatten an der Szene herumgedoktert, in der man hört, wie Dustin Hoffman und sein kleiner Sohn am Morgen nacheinander pinkeln.

«Ist das denn die Möglichkeit?» Thack schäumte vor Wut. «Sie haben das Pinkelgeräusch rausgeschnitten! Diese Arschlöcher!»

Michael lächelte schläfrig. «Das verträgt sich wohl nicht mit den Family Values.»

«Verdammt noch mal, wie mich das ankotzt. Was war das nur für eine niedliche Szene. Jetzt versteht man gar nicht mehr, was eigentlich passiert. Es ist nicht mehr lustig.»

«Das stimmt», sagte Michael.

«Dieser scheiß Reagan.»

«Tja ... der hat ja nicht mehr lange.»

«Genau, und dann managt dieses Arschloch von seinem Kumpel alles.»

«Vielleicht ja nicht.»

«Paß nur auf. Es wird alles noch schlimmer, bevor es wieder besser wird.»

Thack deutete auf den Fernseher. «Willst du das sehen?»

«Ach, nee.»

«Wo ist die Knipse?»

Michael fuhr mit der Hand zwischen den Kordsamtkissen herum, bis er die Fernbedienung gefunden hatte – eine von ihren dreien. (Er hatte keine Ahnung, wo die anderen rumflogen.) Er drückte drauf, sah zu, wie der Bildschirm knisternd schwarz wurde, drehte sich dann um und schmiegte den Kopf an Thacks Brust. Er seufzte, weil sie doch so gut zusammenpaßten und es jeden Tag ganz unausweichlich zu diesem Moment zwischen ihnen kam.

Thack strich Michael über die Haare und sagte: «Ich hab Staubsaugerbeutel mitgebracht.»

«Schön.» Er tätschelte Thacks Bein.

«Ich bin mir nicht sicher, ob's auch die *richtigen* sind. Ich hab nämlich nicht mehr gewußt, was wir für ein Modell haben.»

«Scheißegal.»

Thack lachte glucksend. «Weißt du, was ich mir überlegt habe?»

«Was?»

«Wir sollten mal zu einem Act-Up-Treffen gehen. Ich meine, einfach mal vorbeischauen und sehen, wie's dort so ist.»

Michael hatte das schon irgendwie erwartet. Thacks Unterstützungsbereitschaft hatte die ganze Woche wie Fleischbrühe vor sich hin gebrodelt, immer knapp vor dem Überlaufen. Wenn sie sich nicht in dieser Form geäußert hätte, dann mit hoher Wahrscheinlichkeit in einer anderen. In einem wütenden Brief an den *Chronicle* vielleicht, oder in einem lautstarken Wortwechsel mit einem Straßenbahn- oder Busfahrer.

Als Michael nicht reagierte, fügte Thack hinzu: «Hast du nicht auch das Gefühl, daß du jemand in den Arsch treten mußt?»

Michael versuchte, das Ganze nicht allzu ernst werden zu lassen. «Ich hab ganz andere Gefühle. Und zwar *deinem* Arsch gegenüber.»

Thack fand das nicht witzig. «Ich muß irgendwas tun», sagte er.

«Und was?»

«Ach, da gibt's so viel. AZT, zum Beispiel. Wieviel zahlen wir für den Scheiß? Und dieses Arschloch Jesse Helms will den Preis einfrieren, so daß arme Leute nicht mal mehr rankommen an das Zeug. Und weißt du, was diese armseligen Dreckschweine denken? Geschieht ihnen sowieso recht. Hätten sich gar nicht erst in den Arsch ficken sollen.»

«Ich weiß», sagte Michael und tätschelte Thacks Bein.

«Ich kann gar nicht glauben, wie kaltblütig die Leute geworden sind.»

Michael war mit Thack einer Meinung, fand die Wut seines Liebhabers aber anstrengend. Im Moment brauchte er mehr denn je auch Zeit für die anderen Gefühle. Was machte es schon, wenn die Welt beschissen war? Es gab immer Möglichkeiten, dem aus dem Weg zu gehen, wenn man sich nicht selbst zum Sklaven seiner Wut machte.

«Thack . . .»

«Was?»

«Na ja ... ich versteh nicht, warum du in einer Tour wütend bist.»

Sein Liebhaber schwieg kurz, dann drückte er Michael einen Kuß auf die Schläfe. «Und ich versteh nicht, warum du das nicht bist.»

Harry hörte den Kuß, kletterte hektisch über ihre ineinander verschlungenen Beine und winselte wie ein verschmähter Liebhaber. «Oha», sagte Thack. «Die Kußpatrouille.»

Sie rückten weit genug auseinander, um dem Hund Platz zu machen, und kraulten ihn dann gemeinsam. Thack machte sich über seinen verlängerten Rücken her, und Michael kümmerte sich um seinen Kopf. Harry verließ ausnahmslos das Zimmer, wenn sie miteinander vögelten, aber einfache Zärtlichkeiten wollte er auf keinen Fall versäumen.

«Diese Eifersucht ist gar nicht gesund», sagte Michael.

«Er ist schon in Ordnung.» Thack küßte den Hund auf den Hals. «Nicht, du?»

Harry antwortete mit einem kehligen Har-har.

«Er mieft ganz schön», sagte Michael.

«Stimmt das denn, Harry? Miefst du wirklich?»

«Ich werd ihn morgen waschen.»

Thack beugte sich ans Ohr des Hundes vor. «Hast du das gehört, Harry? Schlag dich lieber in die Büsche.»

Bald darauf zog Harry sich ins Schlafzimmer zurück und ließ seine Herrchen auf dem Sofa dösen. Michael dämmerte vor dem Hintergrund eines anschwellenden Chors aus Nebelhörnern und eines gelegentlichen Reifenquietschens aus dem Castro dahin. Um elf Uhr machte ihn sein Piepser, dessen Ton wie eine Nadel durch die Dunkelheit stach, schlagartig hellwach.

Ein praktizierender New Yorker

Schon seit mehreren Jahren befand sich das Tenderloin-Viertel in einem überraschenden Aufschwung. Anstelle von Säuferhöhlen und Läden, in denen man aufblasbare Plastikdamen kaufte, gediehen nun die Läden von Chocolatiers und Restaurants, die Arugula auf der Speisekarte hatten. Das schickste unter den neuen Lokalen war mit Abstand D'orothea's Grille, ein postmodernes Potpourri mit Trompe-l'œil-Marmor und Trennwänden zwischen den Sitznischen, die wie riesige Tinker Toys aussahen.

Als Mary Ann das Restaurant betrat, warf sie einen verstohlenen Blick auf die Wand hinter dem Pult des Empfangschefs. Dort brachte eine Reihe von Karikaturen neuen Gästen die etwas illustreren Besucher des Restaurants unübersehbar zu Bewußtsein. Ihr Gesicht war natürlich noch vorhanden – warum hatte sie nur anderes befürchtet? – und hing so angenehm vertraut wie immer da, eingerahmt von den Porträts von Danielle Steel und Botschafterin Shirley Temple Black.

Der Empfangschef blickte auf und lächelte. «Da sind Sie ja.»

«Hallo, Mickey. Ich erwarte einen Herrn ...»

«Er ist schon da.»

«Ach. Schön.»

Der Empfangschef beugte sich verschwörerisch nach vorne. «Ich hab ihn in die Polsternische ganz hinten gesetzt. Es ist zwar vorne auch ein Tisch frei, aber dort sitzt Prue mit Pater Paddy, und ich dachte» – hier zwinkerte er –, «daß es da hinten in Sibirien vielleicht ein bißchen ruhiger ist.»

Dafür erntete er ein frivoles Kichern. «Sie sind mir weit voraus, Mickey.»

«Wir versuchen unser Bestes», sagte er keck lächelnd.

Angenehm berührt durch diese Aussicht auf Abgeschirmtheit, entfloh sie nach hinten, während Prue und der Priester selbstvergessen vor sich hin brabbelten. Als sie zur allerletzten

Polsternische kam, sprang Burke Andrew auf und umarmte sie unbeholfen über den Tisch hinweg.

«He», sagte er. «Du siehst toll aus.»

«Danke. Das Kompliment kann ich zurückgeben.»

Er wackelte verschämt mit dem Kopf. Sofort schoß ihr das Bild des geplagten Jungspunds durch den Kopf, der sie verlassen hatte, um in New York Karriere zu machen. Das Jungspundhafte hatte er zum größten Teil abgelegt, und nur die breiten Schultern und die wunderbaren Haare (erdbeerblond und mit grandiosen Geheimratsecken) lösten noch Erinnerungen aus. Sein ernstes Colliegesicht, das früher wie eine leere Tafel gewesen war, hatte an den richtigen Stellen Runzeln bekommen.

Er sank auf die Polsterbank, musterte sie kurz und schüttelte langsam den Kopf. «Zehn Jahre. Mensch.»

«Elf», sagte sie und setzte sich.

«Scheiße.»

Sie lachte.

«Und du bist jetzt ein Star», sagte er. «Man hat hier sogar dein Gesicht an der Wand hängen und so.»

Sie hielt es für das Beste, nicht zu wissen, was er meinte. «Hmh?»

«Dort drüben. Gleich neben Shirley Temple.»

Ein rascher, unbeteiligter Blick auf die Karikatur. «Ach so, ja.»

«Gefällt dir die Zeichnung nicht?»

Sie zuckte mit den Schultern. «Ach ja, doch.» Einen Herzschlag später ergänzte sie: «Shirley findet die von sich ganz furchtbar.»

Eine seiner ingwerfarbenen Augenbrauen hob sich merklich. «Sie ist eine Freundin von dir?»

Sie nickte. «Sie lebt hier, weißt du.»

Okay, «Freundin» war vielleicht ein bißchen zuviel des Guten, aber Shirley war einmal bei ihr in der Show gewesen, und Mary Ann hatte bei der Ausstellung über die französischen Impressionisten im De Young ausführlich mit ihr geplaudert. Auf alle Fälle war Mary Ann überzeugt, daß die Botschafterin an dem Porträt, auf dem sie mit einer Schnute, einer afrikanischen Tunika und einer Zigarette abgebildet war, keinen Gefallen finden würde. Mary Ann hatte D'or das auch gesagt, als sie das blöde Ding aufgehängt hatten.

Burke ließ den Blick schweifen. «Ich find's ganz schön hier.»

Sie nickte. «Es ist so ein bißchen ein Journalistentreff.»

«Ja. Hast du gesagt.»

Sie registrierte, daß das Lokal im Moment peinlich wenig Berühmtheiten aufzubieten hatte, weshalb sie sich mit dem Naheliegendsten behalf. «Die aufgetakelte Blondine dort», flüsterte sie und deutete mit dem Kopf zum vorderen Raum, «ist Prue Giroux.»

Er hatte offensichtlich noch nie von ihr gehört.

«Sie war letzten Monat in der *Us*. Sie ist auf einer Friedensmission mit ein paar Waisenkindern nach Beijing gefahren.»

Noch immer keine Reaktion.

«Sie gehört zu den Spitzen der Gesellschaft hier, ist aber ein bißchen publicitygeil.»

Er nickte. «Was ist mit dem Priester?»

«Das ist Pater Paddy Starr. Er hat eine Show bei meinem Sender. *Honest to God*.»

«Was, so heißt das Ding?»

«Aber ja.»

Er lächelte süffisant.

Ihr Lächeln war nicht weniger süffisant, aber sie fühlte sich ein bißchen unwohl dabei. Sie fand es schrecklich, wie provinziell sich das alles anhörte. Burke war schließlich praktizierender New Yorker, und Leute dieses Schlages hatten die unangenehme Art, San Francisco nur als riesige Frühstückspension anzusehen – hübsch, aber nicht weiter von Belang. Sie machte im stillen einen Eintrag in ihr Gedächtnis, nicht über Leute aus San Francisco zu klatschen.

«Wie geht's Betsy?» fragte sie, um das Thema zu wechseln.

«Brenda.»

«Ach. Tut mir leid. Aber es war was mit ‹B›.» Sie schnitt eine Grimasse und wackelte mit dem Kopf hin und her. «Burke und Brenda, B und B.»

«Es geht ihr gut. Sie hat natürlich mit den Kindern alle Hände voll zu tun.»

Nein, ist das denn die Möglichkeit, dachte Mary Ann.

«Sie wollte eigentlich mitkommen, aber dann hat Burke Junior die Grippe gekriegt, und Brenda war nicht recht überzeugt, daß die Haushälterin ohne sie zurechtkommt.»

«O Gott, ich weiß, wovon du redest!» Sie umfaßte sein Handgelenk leicht. «Wir haben so eine Vietnamesin. Sie ist wirklich lieb, aber sie kann ums Verrecken den Insektenkiller und die Möbelpolitur nicht auseinanderhalten!»

Sein Lachen wirkte ein bißchen gepreßt, und sie bekam Angst, daß die Bemerkung sich rassistisch angehört hatte.

«Natürlich», fügte sie hinzu und ließ sein Handgelenk los, «kann ich auch nur eine Sprache, und deswegen ... jedenfalls hat ihre Familie da drüben harte Zeiten erlebt, und da haben wir uns gedacht, daß wir das bißchen Zirkus gut aushalten können.»

«Du hast doch selber auch ein Kind oder zwei, nicht?»

«Eins. Woher weißt du das?»

Da war sein süffisantes Lächeln wieder. «Ich hab dich in *Entertainment Tonight* mit ihr erlebt.»

«Oh ... das hast du gesehen?» Es tat auf jeden Fall gut, daß er sie im landesweiten Fernsehen gesehen hatte. Jetzt war wenigstens klar, daß er sie nicht völlig für provinziell hielt. Obwohl es damals bei *Entertainment Tonight* um Talkmaster aus dem Regionalfernsehen gegangen war.

«Sie ist ein niedliches kleines Mädchen», sagte sie.

Einen beunruhigenden Moment lang schoß ihr Shawnas Nutten-Make-up vom Vortag durch den Kopf. «Tja, sie ist jetzt natürlich um einiges größer. Das ist ja schon über drei Jahre her.»

«Wirklich?»

«Ja.»

«Ich wette, sie sieht dir ähnlich wie nur was.»

Sie lächelte ihn freundlich an und hoffte, daß er nicht viel Aufhebens darum machen würde. «Sie ist gar nicht meine leibliche Tochter. Wir haben sie adoptiert.»

«Ach so. Ja.» Er wackelte wieder verschämt mit dem Kopf. «Ich glaube, das habe ich schon gewußt.»

«Ich kann mir ehrlich gesagt nicht vorstellen, woher.»

«Na ja, vielleicht doch nicht.»

«Ihre Mutter war eine Freundin von mir. Oder jedenfalls eine Bekannte. Sie ist ein paar Tage nach Shawnas Geburt gestorben. Sie hat einen Zettel hinterlassen, auf dem sie mich und Brian gebeten hat, uns um sie zu kümmern.»

«Wie wunderbar.»

«Ja.»

«Was für eine tolle Geschichte. Da hatte sie ja Glück, die Kleine.»

Mary Ann zuckte mit den Schultern. «Brian hat sich darüber viel mehr gefreut als ich.»

Er war sichtlich irritiert. «Trotzdem ... du mußt ... ich meine, es ist schon klar ... bis man sich erst mal dran gewöhnt hat ... aber ...»

Sie versuchte, ihn mit einem Lächeln aus seiner mißlichen Lage zu befreien. «Na ja, mit der Zeit», sagte sie. «Es ist auch gar nicht schrecklich. Es läuft sogar ganz gut. Meistens jedenfalls.»

«Wie alt ist sie?»

«Ach ... fünf oder sechs.»

Er brauchte ewig, um zu begreifen, daß sie einen Witz gemacht hatte. «Ach, Mensch», sagte er schließlich.

«Sie wird im April sechs.»

«Na also.» Er nickte, um die dann folgende Pause zu überbrücken. «Und ... Brian?»

«Er ist vierundvierzig», antwortete sie, obwohl sie die Frage ein bißchen abgedreht fand.

«Nein.» Er lachte. «Ich wollte wissen, wer er ist.»

«Ach so. Ich hab gedacht, das wüßtest du. Brian Hawkins.»

Er zeigte keine Reaktion.

«Er hat bei Mrs. Madrigal einen Stock über uns gewohnt.»

Jetzt nickte er langsam. «Der Kerl oben auf dem Dach?»

«Genau. Der.»

«Na, das ist ja 'n Ding!»

Seine offensichtliche Verwunderung brachte sie durcheinander. «Du erinnerst dich doch an ihn, oder?»

«Ich erinnere mich daran, daß du ihn überhaupt nicht ausstehen konntest.»

«Wie bitte?» Sie warf ihm den mürrischsten Blick zu, den sie zustande brachte.

«Entschuldige», sagte er. «Ich meine... na ja, ihn nicht besonders leiden konntest...»

Sie war drauf und dran, sich mit ihm anzulegen, als der Kellner erschien. «Hatten Sie schon Zeit für einen Blick in die Speisekarte?»

«Ich nehme den gegrillten Thunfisch», sagte Mary Ann barsch. «Und ein Calistoga Orange.»

Burke überflog die Speisekarte und klappte sie dann zu. «Das hört sich doch sehr gut an.»

«Das gleiche?» fragte der Kellner.

«Das gleiche.»

«Wird gemacht.» Der Kellner drehte sich auf dem Absatz um und ging.

«Okay», sagte Burke. «Vielleicht krieg ich's jetzt besser hin... wenn du mich läßt.»

«Ach, vergessen wir's einfach.»

«Nein. Es hat sich schrecklich angehört.»

«Ich weiß ja, wie du's gemeint hast. Er war damals ein richtiger Schürzenjäger.»

«Ich hab ihn aber gemocht. Er war doch nett.»

Sie rückte ihr Silberbesteck auf dem lachsfarbenen Tischtuch zurecht. «Er ist noch immer nett. Und dabei muß er einiges schlucken, glaub mir.»

Er lächelte sanft. «Jetzt aber.»

Sie zuckte mit den Schultern. «Ja, wirklich. Es ist nicht leicht, mit Mary Ann Singleton verheiratet zu sein.»

Er zwinkerte ihr kurz zu, bevor er fragte: «Und wann hat das angefangen mit euch beiden?»

«Ach... ein Jahr, nachdem du weggegangen warst, oder so.» Was in Wirklichkeit eine Woche heißt, dachte sie bei sich. Nein, vier Tage. Sie erinnerte sich nur allzugut an jenen verheulten Abend, an dem sie mit einem Maui-Wowie-Joint und einer Flasche Fuselchianti zu Brian hinaufgestiegen war. Er war zu der Zeit gerade mit Mona Ramsey verbandelt gewesen, hatte ihr aber bereitwilligst seinen Trost geschenkt.

Wie merkwürdig es doch war, jetzt mit dem Mann zusammenzusitzen, der ihr damals den ganzen Schmerz bereitet hatte, und nichts zu spüren außer dem angenehmen Gefühl, eine gemeinsame Geschichte zu haben. Sie konnte sich kaum an die Leidenschaft zwischen ihnen erinnern, geschweige denn sie auch nur für den Kitzel eines Augenblicks wiederaufleben lassen.

«Wie geht's Mrs. Madrigal?» fragte er.

«Ach, ich glaub, ganz gut. Ich hab sie vor einem Monat oder so bei Molinari's gesehen.» Sie lächelte und schüttelte den Kopf. «Sie ist noch genauso lieb und verrückt wie eh und je.»

Burke lächelte ebenfalls.

«Brian und ich sind aus dem Haus ausgezogen, nachdem wir Shawna bekommen hatten. Na, es hatte ja so einen gewissen abseitigen Charme, aber es war nicht grade der richtige Ort, um ein Kind großzuziehen.»

«Was ist mit Michael und ... Jon hieß er doch, oder?»

Sie nickte ernst. «Jon ist '82 an Aids gestorben.»

«Scheiße.»

«Ja, wirklich.»

«Geht's Michael denn gut?»

Ein erneutes Nicken. «Er ist infiziert, aber bisher geht's ihm gut.»

«Schön. Gott sei Dank.»

«Er hat einen neuen Liebhaber», klärte sie ihn auf. «Die beiden haben sich im Castro ein Haus gekauft.»

«Was macht Michael jetzt?»

«Er betreibt draußen an der Clement eine Gärtnerei.»

«Im Ernst?»

«Ja. Eigentlich betreiben er und Brian sie gemeinsam.»

Diese Vorstellung schien ihm zu gefallen. «Es bleibt alles in der Familie, hm?»

«Ja.»

Er nickte langsam und sah sie mit einem heiteren, anerkennenden Blick an, während er das ihnen entgangene Jahrzehnt auf sich wirken ließ. «Du siehst toll aus», sagte er schließlich.

Schön, dachte sie, aber waren wir an der Stelle nicht schon mal?

Der Kellner wußte schon, daß Mary Ann wortreiche Auftritte nicht leiden konnte, weshalb er ihnen den Thunfisch ohne großes Trara servierte. Burke aß ein paar Bissen und sagte: «Ich bin jetzt Producer. Für Teleplex. Hast du das gewußt?»

«Klar», sagte sie. «Wissen das nicht alle?»

Er lachte in sich hinein. «Garantiert nicht.»

«Tja, ich aber.»

Er schaute auf seinen Teller, während er die nächsten Sätze zusammenfügte. «Ich entwickle gerade eine neue Vormittagstalkshow. Mit New York als Produktionsort. Wir glauben, daß es einen echten Markt gibt für eine Sendung, die ein bißchen stärker alltagsbezogen ist und ... intelligenter als das, was momentan so angeboten wird.»

«Damit liegt ihr absolut richtig. Die Leute haben genug von dem ganzen Boulevardscheiß. Da kommt unter Garantie eine Gegenreaktion.»

«Das glaube ich auch», sagte er und schaute dabei immer noch seinen Thunfisch an. «Ich glaube sogar, daß wir die *herbeiführen* können. Offen gesagt, haben wir schon die Geldgeber dafür, und auch die Sendernetzwerke signalisieren ein sehr konkretes Interesse. Wir brauchen jetzt nur noch die richtige Moderatorin. Eine, die's versteht, mit ... sagen wir mal ... Gore Vidal zu plaudern und in einem Beitrag übers Kochen trotzdem noch natürlich zu wirken.»

Mary Anns Gabel machte mitten auf dem Weg zum Teller halt. *Nein!* ermahnte sie sich selbst. Zieh jetzt keine voreiligen Schlüsse! Vielleicht will er nur einen Rat von dir. Vielleicht will er ...

«Was hältst du davon?» Er sah sie endlich wieder an.

«Wovon?»

«Es zu machen.»

Sie legte die Gabel nieder und zählte bis drei. «Ich?»
«Ja.»
«Als Moderatorin?»
«Ja.»
Sie mußte ihre ganze Beherrschung zusammennehmen, um ihre Aufregung zu verbergen. «Burke ... ich fühle mich enorm geschmeichelt ...»
«Aber?»
«Na ja, zuerst einmal hab ich schon eine Show.»
«Genau. Im Regionalfernsehen.»
Das hatte gesessen. Sie sammelte sich wieder und sagte kühl: «Das ist hier einer der gefragtesten Märkte im ganzen Land.»
Er reagierte mit einem geduldigen Lächeln. «Ich weiß, daß dir der Unterschied bewußt ist.»
«Na ja, vielleicht schon, aber ...»
«Und ich glaube, daß du's sehr viel lukrativer finden wirst, was das Finanzielle angeht.»
«Darum geht es nicht», sagte sie ruhig.
«Tja, worum dann? Verrätst du mir, was ich tun muß?»
Er flehte sie regelrecht an. O Gott, wie sie das genoß. «Ich habe hier ein Zuhause, Burke, eine Familie.»
«Und die zwei würden nicht wegziehen wollen?»
«Ja, das spielt auch mit hinein.»
«Okay.» Er stellte mit einer knappen Geste klar, daß er ihr das zugestand. «Was sonst noch?»
«Wann hast du mich denn je gesehen? Ich meine, mit meiner Show.»
«X-mal. Jedesmal, wenn ich in der Stadt war. Und ich hab nie erlebt, daß du nicht brillant warst.» Er bedachte sie mit einem einnehmenden Lächeln. «Wir können sogar den Titel beibehalten, wenn du willst. Ich finde, ‹Mary Ann in the Morning› hört sich gut an.»
Sie dachte mehr in Richtung eines schlichten «Mary Ann».
«Hör mal», setzte er nach, «wenn du nein sagst ... einverstanden. Aber ich will absolut sicher sein, daß du auch genau weißt, was du da für ein Angebot gekriegt hast.»
«Ich denke, das weiß ich», sagte sie.

«Was soll ich dir dann noch sagen?»

«Tja ... was ich deiner Meinung nach zu bieten habe, zum Beispiel.»

Dafür erntete sie einen ungläubigen Blick. «Ach, komm.»

«Ich mein das ernst.»

«Okay.» Er überlegte kurz. «Du bist kein Roboter. Du hörst den Leuten zu. Du reagierst auf sie. Du lachst, wenn dir nach Lachen zumute ist, und du sagst, was du denkst. Und du hast dieses großartige ... Cleveland-Ding laufen.»

Sie zuckte zurück, als hätte er mit einem Hering nach ihr geschlagen. *«Cleveland-Ding?»*

Er grinste aufreizend. «Vielleicht war das nicht ganz die richtige Ausdrucksweise ...»

«Ich hab *jahrelang* daran gearbeitet, Cleveland auf immer und ewig loszuwerden.»

Er schüttelte den Kopf. «Hat aber nicht geklappt.»

«Na, herzlichen Dank.»

«Und du kannst von Glück sagen, daß es nicht geklappt hat. Diese Naivität ist dein absolutes Plus. Sieh mal ... Mensch ... wo wäre Carson ohne Nebraska?»

Mit einem inneren Schauder wurde ihr klar, daß sie vielleicht schon in ein paar Monaten in der *Carson*-Show *auftreten* und dort ganz gemütlich über ihren kometenhaften Aufstieg plaudern würde.

«Und, wie war's?» Es war eine kehlige Frauenstimme, die Mary Ann mit dieser Frage überraschte.

«D'or ... hallo. Wie immer ganz lecker. Burke, das ist unsere Gastgeberin. D'orothea Wilson.» In der malvenfarbenen Seidenbluse und der Garbardinehose sieht sie wieder einmal hyperelegant aus, dachte Mary Ann.

«Wirklich großartig», sagte Burke und zeigte auf die Reste seines Thunfischs. «Besonders die Erdnußbuttersauce.»

D'or nickte. «Die hab ich zu Hause schon seit Jahren gemacht.» Sie blickte Mary Ann an und lächelte sarkastisch. «DeDe und die Kinder sind ein bißchen sauer, daß ich damit an die Öffentlichkeit gegangen bin.»

«Ist DeDe heute da?»

D'or schüttelte den Kopf. «Erst um zwei.»

«Tja, dann bestell ihr doch schöne Grüße von mir, okay? Es ist schon ziemlich lange her, daß wir miteinander geredet haben.»

«Wird gemacht», sagte D'or und zog auf der Runde, die sie durch ihr Lokal machte, in den vorderen Raum weiter.

«Eine richtige Schönheit», sagte Burke.

«Ja. Sie war mal Model. Sie und ihre Geliebte sind gerade noch aus Jonestown entkommen, bevor alle ... na, du weißt schon, das Kool-Aid getrunken haben. Danach haben sie sich drei Jahre in Kuba versteckt gehalten.»

«Mein Gott.»

Sie genoß seine Verwunderung. «Kann man wohl sagen. Durch mich ist die Geschichte erst bekannt geworden.»

«In deiner Show?»

«Nein. Davor noch. Da hab ich erst den Nachmittagsfilm und die Pause dazwischen moderiert. Damals, '81. Und damit hat dann alles angefangen.»

«Haben sie dich zur Reporterin gemacht, damit du die Geschichte präsentieren konntest?»

«Nein.»

«Ja, und ...?»

Sie zuckte mit den Schultern und schenkte ihm ein geheimnisvolles Lächeln. «Ich hab sie einfach in der Pause des Nachmittagsfilms präsentiert.»

«Holla, holla», war alles, was er herausbrachte.

«Aber das war nur Regionalfernsehen. In New York hätte man davon wahrscheinlich gar nichts mitgekriegt.»

Er schnappte die Ironie auf und schaute Mary Ann mit zusammengekniffenen Augen an. «Seit wann bist du so gefährlich?»

«Wer? Ich?» erwiderte sie. «Die kleine Mary Ann aus Cleveland?»

Eine reichlich aufregende Neuigkeit

Der samtweiche Nebel, der an diesem Abend durch die Stadt rollte, hatte der Straßenlaterne am Fuß der Barbary-Lane-Treppe einen Heiligenschein aufgesetzt. Thack blieb unter der Laterne stehen und murmelte: «Scheiße.»

«Was ist?» sagte Michael.

«Wir haben vergessen, Sherry zu besorgen.»

Michaels Schuldgefühle wallten wieder auf. Nachdem er mehrere Monate nicht dagewesen war, kehrte er nur sehr ungern ohne ein besänftigendes Unterpfand für seine Zuneigung in Mrs. Madrigals Haus zurück. Er schaute die unmögliche Steigung der Leavenworth hinauf und dachte laut nach. «Da ganz oben ist ein Tante-Emma-Laden.»

«Bitte nicht», sagte sein Liebhaber. «Wir können ihr morgen ein paar Blumen schicken.»

«Hilfst du mir, dran zu denken?»

«Klar», sagte Thack.

Als sie zu den Eukalyptusbäumen am oberen Absatz der Treppe kamen, schoß eine Katze an ihnen vorbei und stellte ihren Schwanz zur Schau wie ein Breitschwert. Michael lockte sie mit schmeichelnder Stimme, aber das Vieh fauchte ihn nur an und verschwand im Nebel.

«Yuppietiger», schrie er ihr nach.

Thack schaute ihn irritiert an.

«Er ist von da drüben», klärte Michael ihn auf und deutete auf den neuen Eigentumswohnungskomplex am Anfang der Barbary Lane. Er war zartgrün und postmodern und verfügte über Sicherheitstore, versenkte Mülltonnen und Türklingeln, die kilometerweit zu hören waren. Der größte Teil des Eukalyptushains war geopfert worden, um für den Wohnkomplex Platz zu schaffen.

Gleich nach dem Komplex, dort, wo der Weg enger wurde und ein Wildwuchs an Sträuchern begann, folgte die wirkliche Barbary Lane, ein schrumpfendes Bohemienidyll mit schindelverkleideten Häusern und mit Mülltonnen, die sich ihres Vorhandenseins nicht schämten. Als Michael und Thack das überdachte Gartentor zur Nummer 28 öffneten, wehte ihnen quer durch den Vorgarten der aus dem Küchenfenster der Vermieterin dringende Duft nach Schmorfleisch entgegen.

Als Mrs. Madrigal sie in ihr innerstes Heiligtum einließ, spürte Michael die beruhigende Wirkung, die von der Unveränderlichkeit dieses Orts ausging – von seinem vertrauten, immergleichen Durcheinander aus staubigen Büchern und noch staubigerem Samt. Sie trug einen pflaumenfarbenen Kimono, im Gewirr ihrer silbergrauen Haare steckten zwei Eßstäbchen aus Elfenbein, und sie begrüßte sie voll Überschwang.

«Rauchst du?» fragte sie Michael.

Er musterte demonstrativ seine Extremitäten. «Keine Ahnung, wo denn?»

«Ach, du sollst doch nicht über mein einziges Sakrament spotten.» Sie drückte Thack ein Tablett voller Joints in die Hand. «Da, mein Lieber. Korrumpier *du* ihn. Meine Kekse brennen an.» Sie machte auf dem Absatz kehrt und enteilte in einer Wolke aus flatternder Seide in die Küche.

Thack lächelte über ihren theatralischen Abgang und hielt Michael das Tablett hin.

Michael ließ sich nach kurzem Zögern erweichen. Es war schließlich ein besonderer Anlaß.

Als die Vermieterin wiederkam, waren Thack und er vollgedröhnt und ruhten selig in den Armen von Mrs. Madrigals speckigem Damastsofa.

«Tja», sagte sie und setzte sich in den Lehnsessel, «ich habe eine reichlich aufregende Neuigkeit.»

«Wirklich?» sagte Thack.

Um die Spannung zu erhöhen, schaute sie einen nach dem anderen strahlend an: «Ich verlasse San Francisco.»

Ein unerwartetes Angstgefühl durchzuckte Michael. *Sie verließ San Francisco? Für immer?*

Seine Pein mußte ihm anzusehen sein, denn sie machte hastig eine Ergänzung. «Nur für einen Monat oder so.»

«Heißt das, Sie machen Urlaub?» Thack schaute genauso überrascht drein.

Sie bekam ganz große Augen, als sie die Hände auf die Knie legte und nickte. Sie war offenbar selbst überrascht. Bisher war sie der Welt allerhäuslichster Mensch gewesen.

«Na dann», sagte Michael, «herzlichen Glückwunsch.»

«Mona möchte, daß wir uns in Griechenland treffen. Und weil ich sowieso kaum einmal mit meiner so überaus entzükkenden Tochter zusammenkomme, hab ich mir gedacht ...»

«In Griechenland?»

«Ja, mein Lieber.»

«Auf Lesbos?»

Die Vermieterin bekam ganz große Augen. «Hat sie dir davon erzählt?»

«Na ja, nicht in letzter Zeit, aber sie redet schon seit Jahren davon.»

«Tja, diesmal fährt sie aber. Sie hat ein Haus gemietet, und sie hat ihre tatterige alte Mutter eingeladen.»

«Das ist ja toll», sagte Thack.

Michael sah schon alles vor sich: Die gute alte Mona mit den Kräuselhaaren saß mürrisch und von Geilheit geplagt in einer verrauchten Taverne. Mrs. Madrigal hielt in ihrem haferbreifarbigen Kaftan hof und tanzte diesen Sorbas-Tanz, wenn ihr danach war.

«Ich kann es kaum fassen.» Die Vermieterin seufzte wohlig. «Das Land Sapphos.»

Michael prustete los. «Und von unzähligen Frauen, die dort auf Sapphos Spuren wandeln. Das hat sie wahrscheinlich nicht erwähnt, oder?»

«Doch», sagte Mrs. Madrigal.

«Es ist ein regelrechter Wallfahrtsort.»

«Ich weiß.»

«Sie hat gesagt, zur Hochsaison reisen dermaßen viele Lesben dorthin, daß es zugeht wie im Studio von Dinah Shore am Tag der offenen Tür.»

Mrs. Madrigal sah ihn finster an. «Ich glaube, du hast dich klar genug ausgedrückt, mein Lieber.»

«Es gibt aber sicher auch Männer dort.»

«Ja», kam die trockene Antwort. «Bestimmt.»

«Wann brechen Sie auf?» fragte Thack.

«Ach ... Anfang nächster Woche.»

Das hatte Michael nicht erwartet. Aber auch das leichte Angstgefühl nicht, das ihn befiel. Warum, in aller Welt, sollte er sich Sorgen machen? Es war nur eine Urlaubsreise. «Da bleibt fürs Packen ja nicht mehr viel Zeit», sagte er lahm.

Sie schaute ihn fragend an.

«Natürlich werden Sie auch nicht viel brauchen», schob er nach.

«Ich bin gar nicht sicher, ob ich überhaupt *weiß*, wie man packt. Ich war schon seit Jahren nicht mehr vom Russian Hill weg.»

«Um so mehr sollten sie fahren», sagte Thack.

Michael fragte: «Ist es dort nicht heiß?»

«Warm», erwiderte sie.

«Aber Sie können Hitze doch nicht ausstehen.»

«Na ja, es ist wenigstens trockene Hitze.»

«Und Dope gibt's sicher auch keins dort», erinnerte er sie.

«He», sagte Thack mit einem Blick auf Michael. «Sei doch kein solcher Spaßverderber.»

Michael zuckte mit den Schultern. «Ich wollte doch nur, daß sie Bescheid weiß.»

Beim Essen kamen sie auf Mary Ann und Brian zu sprechen, die die Vermieterin offenbar seit Weihnachten nicht mehr besucht hatten.

«Die beiden haben ganz schön zu tun», versicherte Michael ihr, was ihm einen skeptischen Blick von Thack einbrachte, der immer bereit war, über Mary Ann das Schlechteste zu denken.

Mrs. Madrigal spielte mit einer Haarsträhne an ihrer Schläfe. «Ich würde ihnen Shawna ja liebend gern abnehmen. Brian hat mich schon seit Ewigkeiten nicht gebeten, für sie babyzusitten.»

«Na ja», sagte Michael mit ungutem Gefühl, «sie geht jetzt natürlich in den Kindergarten. Und da ist sie schon die meiste Zeit versorgt.»

«Genau», sagte Thack.

Die Vermieterin biß sich auf die Unterlippe und nickte. «Noch ein paar Kartoffeln, mein Lieber?»

Thack schüttelte den Kopf und klopfte sich auf den Bauch. «Ich bin voll bis oben hin.»

«Es sind aber noch Unmengen Schmorfleisch da.»

«Nein, danke. Wirklich.»

«Michael?»

«Na ja...»

«Siehe den, der da zögert...»

Er lächelte sie an und ließ die Ausrede, daß er diese Woche Diät mache, fallen.

«Komm mit», sagte sie und winkte ihn in Richtung Küche. Dann wandte sie sich an Thack: «Du entschuldigst uns, mein Lieber, ja?»

In der Küche machte sie sich ein bißchen zu vergnügt über den Braten her. «Magst du das Knusprige immer noch so gern?»

«Klar. Aber auch das andere.»

Sie hielt den Blick auf die Arbeit gerichtet, während sie tranchierte. «Soll ich das wirklich machen, mein Lieber?»

«Was?»

«Fortfahren?»

«Natürlich», sagte er. «Warum nicht?»

«Na ja... wenn es dir vielleicht nicht so gut geht...»

«Mir fehlt nichts», sagte er. «Meinen Sie nicht, daß ich es Ihnen dann sagen würde?»

«Na ja, ich würde es mir jedenfalls erhoffen...»

Er verdrehte die Augen. «Ich komm dann schreiend angelaufen. Das versprech ich Ihnen.»

Sie ließ sich beim Anrichten der Scheibe auf seinem Teller Zeit. «Ich werde einen ganzen Monat weg sein.»

«Jetzt hören Sie aber auf!»

Sie legte die Vorlegegabel weg und wischte sich die Hände an einem Geschirrtuch ab. «Verzeih mir.»

«Entschuldigen Sie sich doch nicht.»

«Ich weiß, daß es irrational ist, aber ich habe über nichts anderes nachgedacht, seit...»

«Seh ich denn nicht aus, als würd's mir gutgehen?»

Sie legte ihm die Hand auf die Wange. «Du siehst wunderbar aus. Wie immer.»

Weil ihm die Innigkeit ihres Blicks unangenehm war, schaute er weg. «Mona meint, daß es eine wunderschöne Insel ist. Und es gibt da erst seit fünf Jahren oder so einen Flughafen.»

«Mhm.» Ihre Hand glitt von seiner Wange, und sie machte sich am Geschirr zu schaffen, das in der Spüle stand.

«Lassen Sie das stehen», sagte er. «Ich kümmer mich nachher darum.»

«Du könntest mit uns mitkommen», sagte sie und wirbelte herum.

«Hmh?»

«Nach Lesbos. Mona fände das sicherlich toll.»

Er lächelte sie nachsichtig an. «Ich habe ein Geschäft hier. Und ein Haus, das abbezahlt werden muß.»

Thack erschien mit seinem Teller in der Hand in der Tür. «Ist es schon zu spät, um meine Meinung noch zu ändern?»

«Natürlich nicht», sagte die Vermieterin.

Michael trat beiseite, als sie Fleisch auf Thacks Teller häufte. Sie war anscheinend genauso erleichtert wie er, daß Thack gekommen war und ihrer beiderseitigen Verlegenheit ein Ende bereitet hatte.

Sie wuschen gerade zu dritt das Geschirr ab, als jemand an die Wohnungstür klopfte. Bevor die Vermieterin sich noch die Hände fertig abtrocknen konnte, war Polly Berendt schon in die Küche geplatzt. «Oh, hallo», sagte sie, als sie Michael und Thack sah. Dann wandte sie sich an Mrs. Madrigal: «Ich wollt grad weg, und da hab ich mir gedacht, sie können das hier vielleicht brauchen.» Sie zog den Reißverschluß an einer der Taschen ihrer schwarzen Lederjacke auf und förderte einen Scheck zutage, der offenbar für die Miete bestimmt war. «Tut mir leid, daß ich so spät dran bin.»

Die Vermieterin steckte die Gabe in den Ärmel ihres Kimonos. «Das macht gar nichts, meine Liebe.»

Verlegen fuhr Polly sich mit der Hand über ihren jeansumhüllten Oberschenkel. «Tja, ich wollt nicht stören.»

«Du störst nicht. Wir sind mit dem Essen schon fertig. Komm und setz dich mit uns hin.»

«Danke, aber ich kann nicht.» Sie schaute Michael an. «Ich treff mich mit ein paar Freundinnen bei Francine's.»

«Ach», zwitscherte die Vermieterin. «Kenne ich die?»

«Das ist eine Kneipe», klärte Polly sie auf.

Michael konnte nicht widerstehen. «Rat mal, wo Mrs. Madrigal hinfährt.»

Polly schaute leicht argwöhnisch drein. «Wohin?»

«Nach Lesbos.»

«Äh ... du meinst ...?»

«Die Insel», sagte Thack. «Von der Sappho stammt.»

Polly nickte unbestimmt.

«Sag bloß, du hast noch nie was von ihr gehört», platzte Michael dazwischen.

«*Gehört* hab ich schon von ihr, klar. Ich kenn mich nur nicht so gut aus bei den alten Mythen.»

«Sappho war keine mythologische Figur.»

«He», zischte Thack ihn an, «hör auf damit.»

«Genau», sagte Polly.

Mrs. Madrigal schaute finster. «Kinder, wenn ihr streiten wollt ...»

Michael sah Polly kopfschüttelnd an. «Wie kannst du dich nur als Lesbe bezeichnen?»

Seine Angestellte seufzte tief und verlagerte ihr Gewicht von dem einen Bein auf das andere. «Ich bezeichne mich nicht als Lesbe. Ich *bin* eine. Und ich hab das nicht erst lernen müssen, weißt du.»

«Genau das», sagte Michael, noch immer mit ernstem Gesicht, «läuft bei den jungen Leuten heute falsch.»

Polly stöhnte. Thack legte Michael den Arm um die Schulter und schüttelte ihn. «Du alter Depp, du.»

«Genau», sagte Mrs. Madrigal. «Und was für ein kurzes Gedächtnis.»

«Was soll das heißen?»

«Na ja ... wenn mich nicht alles täuscht, mein Lieber, dann mußte ich dir erklären, wer Ronald Firbank war.»

Michael sah sie stirnrunzelnd an. «Ja, wirklich?»

Sie nickte.

«Das kann doch nicht sein.»

«Ich glaube doch.»

«Tja ... Firbank ist viel weniger bekannt als Sappho.»

«Und», sagte die Vermieterin, die das Thema abschloß, indem sie sich Polly zuwandte, «wirst du denn auch zurechtkommen, während ich weg bin?»

Polly zuckte mit den Schultern. «Klar.»

«Ich denke ja nicht, daß du die Heizung brauchst, aber wenn doch, und sie funktioniert nicht, dann ist da am Ofen ein Knopf, an dem du rütteln kannst.»

Polly nickte. «Ich werd dran denken.»

«Die Zweitschlüssel laß ich bei den Gottfrieds im zweiten Stock, damit du bei denen klingeln kannst, wenn du deine verlierst.»

«Okay. Danke.»

«Ach so ... wenn du Rupert ein bißchen im Auge behalten könntest. Ich glaube, er frißt momentan bei den Treachers, aber für den Fall der Fälle hab ich immer ein bißchen Katzenfutter hier. Es steht in dem Schrank da drüben. Ich gebe dir noch einen Schlüssel, bevor ich fahre.»

Als er das alles hörte, kam Michael sich alt und leicht entfremdet vor – wie ein klappriger Exstudent, der an seine Universität zurückkehrt und feststellt, daß das Studentenleben auch ohne ihn weitergegangen ist. Wer waren diese Leute überhaupt? Diese Gottfrieds und Treachers, die jetzt in die uralten Geheimnisse der Barbary Lane eingeweiht waren?

Er stellte auch fest, daß er auf Polly in ihrer neugewonnenen Rolle als Vizestatthalterin der Barbary Lane 28 ein klein wenig eifersüchtig war. Das war natürlich irrational – schließlich hatte *er* beschlossen wegzuziehen –, aber die Eifersucht nagte trotzdem an ihm.

Als Thack und er sich an diesem Abend verabschiedeten, hängte Mrs. Madrigal sich ganz matronenhaft bei ihnen ein und führte sie die Barbary Lane entlang bis zum oberen Absatz der Treppe. Allein der Duft dieser mit Farn bewachsenen Stelle, die so intensiv nach Erde und Eukalyptus roch, löste bei Michael einen Schwall von Erinnerungen aus, und er fühlte sich den Tränen gefährlich nahe.

«Hört mal», sagte die Vermieterin, als sie die beiden für ihren Abstieg die Treppe hinab freigab. «Machen wir doch noch etwas Hübsches, bevor ich abreise.»

«Ja, gern», sagte Thack.

Mrs. Madrigal zupfte Michael am Ärmel. «Und was ist mit dir, junger Mann?»

«Klar.» Michael wich ihrem Blick aus.

«Sorg dafür, daß er anruft», sagte sie zu Thack. «Er vergißt es sonst.»

«Ich werd's nicht vergessen», sagte Michael und eilte die Treppe hinunter, bevor sie sein Gesicht sehen konnte.

Schlafende Hunde

Brian hatte sehr wohl registriert, daß schon ein ganzer Tag vergangen war, ohne daß Mary Ann auch nur einen Piep zu ihrer Essensverabredung mit Burke Andrew gesagt hatte. Am Abend zuvor war er drauf und dran gewesen, das Thema selbst anzuschneiden, doch etwas an ihrem scheuen und ausgesucht höflichen Verhalten hatte ihn bewogen, lieber keine schlafenden Hunde zu wecken.

Wenn zwischen ihr und Burke immer noch etwas war, dann wollte er nichts davon wissen.

Es war natürlich Paranoia, aber was konnte man schon machen?

Er saß in seinem Jeep und fuhr unter einem klaren blauen Abendhimmel nach Hause. Die elfenbeinfarbenen Hochhäuser auf dem Russian Hill strahlten im Licht der untergehenden Sonne wie Gold. Alles in allem hatte er mehr als genug Gründe, um selber zu strahlen wie ein Goldjunge, weshalb diese nagende Unsicherheit ein Ende finden mußte.

Wenn überhaupt, entschied er, dann sollte er sich durch ihr Verhalten bestätigt fühlen. Das Wiedersehen war offenbar so ereignislos verlaufen, daß sie einfach vergessen hatte, es zu erwähnen. Und, was noch wichtiger war, falls es zwischen den beiden *tatsächlich* Klick gemacht hatte, dann wäre sie nicht so dumm gewesen, Aufmerksamkeit auf die Situation zu lenken, indem sie einfach darüber schwieg; sie würde eine beiläufige Bemerkung gemacht und es dabei bewenden lassen haben.

Als er dann im zweiundzwanzigsten Stock des Summit ankam, hatte er sich über die Angelegenheit bereits erhoben.

Er trat ins Wohnzimmer und rief: «Jauau!» Die tiefstehende Sonne goß ihr sherryfarbenes Licht über den Teppich, auf dem ein paar Dutzend von Shawnas Puppen mit dem Gesicht nach unten in Reih und Glied ausgebreitet lagen. «He, ihr, ich bin zu Hause.»

Seine Tochter kam aus dem Schlafzimmer, blieb stehen und kratzte sich am Po. «Hallo, Daddy.» In der anderen Hand hielt sie eine weitere Puppe am linken Bein.

«Hallo, Puppy. Was soll das hier?»

«Ich geb sie alle weg.»

«Ach, wirklich?»

«Ja.» Sie kniete nieder, legte die Puppe neben die anderen und ordnete mit großem Ernst ihre Gliedmaßen. «Für die Obdachlosen.»

«War das deine Idee?» Er war beeindruckt.

«Zum Großteil. Zum Teil auch die von Mary Ann.»

«Na, das ist ja wunderbar. Nur nicht alle, okay?»

«Keine Angst.» Sie tätschelte das Kleid der Puppe zurecht. «Ich geb nur die häßlichen weg.»

Er nickte. «Das ist klug.» Dann tippte er ihr mit dem Finger auf die Nasenspitze. «Du bist ja eine richtige kleine Mutter Teresa.»

Seine Frau schälte in der Küche Erbsen. In ihrer Laura-Ashley-Schürze sah sie grobknochig und sehr Sally-Field-mäßig aus. Als er sie auf den Nacken küßte, bekam er einen Hauch ihres satten Sechs-Uhr-Geruchs in die Nase und war sofort wieder innigst und unrettbar in sie verliebt.

«Würdest du mir bitte erklären», sagte er, «was unsere Tochter macht?»

«Ich weiß schon.» Sie sah ihn reumütig an. «Da draußen sieht's aus wie in Jonestown.»

Er warf sich eine rohe Erbse in den Mund, kaute darauf herum und lehnte sich gegen den Küchentresen. «Findest du das wirklich gut?»

Sie zuckte mit den Schultern. «Warum nicht?»

«Ich weiß nicht. Was ist, wenn ihr später eine fehlt? Erinnerst du dich noch, wie sie war, als wir ihren Schnuller weggeschmissen haben?»

«Sie will es so, Brian. Es ist ein Übergangsritus. Sie findet's total toll.»

«Schon, aber wenn sie . . .»

«Wenn wir auf dich gehört hätten, würde sie immer noch an dem dämlichen Schnuller nuckeln.»

«Okay. Du hast ja recht.»

«Ihre hübschen Puppen behält sie sowieso.»

«Gut.»

«Was für Kartoffeln willst du haben?» fragte sie. «Süße oder neue?»

«Äh . . . süße.»

«Mit Baby-Marshmallows?»

Er sah sie skeptisch an. «Seit wann kaufst *du* Baby-Marshmallows?»

Sie zuckte mit den Schultern. «Wenn du keine haben willst . . .»

«Ach, ich will schon welche. Ich mußte nur dran denken, daß du mal gesagt hast, sie wären scheußlich und provinziell.»

Sie sah ihn spitzbübisch an und schälte weiter.

«Soll ich dir beim Schälen helfen?» fragte er.

«Nein, danke. Ich arbeite ganz gern mit den Händen. Das beruhigt mich.»

Er stellte sich hinter sie und drückte das Gesicht in ihren Nacken. «Hast du denn Beruhigung nötig?»

«Nein», sagte sie. «Ich hab nur gemeint... daß ich auf die Art was Manuelles machen kann.»
«Mhmm.» Er knabberte an ihr. «Ich wüßte noch was anderes Manuelles für dich.»
Sie kicherte. «Geh den Tisch decken.»
«Laß uns doch vorm Fernseher essen.»
«Von mir aus. Es kommt aber nichts Gescheites.»
«Und ob. *Cheers*. Gleich zwei Folgen hintereinander.»
«Was gibt's sonst noch?»
«Michael hat uns *The Singing Detective* geliehen.»
«Nein, bitte nicht.»
«Das Drehbuch ist aber von Dennis Potter.»
«Brian, während ich esse, will ich keinem alten Mann mit Psoriasis zuschauen.»
«Letzten Monat hast du noch eine Sendung drüber gemacht.»
«Um so mehr.»
«Du bist vielleicht eine anstrengende Frau», sagte er und kniff sie in den Po.
Sie stieß ihn in Richtung Tür. «Geh und spiel mit Shawna. Vielleicht schauen wir uns das Ding an, wenn sie im Bett ist...»
«Na ja, aber wenn du doch...»
«Hau ab. Ich muß noch die Garnelen füllen.»
«Was mußt du?»
«He», sagte sie und schnitt ihm angesichts seiner Verblüffung eine Grimasse. «Ich bin eine Frau wie aus dem Bilderbuch.»
Sie hatte schon seit Jahren keine gefüllten Garnelen mehr gemacht.

Im Wohnzimmer setzte er sich auf den Fußboden und hörte zu, wie Shawna – ein bißchen gar zu freudig vielleicht – die Unzulänglichkeiten ihrer bald schon obdachlos werdenden Puppen aufzählte.
«Die redet nicht mehr.»
«Ach, ja?»
«Und die hat doofe Haare. Und die kann ich nicht leiden.»

«Das stimmt doch gar nicht, Puppy.»

«Doch, das stimmt. Und die riecht furchtbar komisch.»

Brian runzelte die Stirn und roch an der Puppe. Der Geruch biß in der Nase wie kleine Fangzähne.

«Pedro hat auf sie draufgepinkelt», erklärte Shawna.

«Wer?»

«Der Leguan von den Sorensens.»

«Na toll.» Er legte die Puppe an ihre Ruhestätte zurück.

«Können wir einen Leguan kaufen?»

«Auf gar keinen Fall.»

«Ich würde mich immer um ihn kümmern.»

«Oh, ja.»

«Wirklich.»

Er überlegte kurz und griff dann nach der stinkenden Puppe. «Ich glaube, wir schicken die hier lieber in den Ruhestand, ja?»

«Was heißt das?»

«Wir werfen sie weg.»

«Warum?»

«Weißt du, Puppy, wenn wir finden, daß sie schlecht riecht, dann findet das ein anderes kleines Mädchen garantiert auch.»

«M-mm.» Shawna schüttelte den Kopf und kratzte sich bewundernswerterweise gleichzeitig am Po. «Nicht, wenn das kleine Mädchen obdachlos ist.»

«Na, und ob. Glaub mir das nur, Puppy.»

Seine Tochter sah ihn ausdruckslos an. «Ach, egal.»

«Komm mit», sagte er und faßte nach ihrer Hand. «Helfen wir Mommy beim Tischdecken.»

Als Brian *The Singing Detective* zum ersten Mal gesehen hatte, war Mary Ann zum Kontaktknüpfen bei einer Cocktailparty gewesen.

«Es ist schon verblüffend», sagte er, als sie in der Küche waren. «Da liegt dieser häßliche alte Kerl im Krankenhaus in seinem Bett, hat ganz schiefe Zähne und ein total verschorftes Gesicht, und dann macht er den Mund auf, um zu singen, und dann kommt ‹It Might As Well Be Spring› heraus. Nur halt mit so einer Schnulzensängerstimme ... du weißt schon, wie von dem Kerl, der's original gesungen hat ... und mitsamt der richtigen Instrumentierung und so.»

«Ich versteh das nicht», sagte Mary Ann.

«Ich auch nicht», sagte Shawna.

«Wenn du dir's anschaust, verstehst du's schon», sagte er zu seiner Frau.

Sie war nicht sehr überzeugt. «Nicht, wenn das Ding sechs Stunden dauert.»

«Na ja ... wir könnten es ja häppchenweise anschauen.»

«Ohne mich», sagte Shawna.

Er drehte sich zu seiner Tochter um und kitzelte sie unter den Armen. «Du schaust dir das sowieso nicht an.»

Das Kind wand sich kichernd. «Doooch.»

«Auf keinen Fall. Du schaust dir in deinem Zimmer die *Bill-Cosby-Show* an.»

«Wer sagt das?»

«Ich sag das. Und Freddy!» Er versteifte die Finger zu einer Klaue und krampfte sie um Shawnas Hinterkopf, wofür er von ihr ein Kreischen erntete.

Mary Ann sah ihn finster an. «Brian ...»

«Was?»

«Das ist gar nicht lustig.»

«Ach so ... okay.» Er ließ seine Klaue schlaff werden und zwinkerte Shawna zu. «Mommy hat uns Süßkartoffeln mit Mini-Marshmallows gemacht.»

«Lecker», sagte Shawna.

«Was glaubst du, warum sie uns die gemacht hat?»

Shawna zuckte mit den Schultern.

«Weißt du, er ist ein Kinderschänder», sagte seine Frau.

Er schaute zu ihr hinüber. «Wer?»

«Freddy. In dem Film.»

«Ja. Okay.» Er wandte sich wieder Shawna zu. «Glaubst du, weil wir die ganze Woche brav gewesen sind?»

«Man hat einen richtigen Helden aus ihm gemacht. Es gibt sogar Poster von ihm. Einfach widerlich.»

«Ja, wahrscheinlich», sagte er.

«Wir machen nämlich eine Sendung darüber.»
Er nickte nur; soviel hatte er auch schon erraten.
«Ich mag ihn», sagte Shawna.
Mary Ann sah sie finster an. «Wen?»
«Freddy.»
«Nein, das stimmt nicht», sagte sie. «Du magst ihn nicht.»
«Doch, ich mag ihn.»
«Shawna.» Mary Ann warf ihm einen kläglichen Blick zu. «Siehst du?» sagte sie.
«Ich find ihn lustig», sagte Shawna.
Brian bedachte seine Frau mit einem Blick, der sagte: Nimm's leicht. «Sie findet ihn lustig.»
«Klar.» Mary Ann warf eine Handvoll Erbsen in eine Kasserolle. «Einen Kinderschänder.»
«Willst du Wein zum Essen?» fragte er.
«Gern. Wie du möchtest.»
Er ging zum Kühlschrank, nahm eine Flasche Sauvignon blanc heraus und legte sie ins Gefrierfach, damit der Wein so kalt wurde, wie sie ihn gerne tranken. Als er sah, daß Shawna sich trollte, setzte er sich auf den Hocker, der neben der Kochinsel stand. «Was ich dich noch fragen wollte», sagte er so beiläufig wie möglich. «Wie war eigentlich dein Essen mit Burke gestern?»
«Ach so.» Sie brauchte einen Moment. «Schön.»
Er nickte. «Habt ihr euch alles erzählt?»
«Mhm. Mehr oder weniger.»
«Ist er... immer noch verheiratet und so?»
Sie musterte ihn kurz und bedachte ihn dann mit einem trägen honigsüßen Lächeln. «Du bist doch ein dummer Kerl.»
Unwillkürlich verzogen sich seine Augenbrauen wie bei Jack Nicholson in *Shining*. «Ach, ja?»
Ihr Blick wanderte zurück zu der Süßkartoffel, die sie gerade schnitt. «Ich hab gewußt, daß du mir so kommst.»
«He.» Er zuckte mit den Schultern. «Wie bin ich dir denn gekommen? Das war eine ganz schlichte Frage.»
«Okay, von mir aus... Ja, er ist immer noch verheiratet. Ja, er hat immer noch zwei Kinder.»

«Und wie sieht er aus?»

«Was würdest du denn gerne hören?» sagte sie. «Was richtig Abschätziges, damit du dich nicht verunsichert fühlst?»

«Ja, das wär schön.»

Sie lächelte. «Du bist mir vielleicht einer.»

«Ach, komm. Versuch's mal. Hat er einen fetten Arsch gekriegt?»

Als sie johlte, schlängelte er sich von hinten an sie heran und legte ihr die Arme um die Hüften. «Du hast ihn mal sehr gern gehabt.»

«Wie kommst du denn darauf?»

«Na», sagte er, «hast du vergessen, daß ich dabei war? Ich hab euch zwei doch dauernd zusammen gesehen.»

Sie drehte sich in seinen Armen herum und fuhr ihm mit den Fingerspitzen durch die Haare über den Ohren. «Hat Michael dieses Essen so hochstilisiert, oder wie?»

«Ich hab ihm nichts davon erzählt. Du denn?»

«Nein. Warum sollte ich?»

Er zuckte mit den Schultern.

«Und was bringt dich überhaupt auf den Gedanken, daß ich nach elf Jahren auch nur...»

«Nichts», sagte er. «Du hast recht. Ich bin ein dummer Kerl.»

Ihre Augen musterten die seinen mit fast augenärztlicher Intensität. Sie gab ihm einen abschließenden Klaps auf den Arsch und beschäftigte sich wieder mit ihren Süßkartoffeln.

«Wenn du's genau wissen willst», sagte sie während des Schneidens, «er ist ein bißchen trocken geworden.»

«Wie das denn?»

«Keine Ahnung. Er nimmt alles zu ernst und zu wichtig. Er geht völlig in seinem Beruf auf.»

«Und der wäre?»

«Das Fernsehen», erwiderte sie. «Er ist Producer.»

«Wie klein die Welt doch ist.»

«Er ist aber nett. Er war richtig besorgt, als ich ihm erzählt habe, daß Michael positiv ist.» Sie machte eine Pause. «Eigentlich haben wir die meiste Zeit darüber geredet.»

«Die beiden haben sich ziemlich nahegestanden, hm?»

«Ja, einigermaßen. Er hat gefragt, ob wir uns diese Woche mal alle zusammen treffen könnten.»

«Ach, ja? Du meinst, gemeinsam mit Michael?»

Sie nickte. «Aber wenn du nicht willst, brauchen wir natürlich...»

«Nein. Das ist schon in Ordnung.»

«Ich kann mir vorstellen, daß du dich toll mit ihm verstehst.»

«Hast du nicht gesagt, er ist trocken?»

Sie verdrehte die Augen. «Das war... in bezug auf seine Arbeit gemeint. Würd es denn am Mittwoch abend passen?»

«Keine Ahnung», sagte er. «Ich hab schon länger nicht in den Kalender geschaut.» Damit meinte er natürlich ihren *gemeinsamen* Kalender – im Gegensatz zu seinem oder ihrem. Auf ihr Drängen hin führten sie zu Hause bereits seit Jahren drei Terminkalender. Und sie hatten sich damit schon eine Menge Probleme erspart.

«Wir haben da nichts vor», sagte sie. «Und Nguyet ist auch verfügbar.» Gleich darauf schob sie nach: «Wahrscheinlich.»

Daß das Hausmädchen auch noch ins Spiel gebracht wurde, kam ihm ein bißchen zu großkotzig vor. «Wir kriegen das doch auch ohne sie hin, oder?»

«Eigentlich schon», sagte sie. «Aber das sind fünf Leute zum Essen... Puppy mitgerechnet sechs... und irgendwer muß das ja servieren. Ich hab nur gedacht, daß es so viel angenehmer wäre.»

«Dann koch ich wenigstens. Ich kann ja meine Paella machen.»

«Das ist lieb, aber...»

«He, die war doch letztes Mal ein großer Erfolg.»

«Das weiß ich ja, aber ich will uns alle beisammen haben. Wozu veranstalten wir die ganze Schose erst, wenn du dann wegen der Muscheln in der Küche hockst?»

«Von mir aus», sagte er.

«Willst du Michael fragen, oder soll ich?»

«Mach du das doch», sagte er. «Mich sieht er sowieso den

ganzen Tag. Durch dich kriegt das Ganze mehr Bedeutung. Außerdem hat er schon länger nichts von dir gehört.»

Sie nickte und griff nach dem Hörer des Wandtelefons.

Seine Paranoia wütete im stillen weiter.

Tanz mit mir

Michael legte den Hörer auf und ging ins Badezimmer, wo Thack nackt in der leeren Wanne saß und Harry shampoonierte. Harry, der in seinem Schaummantel so glatt wie eine Wanderratte aussah, protestierte mit einem leisen Jaulen, als Thack die Handbrause aufdrehte und den Schaum vom Hinterteil des Pudels spülte.

«Ja», sagte Michael zu Harry. «Du bist ein braver Hund. So ein braver Hund!»

«Du solltest mal die Flöhe sehen», sagte Thack.

«Das kann ich mir vorstellen.»

«Ich fürchte, wir müssen das Haus in die Luft sprengen.»

Michael hatte es nicht anders erwartet. Sosehr Thack sich auch davon distanzierte, so toll fand er es doch, «das Haus in die Luft zu sprengen». Dieser unerbittliche Antimilitarist verwandelte sich in den leibhaftigen Rambo, wenn es darum ging, Flöhe zu vernichten.

«Wer war das grade am Telefon?»

«Mary Ann.»

Wie vorherzusehen, verzog Thack das Gesicht.

Michael klappte den Klodeckel nach unten und setzte sich. «Wir sind am Mittwoch zum Essen eingeladen.»

Thack zog Harrys Kopf in die Höhe und brauste ihm den Hals von allen Seiten ab. «Wie kommen wir denn *dazu*?»

Die eigentliche Aussage war, daß Mary Ann in letzter Zeit zu ihnen Distanz gehalten hatte. Weil Michael sich vor dieser Wahrheit lieber drückte, ließ er sich auf keinen Streit ein. «Ein Exliebhaber von ihr ist in der Stadt. Sie denkt wahrscheinlich, daß es ein bißchen heftig werden könnte, wenn sie nur zu dritt sind.»

«Was für ein Exliebhaber ist das?»

«Der, den sie auf der *Pacific Princess* kennengelernt hat. Der die Story über den Kannibalenkult in der Grace Cathedral an die Öffentlichkeit gebracht hat.»

«Ach, der.»

«Er ist ganz okay. Das heißt, er war es vor zehn Jahren.»

«Das mußte er auch sein», sagte Thack. «Schließlich hat er ja die Fliege gemacht.»

Michael war die Querschüsse leid. «Er hat nicht die Fliege gemacht. Er hat einen Job in New York angeboten gekriegt. Er hat sie gebeten, mit ihm mitzugehen, aber sie wollte nicht aus San Francisco weg.»

Thack nickte. «Sie war sicher viel zu sehr damit beschäftigt, es zu erobern.»

Michael stand auf. «Ich ruf sie an und sag ab.»

«Nein.»

«Wenn du dort eine Szene machst...»

Thack spritzte mit der Brause kurz in seine Richtung. «Setz dich hin und spiel nicht die Primadonna.»

Michael setzte sich.

«Kann ich mir nicht einmal das Maul zerreißen?»

«Wenn du dort Streit anfängst...»

«Wer sagt denn, daß ich dort Streit anfange? Brian wird doch da sein. Und ihn mag ich.»

Harry versuchte, über den Wannenrand zu klettern. Seine Nägel klackten hektisch gegen das Porzellan. Thack hob ihn weg und brauste ihn weiter ab.

«Er mag's nicht zu warm», sagte Michael.

«Ich weiß.»

«Und komm ihm mit dem Strahl ja nicht an die Eier. Das haßt er wie die Pest.»

Thack lachte. «Ja, Alice.»

Michael warf ihm einen giftigen Blick zu.

«Tja, du hast dich ganz wie sie angehört», sagte sein Liebhaber. «Wenigstens einen Moment lang.»

«Na, prima.»

«Das passiert doch mal, daß man sich wie jemand anderes anhört.»

«Na, dann sag mir doch, was ich tue, damit ich's auch ändern kann.»

Thack lächelte. «Das wär wirklich nicht schlecht.»

Verflucht noch mal. Auch wenn er vielleicht ein Stubenhokker geworden war, in seine Mutter würde er sich garantiert nicht verwandeln.

«Gib mir mal Harrys Rubbeltuch rüber», sagte Thack.

Harrys Rubbeltuch war ein ausgefranstes blaues Badetuch mit dem Schriftzug «All-Australian Boy», ein gefühlsbeladenes Überbleibsel aus Michaels Bräunungstagen am Barbary Beach. Als sein Herz noch hungrig gewesen war, hatte er ganze Nachmittage damit verbringen können, seinen Körper auf die Nacht vorzubereiten.

Er zerrte das Badetuch aus dem Regal über der Toilette und reichte es Thack. «Gehen wir irgendwo hin», sagte er.

«Wann?»

«Heute abend.»

«Und wohin?»

«Keine Ahnung. Ins Rawhide II?»

«Von mir aus.» Thack wickelte Harry in das Badetuch, setzte ihn auf den Fußboden und verpaßte ihm mit dem Frotteetuch eine energische Abreibung. «Was hat dich denn auf die Idee gebracht?»

«Nichts», sagte Michael. «Ich hab nur gedacht, daß wir uns ein bißchen amüsieren könnten.»

«Aha.»

«Wir gehen kaum noch weg.»

Thack sah mit einem ironischen Blick zu ihm hoch. «Das kommt also dabei raus, wenn ich Alice zu dir sage.»

Sie hatten schon seit ewigen Zeiten davon geredet, einmal hinzugehen. Charlie Rubin war in dem Monat vor seinem Tod ein paarmal dort gewesen und hatte in den schillerndsten Farben davon berichtet. Michael und Thack hatten vorgehabt, mit

Polly und Lucy hinzugehen, aber Polly hatte Lucy zugunsten der Siegerin im Miss-International-Leather-Wettbewerb abserviert – und das nur ein paar Stunden vor ihrer Verabredung. Die neue Geliebte stand mehr auf S/M als auf Country & Western, weshalb Polly ihr Versprechen gebrochen und die Jungs dann ohne Verabredung zum Square-dance dagestanden hatten. Zu Michaels nicht enden wollender Schadenfreude war Polly während der darauffolgenden drei Wochen mit Intimschmuck für ihre Klitoris geradezu überhäuft worden.

Als sie ins Rawhide II kamen, lief gerade ein Tanzkurs. Die Leute hatten Straßenkleidung an und sahen nett, aber nicht ungewöhnlich aus, ganz so, als hätten die Pendler und Pendlerinnen in einem BART-Zug dem plötzlichen Drang nachgegeben, miteinander ein Tänzchen zu wagen. Dick und dünn, klein und groß – Paare jedweder Konstellation wirbelten zur Musik von Randy Travis in einer gegen den Uhrzeigersinn laufenden Wellenbewegung durch den Raum.

I'm gonna love you forever . . .
Forever and ever, Amen:
As long as old men live
to talk about the weather . . .
As long as old women live
to talk about old men.

Michael konnte nicht anders – er mußte grinsen. Er fand einen freien Barhocker und setzte sich. «Was willst du haben?» fragte er, da Thack zweifellos aufs Klo wollte. Er pinkelte ungefähr so oft wie ein Hund in einem Palmenhain.

«Bier», sagte Thack. «Ein Millers, glaub ich.»

«Okay.»

«Siehst du sie denn?» Er meinte die Herrentoilette.

«Es ist die Tür, wo ‹Hengste› draufsteht.» Michael verdrehte die Augen. «Im Gegensatz zu ‹Stuten›.»

«Wie sexistisch», sagte Thack.

Als er weg war, bestellte Michael die Getränke. Wie das Schicksal es wollte, legte sein Piepser genau in dem Moment los, in dem sein Calistoga kam. Der Barmann lächelte ihn an. «Schon wieder ein Bioniker.»

Michael verzog wehmütig das Gesicht. «Normalerweise geht das Ding los, wenn's irgendwo an einer Garderobe hängt.» Er kramte seine Tablettendose heraus, warf sich zwei Kapseln in den Mund und spülte sie mit dem Calistoga hinunter. Als er fertig war, schaute ihn der Mann auf dem Nachbarhocker wissend an und klopfte dann auf die Tasche seines Holzfällerhemds.

«Bei mir geht's auch jede Sekunde los.»

Michael lächelte. «In *Zweimal zwei* waren wir gestern abend so viele, daß wir eine Symphonie hätten spielen können.»

Der Mann hatte dunkle, ausdrucksvolle Augen und den niedlichen E.T.-Touch, den Michael seit einiger Zeit mit den Kerlen in Verbindung brachte, die schon lange krank waren.

«Nimmst du sie wie vorgeschrieben?» fragte Michael.

Der Mann schüttelte den Kopf. «Ich schlaf lieber durch.»

«Ich auch. Doppelte Dosis um sieben und um elf?»

«Ja.»

«Und, wie läuft's?»

Der Mann zuckte mit den Schultern. «Ich hab noch sechs Helferzellen.»

Michael nickte und dankte im stillen für das, was ihm noch gewährt war. Bei der letzten Untersuchung hatte er dreihundertzehn gehabt.

«Ich hab einen richtigen Besitzerstolz entwickelt», sagte der Mann. «Vielleicht geb ich ihnen noch mal Namen.»

Michael lachte glucksend. «Den Spruch hast du aber schon mal gebracht.»

«Nicht heute abend», sagte der Mann.

Thack kam zurück und lehnte sich mit dem Bier in der Hand gegen Michaels Hocker. Sie sahen schweigend zu, wie auf der Tanzfläche ein Paar nach dem anderen an ihnen vorbeiwirbelte. Jetzt wurde «Memories to Burn» gespielt.

«Sieh dir die an», sagte Thack. «Das ist ja ein Anblick.»

Das Objekt seiner Verblüffung trug einen Hosenanzug, war

kugelrund und schon jenseits der Siebzig. An ihren lila Haaren war seitlich ein kleiner, mit rosa Pailetten verzierter Sombrero befestigt, und sie amüsierte sich anscheinend köstlich. Ihr Partner war ungefähr vierzig Jahre jünger als sie.

«Die ist ja zum Piepen», sagte Michael.

«Ihr könnt sie gerne mitnehmen», sagte der Mann mit den sechs Helferzellen.

Michael drehte sich um und lächelte ihn an. «Du kennst sie?»

«Ich schätze schon. Sie ist meine Mutter.»

«Tja ...» Michael wurde rot. «Sie hat jedenfalls ihren Spaß.»

«Ja, nicht?»

Thack lachte. «Sie sieht aus, als wär sie hier Stammgast.»

Der Mann seufzte. «Aber wir sagen lieber nicht, zu was für einem Stamm sie *gehört*.»

«Lebt sie denn hier?» fragte Michael.

«Jetzt ja. Sie ist vor fünf Jahren aus Havasu City hierhergekommen. Als ich krank geworden bin.»

«Ach so, ja.»

«Wahrscheinlich hat sie damals gedacht, daß ich nicht mehr allzulange habe, aber ... man erlebt ja immer wieder Überraschungen.»

«Das heißt, sie wohnt bei dir?» fragte Thack.

«O Gott, nein. Sie wohnt mit einer Freundin aus Havasu City zusammen. Die Freundin hat auch einen Sohn hier.»

«Ach so.»

«Die zwei sind richtige Partylöwinnen.» Er lächelte matt. «Sie kennt mehr Trutschen als ich.»

Thack lachte. Die alte Dame kam für einen Moment in ihr Blickfeld gewirbelt, grüßte ihren Sohn, indem sie mit den Fingern klimperte, und wirbelte weiter.

«Dabei sieht sie heute noch recht zahm aus», sagte er. «Sie hat nämlich ein ganzes Outfit, das zu dem Hut paßt.»

«Weißt du ...» Michael zog die Stirn kraus. «Ich glaub, ich hab sie schon mal gesehen.»

Der Mann sah ihn an. «Spielst du im Holy Redeemer Bingo?»

«Nein.»

«Gehst du zum Mister-Brustmuskel-Wettbewerb im Eagle?»

Michael lachte. «Den schaut sie sich an?»
«Sie läßt keinen aus», sagte der Mann.
«Es muß woanders gewesen sein», sagte Michael.

Die Musik hörte auf, und die Tanzfläche leerte sich. Die alte Dame kam mit ihrem Partner im Schlepptau schnurstracks auf ihren Sohn zu.
«Puuuuuhhh», verkündete sie und tätschelte ihre lila Haarbüschel zurecht.
«Wie wär's mit einem Bud?» fragte ihr Sohn.
«Hätt ich nichts dagegen. George, das ist Larry. Larry, George.»
«Hallo. Äh... das sind...» Der Mann wandte sich mit einem entschuldigenden Blick an Michael und Thack. «Wir haben uns noch gar nicht richtig vorgestellt.»
«Michael.» Er hob die Hand zu einem Gruß, der gleich allen zusammen galt. «Und das ist Thack.»
Kopfnicken und Gemurmel.
Die alte Dame legte den Kopf schräg. «Na, Jungs, hat einer von euch Lust auf ein Tänzchen?»
«O Gott», sagte ihr Sohn. «Kaum hat sie den einen kleingekriegt, nimmt sie sich schon den nächsten zur Brust.»
«Sei bloß still», sagte die alte Dame.
«Du mußt nicht», sagte der Mann zu Michael.
«Ich würd aber gerne», sagte Michael.
«Da siehst du's, Larry», sagte die alte Dame.
«Ich weiß nur nicht, ob ich's auch *kann*», sagte Michael, als er aus dem Augenwinkel heraus sah, welchen Spaß Thack an dem Ganzen hatte.
«Ist doch nichts dabei.» Die alte Dame griff nach seiner Hand und führte ihn auf die Tanzfläche.
«Ich hab gedacht, du willst ein Bud», schrie ihr Sohn.
«Du kannst dich ja dran festhalten», rief sie zurück. «Hast du grad Michael gesagt?»
«Genau.»
«Also, ich bin Eula.»
«Hallo», sagte er.

Da inzwischen ein anderer Song angefangen hatte, warteten sie, bis sich eine freie Stelle auftat, und stürzten sich dann ins Gewühl der Dahinwirbelnden. Es war wohl so üblich, daß man sein Gegenüber auf Armeslänge von sich entfernt hielt, was auch ganz hervorragend klappte, da Eulas immenser Busen mit den vielen Polyesterrüschen darauf doch einigen Raum beanspruchte.

«Klappt doch prima», sagte sie.

Er kicherte in sich hinein. «Ist ja auch eigentlich nur der gute alte Grundschritt, oder?»

«Genau.» Sie nickte. «Schau dir mal die Mädels vor uns an. Die haben den Dreh raus.»

Die «Mädels» waren zwei vielleicht fünfzigjährige Lesben in Forty-Niners-Jacken. Sie waren wirklich gut, weshalb Michael den Rhythmus ihrer Bewegungen einfach übernahm.

«Wunderbar», sagte Eula. «Jetzt hast du's raus.»

«Na, Sie sind ja auch eine gute Tänzerin», sagte Michael zu ihr. Und das stimmte überraschenderweise auch. Sie tanzte bemerkenswert leichtfüßig.

«Bist du zum ersten Mal hier?» fragte sie.

«Mhm... das heißt, nein. Ich war schon mal Anfang der Achtziger hier, aber da hat's noch anders geheißen.»

«Nämlich?»

«Das weiß ich gar nicht mehr.» Was schlicht und einfach gelogen war. Es hatte Cave geheißen, und die Wände waren schwarz gestrichen gewesen. Die Spezialitäten des Ladens waren Nacktringen und Sklavenauktionen gewesen. Warum er das vor einer Frau verheimlichte, die zu den Mister-Brustmuskel-Wettbewerben im Eagle ging, wußte Michael nicht.

«Der, mit dem du dich unterhalten hast, ist mein Sohn.»

«Ich weiß», sagte er. «Er hat's mir erzählt.»

«Er geht gar nicht gern weg, aber ab und zu schlepp ich ihn mit.»

Er wußte nicht, was er darauf sagen sollte.

«Ronnie... das ist sein Liebhaber... der ist noch schlimmer. Die Jungs haben zu nichts Lust außer Videos ausleihen und zu Hause bleiben.»

«Das Gefühl kenn ich», sagte er.

«Ach was», sagte sie. «Dazu bist du doch viel zu lustig.»

Das kokette Glitzern in ihrem Blick brachte ihm zu guter Letzt doch noch in Erinnerung, wo er sie schon einmal gesehen hatte. «Sie waren im Castro Theatre, nicht? Beim Bow-Wow-Schönheitswettbewerb für historische Persönlichkeiten.»

«Ja, genau», sagte sie.

«Sie haben den Chihuahua vorgeführt, stimmt's? Der wie Marie Antoinette angezogen war.»

«Carmen Miranda.»

«Ja, genau. Die Nummer war toll.»

«Das kleine Hütchen hat Larry gemacht», sagte sie stolz. «Die niedlichen Plastikbananen hat er auf dem Blumengroßmarkt entdeckt, und dann hat er sie auf ein Puppenhütchen genäht.»

«Ganz schön einfallsreich.»

«Mit Nadel und Faden kann er sowieso gut umgehen», sagte sie. «Er arbeitet beim Aids-Quilt mit.»

Michael nickte.

«Er hat schon Tücher für zehn Freunde genäht.»

«Wie hübsch», erwiderte er.

Fünf Minuten später führte Michael auf Eulas Drängen hin Thack auf die Tanzfläche.

«Nur dieses eine Mal», sagte er. «Dann gehen wir auch nach Hause.»

Sein Liebhaber sah ihn mürrisch an, spielte aber mit und legte einen wunderbaren Walzerabklatsch hin.

«Lächeln», sagte Michael. «Sie sieht zu.»

«Sie ist nicht deine Mutter.»

«Das kann ich dir sagen.»

«Und es wär dir gar nicht recht, wenn sie's wäre.»

«Ich weiß nicht», sagte Michael. In seiner Vorstellung ging seine Mutter in Orlando immer in irgendeine Mall zum Mittagessen und erzählte jedem, der danach fragte, daß ihr Sohn «in Kalifornien» lebte – niemals in San Francisco, denn San Francisco war ein unmißverständlicher Hinweis.

Thack sagte: «Du fändest es schrecklich, wenn deine Mutter ein Schwulenmuttchen wäre.»

«Eula ist kein Schwulenmuttchen.»

«Heißt sie so? Eula?»

Michael lächelte. «Sie amüsiert sich doch nur. Sieh mal, jetzt tanzt sie mit einer Lesbe.»

«Okay, dann eben ein Lesbenmuttchen.»

«Sei still. Sie kommen hier rüber.»

Eula und ihre neue Partnerin wirbelten neben ihnen her. «Gut seht ihr aus», sagte Eula.

«Danke», sagte Michael. «Ihr auch.»

Eulas Partnerin war genauso klein wie Eula, allerdings drahtig und erst etwas über vierzig, und sie hatte auf dem linken Oberarm eine Tätowierung – eine zarte blaue Blume.

«Mein Gott», sagte Michael, als sie nicht mehr nebeneinander her tanzten. «Wenn Havasu City sie jetzt sehen könnte.»

Sie waren erleichtert, daß sie das Nachtleben wieder für etliche Zeit hinter sich lassen konnten, als sie um einiges vor elf nach Hause auf den Noe Hill fuhren. Harry brach in einen Freudentaumel aus, als er sie an der Tür begrüßte, und zum Dank dafür, daß sie ihn nicht verlassen hatten, legte er einen Spitzentanz hin wie ein Zirkushund.

«War er schon draußen?» fragte Michael.

«Mit mir nicht.»

«Dann geh ich gleich noch mit ihm.»

Während Thack seine Sachen auszog, schnürte Michael den Müllsack mit einem Drahtverschluß zu und zerrte ihn aus seiner Nische unter der Spüle. Harry erkannte das als Zeichen für ihren bevorstehenden Aufbruch und jaulte drängelnd los.

«Schon gut», sagte Michael. «Ich weiß Bescheid.»

Der Hund zerrte aufgeregt an seiner Leine, als Michael mit ihm noch einmal in die Dunkelheit hinausging und den Müll in die Tonne warf, die vorne am Gehweg stand. Thack hatte vor kurzem ein Holzhäuschen mit schrägem Dach dafür gebaut, das im Mondschein richtig gemütlich aussah und einen an Martha's Vineyard erinnerte. Michael blieb stehen und bewunderte es lang genug, um von Harry einen weiteren Verweis zu erhalten.

Im Dolores Park, Harrys Auslauf bei Tag, wimmelte es nachts nur so vor Crackdealern und Schwulenklatschern, weshalb Michael sich für den sicheren Rundgang durch die Cumberland, die Sanchez und die Twentieth Street entschied. Am Fuß der Cumberlandtreppe ließ er den Hund von der Leine und sah zu, wie er zwischen den übergroßen Kakteen hindurchraste, bis er die weichere, angenehmere Grasfläche am Ende der Treppe erreicht hatte. Bevor Michael ihn noch eingeholt hatte, kläffte Harry in einer Art, die nur bedeuten konnte, daß er auf ein unidentifizierbares menschliches Wesen gestoßen war.

«Harry!» rief er gedämpft, um von den Nachbarn nicht als Lärmbelästiger gebrandmarkt zu werden. «Sei endlich still. Benimm dich.»

Am oberen Treppenabsatz stand ein wunderlicher und geschwätziger alter Kauz gegen das Geländer gelehnt. Er hatte seinen Spazierstock dabei, weil er dort oben oft «seinen Gesundheitsspaziergang absolvierte».

«Ja, der kleine Harry», sagte der Mann, als würde das alles erklären.

«Er ist ein Quälgeist», sagte Michael. «Tut mir leid.»

«Es ist doch nur Harry. Er kündigt Sie doch nur an.»

Harry hüpfte um den Mann herum und kläffte ganz abscheulich.

«Harry!» Michael klatschte gebieterisch in die Hände. «Lauf zur Straße hoch, du haariges Ungeheuer!»

Als der Hund weg war, lächelte er dem alten Mann noch entschuldigend zu und ging weiter. Es war ein merkwürdiger Gedanke, daß Harry mit mindestens der Hälfte der Leute aus dieser Straße so was wie eine Beziehung pflegte, wie unverbindlich die auch immer sein mochte. Sie kannten ihn alle mit Namen, während Michael lediglich als Harrys Besitzer galt. Wenn er alleine unterwegs war, fragten die Leute sofort: «Wo ist Harry?»

Er fand das schön, und er fand auch die Unterhaltungen schön, die sich normalerweise anschlossen: guter schlichter

Dorfklatsch über die Dürre oder den Wind, über das Problem mit den Graffiti, über die in Blüte stehenden Rosen oder das häßliche neue Haus, das aussah wie ein Ramada Inn. Mit den Leuten aus diesem Block verband ihn das unausgesprochene Abkommen, sich Nettigkeiten zu sagen, ohne sich auch gleich zu sagen, wie man hieß. Er sah da gar keinen großen Unterschied zu dem, was er in den schwulen Saunen immer genossen hatte – die herzliche Anonymität, die aus Fremden Ebenbürtige machte.

Während er hinter Harry herlatschte, kam er an den weißen Lattenzäunen der Cumberland Street vorbei, bog dann nach rechts auf die Sanchez Street ein und stieg eine weitere Treppe hoch, die auf die Twentieth Street führte. Harry kannte die Route auswendig, und da nachts kein Verkehr war, ließ Michael ihm die Freiheit, alles nach Lust und Laune zu erforschen. Wenn der Hund einmal allzu weit vorgelaufen war, wartete er in dem grünen Dunkel geduldig, bis er Michael daherstapfen sah.

Als Michael auf die Twentieth kam, lugte eine Frau zwischen den Vorhängen in ihrem Panoramafenster hervor. Sobald sie ihn – oder, was wahrscheinlicher war, Harry – erkannte, winkte sie ihm kurz und lebhaft zu. Während er zurückwinkte, fiel ihm ein, daß sie eines von den Golden Girls war. Das war Thacks Name für eine Gruppe litauischer Damen, die in einem Haus unten in der Sanchez Gin al fresco spielten.

Der Mond hing dick und fett und zitronengelb über den Twin Peaks, als er an die Treppe zur Noe Street hinunter kam. Harry setzte sich neben ihn, und er schaute zufrieden zum Mond hinauf, bis der Piepser ihn aus seinen Träumen riß. Er stellte ihn ab, nahm Harry wieder an die Leine und machte sich auf den Weg nach Hause.

«Weißt du was?» sagte Thack.

Sie lagen jetzt beide – nein, alle drei – im Bett, Thack an Michaels Rücken geschmiegt, und Harry, der sich unter die neue Steppdecke von Macy's gegraben hatte, gleich neben Michaels linker Wade.

«Was?» fragte Michael.

«Ich hab eine wunderbare Idee für ein Spalier.»

«Aha.»

«Wir bauen uns eines», sagte Thack, «das dreieckig ist. Und dann lassen wir rosa Blumen drauf wachsen.»

«Wie hübsch.»

«Ich find das toll.»

«Das sieht dir ähnlich», sagte Michael.

«Wirklich», sagte Thack. «Erstens wollten wir ein Spalier haben, und zweitens würde es ... na ja, eine politische Botschaft zum Ausdruck bringen.»

«Glaubst du, daß unsere Nachbarn die Botschaft wirklich noch brauchen?»

«Klar. Ein paar. Außerdem hat es was Feierliches.»

«Können wir uns nicht einfach eine Schwulenflagge zulegen wie alle anderen auch?»

«Könnten wir schon», sagte Thack. «Wie alle anderen auch.»

Das Ganze war wirklich keinen Streit wert. «Okay, von mir aus.»

«Was denn nun? Eine Flagge oder einen rosa Winkel?»

«Den rosa Winkel. Oder auch beides. Tob dich aus.»

Thack kicherte amüsiert. «Sei vorsichtig. Meine erste Idee war, ‹Schwul und gemeingefährlich› über die Tür zu schreiben.»

Es war ihm damit wahrscheinlich ernst, weshalb Michael lieber den Mund hielt.

«Den alten Loomis würd's zerreißen vor Wut, meinst du nicht?»

«Wer ist der alte Loomis?» fragte Michael.

«Du weißt schon. Der Kerl, der wegen unserem Douche-Larouche-Schild ausgeflippt ist.»

«Ach so, ja.»

«Mein Gott, was glaubt der denn, wo er wohnt? Schwulenfeindliches Arschloch, blödes!»

Michael lachte glucksend und griff hinter sich, um Thacks Bein zu tätscheln. «Du bist ein richtiger Fundamentalist.»

«Tja», sagte sein Liebhaber, «einer muß es ja sein.»

Die Designerbraut

Innerlich kochend verließ Mary Ann das Studio und marschierte schnurstracks in ihre Garderobe. Den Redakteur, der neben ihr herstolperte und sich zu verteidigen versuchte, nahm sie kaum zur Kenntnis. «Ilsa und ich haben letzte Woche beide mit ihr geredet», sagte er, «und da war sie 'ne richtige Plaudertasche.»

«Na, prima», erwiderte sie knapp. Ihr Gast hatte sie vor der Kamera fast am ausgestreckten Arm verhungern lassen, und dafür würde jemand büßen müssen.

«Wenn wir auch nur die leiseste *Ahnung*...»

«Das ist doch dein Job, oder? Daß du Ahnung hast. Die Frau hat nicht einen vollständigen Satz rausgebracht, Al. Was heißt hier Satz? Ich war schon glücklich, wenn ich nur ein ‹Ja› oder ein ‹Nein› aus ihr rausgekriegt habe.»

«Ich weiß...»

«Das ist kein Fernsehen, Al. Ich weiß nicht, was es sonst ist, aber es ist kein Fernsehen.»

«Na ja, wenigstens hat sich das Publikum einfühlen können.»

«Was soll das heißen?»

«Nur, daß es ... nachvollziehbar war.»

«Ach, wirklich? Wie das denn?»

«Na ja, ich meine... der traumatische Aspekt.»

«Al.» Sie seufzte tief und machte an der Tür zu ihrer Garderobe halt. «Wenn sie nicht mit uns kommuniziert, hilft's wenig, daß wir wissen, *warum* das so ist.»

«Das ist mir ja alles klar.»

«Es wird doch wohl *irgendwo* eine Frau aufzutreiben sein, die von ihrem Vater mißbraucht worden ist und die trotzdem in der Lage ist, zu dem Thema ein paar zusammenhängende Sätze zu artikulieren.»

«Aber, das hat sie doch *getan*, als...»

«Ich weiß. Als Ilsa und du mit ihr geredet habt. Ganz toll. Nur schlimm, daß es sonst niemand zu hören gekriegt hat.» Sie machte die Tür auf, drehte sich dann aber um und sah ihn an. «Hast du nicht erzählt, daß sie bei Oprah Winfrey war?»

«Doch, ja.»

«Hat sie Oprah das auch angetan?»

Er schüttelte den Kopf.

«Und, was sagst du also? Daß es meine Schuld ist?»

«Ich sage gar nichts.»

«Eine gute Antwort», erwiderte sie und ließ ihn vor der Tür stehen.

Sie entfernte gerade mit großen zornigen Schwüngen ihre Schminke, als das Telefon klingelte. Sie zögerte kurz, hob dann aber ab, weil ihr einfiel, daß es auch Burke sein konnte. Sie hoffte nur, daß er die Sendung nicht gesehen hatte. Schließlich konnte er seine Meinung jederzeit noch ändern.

«Ja?»

«Mary Ann?» Es war eine flötenschrille, frivole Frauenstimme.

«Wer spricht, bitte?»

«Ich bin's, Mary Ann. Prue. Prue Giroux.»

Sie zuckte innerlich zusammen. «Ach so, ja.»

«Man hat mich nicht durchstellen wollen, bis ich gesagt habe, daß wir Freundinnen sind.» Prue gickelte. «Ihre Wachhunde sind fabelhaft!»

Nicht fabelhaft genug offenbar. Mary Ann hatte jahrelang alles getan, um von dieser notorischen Aufsteigerin verschont zu werden. Prues Appetit auf Berühmtheiten war dermaßen groß, daß sie in Mary Ann nichts Geringeres als ein wichtiges Glied ihrer Nahrungskette sah. Schließlich kam Mary Ann an die richtigen Größen immer am allerschnellsten ran.

«Was gibt's, Prue?»

«Na ja, ich weiß, daß ich spät dran bin, aber bei mir gibt es heute nachmittag ein kleines improvisiertes Treffen des Forums, und ich fände es ganz entzückend, wenn Sie kommen würden.»

Das «Forum» war Prues prätentiöser Name für die VIP-Brunches, die sie seit rund zehn Jahren bei sich zu Hause veranstaltete. Es waren fast immer langweilige Angelegenheiten, die von zweifelhaften lokalen «Persönlichkeiten» frequentiert wurden und von den Leuten, die diese kennenzulernen hofften.

«Ach, wie bedauerlich», sagte sie und machte dabei unwillkürlich Prues überströmendes Kleine-Mädchen-Gerede nach. «Das ist ganz reizend von Ihnen, aber ich stecke bis zum Hals in Arbeit. Nächsten Monat werden nämlich die Einschaltquoten ermittelt, wissen Sie.»

«Sie müssen aber doch was essen, oder?»

Wie typisch für dieses Prominentengroupie, daß es ein Nein nicht gelten ließ. «Prue», sagte Mary Ann ruhig, «ich würde ja liebend gern kommen, aber ich fürchte, es ist unmöglich.»

«Das ist aber schade. Dabei weiß ich, daß Sie begeistert sein würden von den Rands.»

Von welchen Rands? Doch bestimmt nicht von *den* Rands.

«Russell hat gestern aus heiterem Himmel angerufen und erzählt, daß er und Chloe in der Stadt sind.»

Genau von denen. Wie, um alles in der Welt...?

Prue kicherte. «Ich habe Russell gesagt, daß es ganz unartig war von ihm, nicht früher Bescheid zu geben, aber... was kann man bei kreativen Leuten schon machen?»

«Sie haben ja so recht», erwiderte sie. «Wie lang bleiben die beiden hier?» Sie hatte den Designer schon seit ewigen Zeiten interviewen wollen. Das Forum fand vielleicht nicht unter den richtigen Auspizien statt, unter denen man Russell Rand und seine neue Braut kennenlernen sollte, *aber*...

«Nur bis Donnerstag», sagte Prue. «Sie sind auf dem Weg zu einer Aids-Benefiz-Gala in L.A.»

«Aha», erwiderte sie und fragte sich gleichzeitig, warum, zum Teufel, keiner ihrer Redakteure etwas davon gehört hatte. Dann wäre ihr vielleicht die Demütigung erspart geblieben, sich mit Prue Giroux abzugeben. «Na, vielleicht, wenn ich meine Termine ein bißchen quetsche...»

«Wir kommen erst um zwei zusammen», sagte Prue. «Da haben Sie noch Zeit zum Umziehen.» In ihrer Stimme klang heimlicher Triumph mit; Mary Ann hätte sie am liebsten umgebracht. «Ich habe beschlossen, das älteste Rand-Modell anzuziehen, das ich im Schrank habe. Damit er ein bißchen was zu lachen hat.»

«Na... das klingt ja alles ganz witzig.»

«Ja, nicht?» sagte Prue mit deutlicher Selbstzufriedenheit.

Mary Ann achtete sorgfältig darauf, erst spät in Prues Stadthaus auf dem Nob Hill einzutreffen. Die übliche Mischpoke hatte sich in dem überladenen, von Diana Phipps gestalteten Wohnzimmer versammelt und machte sich über das berühmte Paar her wie Fliegen über Aas. Mary Ann hielt sich von diesem traurigen Spektakel fern, stellte sich ans Buffet und wartete darauf, daß ihre Gastgeberin sie aufspüren würde.

«Halloo», kam von hinten eine Stimme. «Wen haben wir denn da?»

Es war Pater Paddy Starr, der übers ganze rot angelaufene Gesicht strahlte und in einem himbeerroten Hemd mit weißem Stehkragen ganz prächtig anzusehen war.

«Hallo, Pater.»

«Ich hab Sie gestern bei D'orothea's gesehen, aber ich glaube nicht, daß Sie mich bemerkt haben.»

«Nein. Anscheinend nicht.»

«Prue und ich haben im vordersten Raum gesessen. Und Sie haben mit einem Herrn hinten gesessen.»

Sie heuchelte Desinteresse und machte sich an den Kanapees zu schaffen. Pater Paddy gehörte viel zu sehr zum Inventar des Senders, um ihm auch nur die alleroberflächlichste Information über Burke anzuvertrauen. Die Situation war auch so schon heikel genug.

«Haben Sie sie schon kennengelernt?» fragte er.

Sie suchte sich den bleichsten Käsewürfel aus, den sie finden konnte, und steckte ihn sich in den Mund. «Wen?»

Er verdrehte unduldsam die Augen. «Dwight und Mamie Eisenhower.»

«Wenn Sie die beiden da meinen», sagte Mary Ann und deutete mit dem Kopf zu der Ecke, in der die Rands bei lebendigem Leib aufgefressen wurden, «dann könnten die wohl eine kleine Verschnaufpause vertragen, finden Sie nicht auch?»

Pater Paddy fischte sich aus einer Schüssel mit gemischten Nüssen eine Mandel. «Die sind das gewöhnt.»

«Vielleicht, aber wir stehen wie die Provinzler da, so gierig und beflissen, wie wir sind.»

«Bei mir ist das anders», sagte der Priester. «Ich warte wie ein Gentleman, bis ich dran bin.»

«Sie habe ich auch nicht gemeint.» Sie bedachte ihn mit einem versöhnlichen Blick. «Es ist mir nur wegen der Stadt peinlich, das ist alles.»

Dafür erntete sie ein müdes, onkelhaftes Lächeln. «Machen Sie sich um die Stadt mal keine Sorgen, mein Schatz.»

Sie schreckte innerlich vor dem «Schatz» zurück, weil es die gleiche widerliche Vertraulichkeit voraussetzte, die Pater Paddy mit Prue teilte. Und Mary Ann hatte schlichtweg zu wenig Vertrauen zu ihm, um auf seine Trutschigkeiten einzugehen.

In der Menge öffnete sich ein kleiner Spalt und erlaubte einen kurzen, bühnengerechten Blick auf Chloe Rand. Der Lichtkegel eines Punktstrahlers, der eigentlich auf Prues Hockney zielte, streifte ihr Gesicht und verlieh ihm klassische Qualität: seidige, kastanienbraune Haare, sehr kurz, und eine elegante kastilische Nase, deren abfallende Linie schon in der Mitte der Stirn anzusetzen schien. Mary Ann war beeindruckt.

«Ist sie nicht phantastisch?» sagte Pater Paddy.

«Sehr eindrucksvoll, ja.»

«Haben Sie in der *Vanity Fair* die Doppelseite mit ihr gesehen?»

«Ja.»

«Sie trägt ein Rand Band», sagte der Priester. «Hat Prue mir jedenfalls erzählt.»

«Ein was?»

«So nennt er seine neue Kollektion Eheringe. Rand Bands.»

«Wie niedlich», sagte Mary Ann. «Ich war allerdings der Meinung, daß sie für jedermann erschwinglich sein sollten.»

«Das sind sie auch.»

«Und Sie glauben, daß das ihr richtiger Ehering ist?»

Pater Paddy grinste süffisant. «Was für ein Lästermaul Sie doch sind.»

Die Menge bewegte sich erneut, und Russell Rands berühmtes Profil kam in seiner ganzen Schärfe in Sicht. Makellos gepflegt, braun und athletisch schlank, wie er war, sah er seiner Frau frappierend ähnlich, was der Vertrautheit, die die beiden im Beisein von anderen so offen – und so häufig – zeigten, etwas entschieden Inzestuöses gab.

«Er hat ihr zum Geburtstag einen Phantom-Jet geschenkt.»

«Wirklich?»

Der Priester nickte und riß dabei die Augen weit auf. «Nicht gerade schäbig, so ein Präsentchen, hm?»

«Nein», erwiderte sie geistesabwesend. Die unglaubliche Übereinstimmung der beiden strahlenden Gesichter hypnotisierte sie geradezu. Was mußte das für ein Gefühl sein, wenn man der Welt ein solches Bild von Einheit präsentierte? Wenn man mit jemand ein Leben teilte, in dem Arbeit und Spiel so kunstvoll ineinander verwoben waren?

Warum hatte sie sich nur mit weniger zufriedengegeben? Hatte sie nicht genau das gleiche verdient? Wie war das alles gekommen?

«Kommen Sie, sagen wir den beiden hallo», ermunterte Pater Paddy sie. «Mir scheint so, als gäb's da eine Lücke.»

«Ich glaub, ich warte noch.» Das Letzte, wonach ihr der Sinn stand, war, dem «Paar des Jahres» in Begleitung dieser schwatzhaften alten Tunte gegenüberzutreten. «Gehen Sie schon mal vor.»

«Wie Sie möchten», sagte er lächelnd. Dann verschränkte er die Hände vor der Brust und entschwebte in majestätischer Pose, den Blick auf den Horizont gerichtet wie ein Weiser auf der Suche nach einem Stern.

Mary Ann sah von wechselnden Stellen im Raum aus zu, wie der Priester die beiden vollquasselte – die selbst dabei fast wie *ein* Wesen wirkten. Unter den erregten Zuhörerinnen entdeckte Mary Ann Lia Belli, mehrere Aliotos und die clownesk geschminkte Frannie Halcyon Manigault, die wieder auf siebzig machen wollte. Sie hatte halb damit gerechnet, DeDe und D'orothea zu treffen – hatte D'or nicht für Russell Rand gemodelt? –, doch das Paar war nirgendwo zu sehen.

Als die Rands endlich nicht mehr von Pater Paddy okkupiert wurden, wartete sie noch einen Moment, bevor sie sich in deren Blickfeld bewegte. Wie es das Glück so wollte, kreuzte Chloes Blick fast sofort den ihren, und Chloe schenkte ihr ein schwesterliches Lächeln.

«Hallo», sagte Mary Ann und streckte die Hand aus. «Ich bin Mary Ann Singleton».

Chloe schüttelte ihr herzlich die Hand. «Chloe Rand. Und das ist Russell.» Als sie ihren Mann ansah, stellte sie fest, daß sich jemand anderes auf ihn gestürzt hatte, weshalb sie mit den Schultern zuckte, Mary Ann mit großen Augen ansah und sagte: «Ich glaube, da haben wir keine Chance.» Es hörte sich liebenswürdig und schulfreundinnenhaft an.

«Sie müssen ganz erschöpft sein», sagte Mary Ann.

Chloe lächelte, ohne die Zähne zu enthüllen. «Es war einiges los.»

«Das glaub ich.»

«Sind wir uns schon mal begegnet?»

Mary Ann schüttelte den Kopf und lächelte.

«Sie kommen mir so merkwürdig bekannt vor. Wahrscheinlich sollte ich Sie auch kennen, hm?»

«Ach, eigentlich nicht. Ich weiß, wie viele Gesichter Sie sehen.»

«Schon, aber ...»

«Ich moderiere die Vormittagstalkshow hier.»

Chloe nickte. «Klar. Natürlich. Als wir letztes Mal hier waren, haben wir Sie gesehen.»

«Wirklich?» Sie versuchte, Freude anklingen zu lassen, ohne davor gleich überzuströmen. Benimm dich wie eine Gleichrangige, und sie werden dich wie eine behandeln. Das war das oberste Überlebensgebot.

«Es ist eine großartige Sendung», sagte Chloe.

Sie nickte huldvoll. «Danke.»

«Russell», sagte Chloe und faßte mit einer Bestimmtheit nach dem Arm ihres Mannes, als wollte sie sein Entkommen erwirken. «Ich reiße dich ungern weg, aber das hier ist Mary Ann Singletary.»

«Singleton», sagte Mary Ann.

«Oh, verdammt.» Chloe verbarg ihre elegante Nase unter ihrer Handfläche.

«Das macht nichts», erwiderte sie, schüttelte dem Designer die Hand und beruhigte Chloe mit einem Blick.

Russell Rand bedachte sie mit einem weltverdrossenen Lächeln. «Das war vielleicht ein Tag heute... wenn Sie wissen, was ich meine.» Ebenso wie Chloe unternahm er den galanten Versuch, sie in den Bannkreis der Vertrautheit zwischen ihnen beiden zu ziehen.

Mary Ann wollte ihn wissen lassen, daß ihm ihr Mitgefühl galt und daß sie selbst ein Publikum hatte, das mindestens genauso fordernd war wie das seine. «Ich weiß nur zu gut, was Sie meinen», sagte sie.

«Mary Ann hat eine Talkshow», sagte Chloe. «*People Are Talking*, stimmt's?»

«Eigentlich nicht. Das ist die andere.»

«Wir haben Sie aber gesehen», sagte Russell Rand. «Mir ist Ihr Gesicht noch in Erinnerung.»

«Wie heißt Ihre Show?» fragte Chloe.

«Mary Ann in the Morning.»

«Natürlich. Wie dumm.»

«Sie haben einen Komoderator», sagte der Designer und nickte. «Ross Sonstwie.»

Mary Ann wünschte sich, er würde das Thema einfach fallenlassen. «Der gehört zu *People Are Talking*.»

«Klar, klar. Und *Ihr* Komoderator heißt...?»

«Ich arbeite alleine.»

«Logisch. Natürlich.» Er nickte so bestimmt, als hätte er das die ganze Zeit gewußt.

«Ich erinnere mich aber an die Sendung», sagte Chloe. «Cheryl... Dingsbums war damals zu Gast... Sie wissen schon, die Tochter von Lana Turner.»

«Cheryl Crane», sagte Mary Ann.

«War das Ihre Sendung?»

«Das war meine Sendung.» Das stimmte zwar nicht, denn es war *People Are Talking*, aber warum sollte sie ihnen nicht allen die Peinlichkeit ersparen? «Wie lang bleiben Sie in der Stadt?» sagte sie an den Designer gewandt.

«Leider nur einen Tag. Wir nehmen an einer Aids-Benefiz-Gala in L. A. teil.»

«Das Ganze kam reichlich spontan», sagte Chloe, «aber Elizabeth hat uns darum gebeten.»

Elizabeth. Schlicht und einfach Elizabeth. Als wären Chloe und Mary Ann beide viel zu vertraut mit dieser Frau, um sich noch mit ihrem Nachnamen abzugeben. Mary Ann kam sich unglaublich weltverbunden vor. «Sie leistet hervorragende Arbeit», sagte sie.

«Sie ist wirklich toll», sagte Russell Rand.

«Ich vermute», sagte Mary Ann vorsichtig, «Sie machen um die Medien einen großen Bogen, während Sie hier sind.»

«Eigentlich ja.» Chloe sah sie mit einer freundlichen Entschuldigung im Blick an.

«Tja, das verstehe ich natürlich.»

«Davon bin ich überzeugt», sagte Russell mit wissendem Blick.

«Wenn Sie dem Trubel entkommen wollen ... ich meine, damit Sie mal ein bißchen Ruhe haben ... wir haben eine Wohnung im Summit, und ich mache einen ganz passablen Lammrücken.»

«Ach, wie nett», sagte Chloe. «Ich fürchte nur, daß wir keine einzige freie Minute haben.»

«Tja, das verstehe ich natürlich.» Sie spürte, wie sie puterrot wurde. Warum hatte sie es überhaupt versucht? Sie hätten weiter über Elizabeth sprechen können. Das einzige, was ihr jetzt noch blieb, war ein ehrenvoller Rückzug.

«Nächstes Mal aber garantiert», sagte Chloe, «wenn unser Zeitplan weniger gedrängt ist.»

«Ach, schön», sagte Mary Ann.

«Es war ganz reizend mit Ihnen», sagte Russell.

«Mit Ihnen auch», sagte Mary Ann und zog sich in die drängelnde Menge zurück.

Wie sie befürchtet hatte, belegte Prue sie noch mit Beschlag, bevor sie es zur Tür hinaus geschafft hatte.

«Haben Sie sie kennengelernt?» fragte die Gastgeberin, die in ihrem «ältesten Rand-Modell» schlichtweg lächerlich aussah – es war ein marineblaues Wollkostüm mit einer riesigen giftgrünen Schleife vor der Brust.

«Oh, ja.»

«Sind sie nicht herzallerliebst?» plapperte Prue.

«Ja, sehr.»

«Und so normal.»

«Mhm.»

«Sie haben sich in der Betty-Ford-Klinik kennengelernt, müssen Sie wissen. Sie war dort Beraterin oder Therapeutin, und sie hat im Handumdrehen sein ganzes Leben umgekrempelt. Die Geschichte ist wirklich höchst romantisch.»

Mary Ann schob sich in Richtung Tür, bevor Prue den ganzen *Vanity-Fair*-Artikel wiederkäuen konnte. «Ich fürchte, ich muß mich beeilen», sagte sie. «Meine kleine Tochter wartet darauf, daß ich sie von der Presidio Hill abhole.»

«Tja, es freut mich, daß Sie's überhaupt geschafft haben.»

«Mich auch», sagte Mary Ann.

«Ich wollte nicht, daß Sie das hier verpassen», sagte Prue und holte sich ganz unverfroren die Anerkennung für ihren Coup.

Als Mary Ann zur Tür hinausging, warf sie einen letzten Blick auf das berühmte Paar, das soeben wieder einen ungeheuer vertrauten Blick wechselte. Ihre Liebe umschloß die beiden wie eine Aura und beschützte sie vor dem Druck der anstürmenden Menge. *So was ist möglich*, schienen die beiden ihr zu sagen. *Du kannst auch haben, was wir haben, wenn du dich nicht mit weniger zufriedengibst.*

Im selben Moment wußte sie, was sie zu tun hatte.

Ein Picknick

Am nächsten Tag marschierten Brian und Thack mittags mit einem Lunchpaket auf den Strawberry Hill, das heißt auf die Insel, die in der Mitte des Stow Lake im Golden Gate Park liegt. (Typischerweise hatte ein Krach mit dem Großhändler in Half Moon Bay dafür gesorgt, daß Michael in letzter Minute ausgefallen war.) Während Brian seinen Blick über das staubige Grün des Parks schweifen ließ, riß Thack den Klettverschluß seines Portemonnaies auf und beförderte einen Joint zutage.

«Holla», sagte Brian. «Der Mann hat's.»

Thack verkroch sich zum Schutz vor dem Wind in seine Levi's-Jacke, zündete den Joint an, machte einen Zug und reichte ihn weiter.

«Mensch», sagte Brian. «Das ist ja schon 'ne Weile her.»

«Wirklich?»

«Ja. Mary Ann macht so was nicht mehr.»

Thack zuckte mit den Schultern. «Warum sollte dich das abhalten?»

«Na ja, sie meint, daß sich das Zeug in den Möbeln festsetzt. Und die Leute können's dann riechen.»

Thack nickte mürrisch. Seine weizenstrohfarbenen Haare tanzten im Wind, während er zu einer Flottille von Tretbooten hinüberschaute, die gerade um die Insel fuhren.

Brian wußte, was Thack dachte. «Sie hat da nicht ganz unrecht», ergänzte er in dem Versuch, sich zu rechtfertigen. «Sie ist so was wie eine öffentliche Person.»

Keine Reaktion.

Brian entdeckte einen flachen Stein und setzte sich darauf. Thack tat es ihm gleich und reichte ihm den Joint. Brian machte einen erneuten Zug und sagte: «Sie ist nicht so schlimm, wie du denkst. Du kennst sie nicht so wie ich.»

«He...» Thack hielt die Hände hoch, als wollte er sagen: Laß mich aus dem Spiel!

«Ich weiß ja, was du von ihr hältst.»

Thack sagte: «Ich bin mit meiner Meinung weder in die eine noch in die andere Richtung festgelegt.»

«Quatsch.»

«Glaub mir. Wie denn auch? Dazu sehen wir sie viel zu selten.»

Für Brian hörte sich das sehr nach einem Vorwurf an. «Ja. Wahrscheinlich.»

«Das soll nicht heißen, daß wir das von euch erwarten würden . . .»

«Sie hat wirklich viel um die Ohren. Ich seh sie selbst nicht besonders oft.»

«Ich weiß.»

«Ihr fehlt ihr alle beide. Das hat sie mir gestern abend erst gesagt. Und deswegen ist ihr das heute abend auch so wichtig.»

Thack schaute verwirrt drein.

«Das Essen bei uns zu Hause.»

«Ach so, ja. Entschuldige.» Ein verlegenes Lächeln.

«Das macht nichts. Ich vergeß solchen Scheiß auch immer.»

«Was gibt's über den Kerl zu erzählen?»

«Ach . . .» Er zog ein weiteres Mal an dem Joint. «Mary Ann ist früher mal mit ihm rumgezogen.»

«Rumgezogen?»

«Okay, auch ins Bett gegangen . . . wenn du's genau wissen willst.»

Thack lachte glucksend.

«Er lebt jetzt in New York. Er ist in San Francisco, um hier Recherchen für eine Aidsstory zu machen.»

«Ach, ja? Ist er Reporter?»

«Producer», sagte Brian. «Fürs Fernsehen.»

Thack nickte.

«Da bin ich natürlich der Versager in Reinkultur.»

«Warum?»

Er zuckte mit den Schultern.

«Wann hat sie ihn das letzte Mal gesehen?»

«Vor elf Jahren.»

Thack lächelte. «Nach elf Jahren ist nichts mehr so, wie's mal war.»

«Wahrscheinlich nicht. Außerdem hat er eine Frau und zwei Kinder und einen kurzen Schwanz ...»

«Boah», sagte Thack. «Wer hat dir das denn erzählt?»

«Mary Ann.»

«Wann?»

«Gestern abend.»

Er lachte. «Hast du sie gefragt ...?»

«Sie hat's von sich aus erzählt, okay?»

«Einfach so, hmh?»

Brian sah, wie Thacks Unterlippe leicht zuckte. «Glaubst du, daß sie das nur gesagt hat, damit ich mich wohler fühle?»

«Daß sie die Latte für dich sozusagen niedriger gehängt hat?»

Brian lachte.

«Ich glaube, du hast eine Paranoia.»

«Ja. Wahrscheinlich. So wie immer, hm?»

Thack lächelte, schraubte dann die Verschlüsse von den Apfelsaftflaschen und wickelte die Sandwiches aus. «Das ist das mit Senf», sagte er und hielt Brian eines der Sandwiches hin. «Wenn du mehr willst, da drüben in der Tüte gibt's noch andere Sachen.»

«Das sieht doch gut aus.»

«Wir können uns drum streiten, wer Michaels Yoplait kriegt.»

«Und um sein Sandwich streiten wir uns nicht?»

«Nö. Das kannst du haben.» Thack kaute eine Zeitlang vor sich hin, bevor er sagte: «Ich würd mir da keine Gedanken machen.»

«Mach ich auch nicht», sagte Brian.

Sie verließen den Park um halb zwei und fuhren mit dem Bus die Twenty-fifth Avenue zur Gärtnerei hoch. Thack wollte von dort zu Fuß zu einem Haus am Geary Boulevard gehen, das er gerade für den Denkmalschutz begutachtete. Als der Bus an der Kreuzung mit der Balboa Street hielt, stiegen unter lautstarkem Zeremoniell zwei Teenager ein. Brian hatte das ungute Gefühl, daß er sich auf Ärger gefaßt machen mußte.

«Na, Gnade denen», hörte er einen von ihnen sagen.

«Aber echt», sagte sein viel kleinerer Kumpan. Angesichts ihres unfreiwilligen Publikums legten die beiden sich ganz besonders ins Zeug.

Brian schaute zu Thack hinüber, der stocksteif dasaß und den Kopf schräg hielt wie ein Tier, das im Wald unbekannten Schrittgeräuschen nachhorcht.

Der große Teenager warf sein Fahrgeld in den Schlitz. «Dann aber Gnade denen ... weil ich kriech kein Aids.»

«Klaro, nie», sagte der kleine.

«Wenn de nämlich Aids kriechst, kratzt de ab wie 'n Hund.» Er war inzwischen auf dem Weg nach hinten und schwang das Initialwort wie eine Schwertklinge. «Was glaubst de denn? Ob hier *Schwuchteln* im Bus sin?»

Einen Moment lang herrschte qualvolles Schweigen, bevor Thack das Vorhersehbare tat und den Mund aufmachte. «Ja», sagte er, «hier.» Als er die Hand hob, tat er das mit der gleichen gelangweilten Selbstsicherheit, die ein Schuljunge an den Tag legt, dem klar ist, daß er die richtige Antwort weiß.

Brian drehte sich zu den beiden Teenagern um, die mit offenem Mund dastanden und offensichtlich nicht wußten, was sie nun tun sollten.

«Hier sitzt auch eine.» Das kam von einer korpulenten jungen Schwarzen auf der anderen Seite des Gangs.

«Tja, so kann's einem gehen», sagte Thack zu den Jungs.

«Hier hinten auch.» Zwei ältere Kerle im rückwärtigen Teil des Busses hoben die Hand.

«Jau», rief jemand anderes.

Dann folgte Gelächter, das anfangs noch etwas verhalten klang, aber kurz darauf mit der Heftigkeit eines Vulkanausbruchs durch den Bus rollte. Der Kleine erkannte ihre Lage am schnellsten und suchte auf dem erstbesten Sitzplatz Schutz. Der Große murmelte ein dümmliches «Scheiße» vor sich hin und blickte sich unter den Fahrgästen verzweifelt nach Verbündeten um. Er war wohl kurz davor, etwas zu sagen, als sein Kumpel ihn am Gürtel packte und ihn auf den Sitz zerrte.

Grinsend wandte Brian sich wieder Thack zu. «Du bist vielleicht ein verrückter Kerl.»

«Versuch so was nicht in New Jersey», sagte Thack.

«O Gott, in New Jersey. Könnte gut sein, daß man dich dort umbringt, wenn du so was machst.»

«Das sagt Michael auch.» Thack drehte sich weg und schaute zum Fenster hinaus, während der Bus die Straße entlangruckelte. «Scheiß drauf. Mir hängt der ganze Quatsch zum Hals raus.»

Gesellschaftsspiele

Archibald Anson Gidde, ein prominenter Immobilienmakler und ein führendes Mitglied der Gesellschaft in San Francisco, verstarb am Dienstag nach einem längeren Kampf mit Leberkrebs in seinem Haus in Sea Cliff. Er war zweiundvierzig Jahre alt.

Mr. Gidde war ein geistreicher und extravaganter Mensch, der sich dadurch auszeichnete, daß er einige der bemerkenswertesten Immobilientransaktionen in dieser Stadt abwickelte, darunter den jüngst erfolgten Verkauf des Stonecypher-Anwesens an den Sultan von Adar für zehn Millionen Dollar.

Neben seiner Mitgliedschaft im Bohemian Club betätigte er sich noch in den Verwaltungsräten des San Francisco Ballet, der San Francisco Opera und des American Conservatory Theatre.

Mr. Gidde hinterläßt seine Eltern, Eleanor und Clinton Gidde aus Ross und La Jolla, und seine Schwester Charlotte Reinhart aus Aspen, Colorado.

«Mensch, ich werd verrückt.» Michael schaute vom *Examiner* hoch, als sein Liebhaber aus dem Badezimmer kam.

«Hast du ihn gekannt?» fragte Thack, der über Michaels Schulter hinweg las.

«Nicht so richtig. Er war ein-, zweimal in der Gärtnerei und hat ein paar Kleinigkeiten gekauft. Jon hat ihn gekannt. Er war einer von den ganz großen A-Schwulen.»

«Das paßt.»

«Was meinst du?»

«Leberkrebs», sagte sein Liebhaber mit finsterem Blick. «Wie ausgelutscht ist das denn?»

Thack hatte es sich in den letzten Jahren zum Gesellschaftsspiel werden lassen, aus den Nachrufen in der Zeitung die verheimlichten Aidstode herauszupicken. Hatte der Verstorbene ein entsprechendes Alter, fehlte eine Ehefrau und kamen noch gewisse verräterische Angaben zum Beruf dazu, zog er unweigerlich seine eigenen Schlüsse und brach in rasende Wut aus.

«Ist dir aufgefallen, daß sie ihn als extravagant bezeichnet haben? Wie findest du das als Codewort?»

Michael hatte das Ganze satt.

«Der blöde Arsch», meckerte Thack weiter. «Wie kann er es wagen, so verschämt zu tun? Was glaubt er denn eigentlich, wen er damit noch an der Nase herumführt? Soll er seine kotzigen Häuser doch in der Hölle verkaufen!»

«Ach, Mensch.»

«Was soll das heißen: ‹Ach, Mensch›?»

«Der Kerl ist tot, Thack.»

«Na und? Er war im Leben ein Wurm, und er war noch im Tod ein Wurm. Deswegen ist Aids den Leuten doch auch scheißegal! Weil solche feigen Idioten wie der da den Eindruck erwecken, als gäb's das Ganze gar nicht!»

Nach einer Pause sagte Michael: «Wir müssen jetzt los, Schatz! Wir kommen sowieso schon zu spät.»

Thack funkelte ihn an und ging aus dem Zimmer.

«Zieh den grünen Pullover an», rief Michael ihm nach. «In dem siehst du so toll aus.»

Mary Anns und Brians Heim im Himmel entsprach Michaels Vorstellung von einer Traumwohnung ganz und gar nicht. Aus dem zweiundzwanzigsten Stock sah die Stadt wie ein Gipsmodell ihrer selbst aus und schon fast nicht mehr echt. Mary Ann hatte erst kürzlich den Versuch unternommen, die kühle moderne Einrichtung mit einer Menge Southwesternzeugs –

bemalte Möbel, Rinderschädel und ähnlicher Kram – aufzupeppen, aber das Ergebnis erinnerte weniger an Santa Fe als an die Kassenhalle der Santa Fe Savings and Loan. Vielleicht war da einfach nichts zu machen.

Das vietnamesische Hausmädchen nahm ihnen die Jacken ab und führte sie ins Wohnzimmer, einen Raum mit zu wenig Charakter und zu vielen Krickenten. Brian hatte sich hinter der Bar eingerichtet und strahlte in seinem rosa Button-down-Hemd eine unnatürliche Fröhlichkeit aus. Mary Ann und Burke saßen auf den einander gegenüberliegenden Enden des großen halbmondförmigen Sofas.

«Michael», sagte Burke und stand lächelnd auf.

«Hallo, Burke.» Michael fragte sich, ob eine Umarmung angemessen war. Immerhin waren elf Jahre vergangen und der Kerl war hetero.

Er ging auf Nummer sicher und streckte ihm die Hand hin.

Burke umfaßte sie mit beiden Händen und schüttelte sie herzlich, was darauf hindeutete, daß eine Umarmung vielleicht doch in Ordnung gewesen wäre. «Du siehst großartig aus», sagte Burke.

«Danke. Du auch.» Mary Anns alte Flamme wirkte in dem Blazer und den grauen Flanellhosen, die er trug, so schlank wie eh und je. Seine feinen hellen Haare – die fast die gleiche Farbe hatten wie die von Thack – setzten sehr viel weiter oben an als früher, aber für Michaels Gefühl paßte das zu dem Eindruck sanfter Intelligenz, den er verbreitete. Zugegeben, die yuppiegelbe Krawatte störte ein bißchen, aber New Yorkern gegenüber mußte man nachsichtig sein.

Thack trat vor und legte Michael die Hand auf den Rücken. «Burke», sagte Michael, «das ist Thack, mein Liebhaber.»

Burke schüttelte Thack kraftvoll die Hand. «Freut mich.»

«Ganz meinerseits.»

Mary Ann umarmte Michael und gab ihm ein züchtiges Küßchen auf die Wange. «Wir haben grade über dich geredet», sagte sie. Er war sich fast sicher, daß sie «Passion» von Elizabeth Taylor aufgelegt hatte. Mein Gott, wann hatte sie denn damit angefangen?

Er gab ihr ebenfalls ein Küßchen. «Soll ich noch mal rausgehen, damit ihr zu Ende reden könnt?»

Sie kicherte. «Nein. Hallo, Thack.» Sie umarmte Thack, der eine ganz passable Figur machte, als er sie ebenfalls umarmte. Man hätte denken können, die beiden würden das ständig tun. «Jungs, ihr seht beide *hinreißend* aus!»

Das war ein bißchen zu überschwenglich. Michael fand es schauerlich, wenn sie dermaßen überkompensierte. In einem wie schlechten Gesundheitszustand hatte sie ihn eigentlich erwartet?

«Was soll's sein?» fragte Brian von hinter der Bar. «Zwei Calistoga?»

«Gern», sagte Michael.

«Ich möchte lieber einen Bourbon», sagte Thack.

Michael warf seinem Liebhaber einen knappen Blick zu. Thack griff kaum je zu harten Sachen. Fühlte er sich dermaßen unwohl in bezug auf den bevorstehenden Abend?

«Bitte sehr», sagte Brian triumphierend. «Also was Richtiges.»

Burke grinste angesichts dieses kleinen Geplänkels und wandte sich an Brian: «Du warst doch mal ein richtiger Barmann, oder? Unten bei Benny's.»

«Perry's», sagte Brian.

«Ja, stimmt.»

«Aber ich war Kellner.»

«Ach so.»

«Davor war er Anwalt», warf Mary Ann ein, «aber er hat so viele politische Fälle übernommen, daß er eine Art Burnout hatte.»

Michael sah Brians Gesichtsausdruck und wußte sofort, was er dachte: Warum muß sie das jedesmal sagen? Hätte es ein Kellner nicht auch getan?

Brian wechselte einen Blick mit seiner Frau, quälte sich ein mattes Lächeln aufs Gesicht und konzentrierte sich wieder auf Thacks Bourbon.

Burke wirkte immer noch einen Tick zu jovial, als er erst Michael und dann Brian ansah und sagte: «Und jetzt habt ihr beiden eine Gärtnerei.»

«Genau», antwortete Michael.

«Willst du ihn mit Wasser ... oder mit Soda?» Brians Frage galt Thack.

«On the rocks reicht.»

«Kommt sofort», sagte Brian.

«Wir arbeiten seit drei Jahren zusammen», erzählte Michael Burke.

«Wie schön.»

«Bitte sehr, der Herr.» Brian reichte Michael ein Calistoga on the rocks. Michael und Thack gingen zu dem großen geschwungenen Sofa und setzten sich zwischen Mary Ann und Burke.

Mary Ann streckte die Hand aus und berührte Michaels Knie. «Ich komm gar nicht davon los, wie gut du aussiehst.»

Michael nickte lächelnd. «Mir geht's auch gut.»

«He», sagte Burke. «Wißt ihr, an wen ich heut gedacht hab?»

«An wen?» Mary Ann drehte sich weg und ließ Michaels Knie los.

«An unsere alte Vermieterin. Mrs. Dingsbums.»

«Madrigal», sagte Michael. «Scheiße!»

Mary Ann zog die Augenbrauen hoch. «Was ist?»

Von Schuldgefühlen übermannt, schaute Michael Thack an. «Wir wollten sie anrufen. Und du wolltest mich daran erinnern.»

«Ach, Kacke», sagte sein Liebhaber.

Brian machte es sich in dem großen weißen Ledersessel gegenüber dem Sofa gemütlich. «Du kannst das Telefon im Schlafzimmer nehmen, wenn ...»

«Nein», sagte Michael. «Zu spät.»

«Sie ist nach Lesbos gefahren», klärte Thack sie auf.

Burke lachte. «Das paßt zu ihr.»

«So eine *Scheiße*», murmelte Michael.

Mary Ann schaute verwirrt drein. «Warum, in aller Welt, ist sie nach Lesbos gefahren?»

«Weil es da ist», sagte Burke lachend.

«Sie trifft sich dort mit Mona», sagte Michael. «Mit ihrer Tochter.»

«Mensch, ja», sagte Burke. «Ich erinner mich an sie. Mit so roten Kräuselhaaren, nicht?»

«Ja, genau», sagte Michael.

«Hattet ihr damals nicht was miteinander?» Burkes Frage richtete sich an Brian.

«Ach, nur ein bißchen», sagte Brian.

«Sie ist lesbisch geworden», sagte Mary Ann.

Es herrschte peinliches Schweigen, bis Brian zu Burke sagte: «Das eine hatte mit dem anderen nichts zu tun.»

Das Kichern, das darauf folgte, hob die Peinlichkeit nicht auf.

Michael fühlte sich genötigt, etwas zu Monas Gunsten zu sagen. «Sie war schon lesbisch, bevor sie Brian überhaupt kennengelernt hat.»

«Danke», sagte Brian.

Mary Ann sah zu ihrem Mann hinüber. «Um Himmels willen, ich hab deine Fähigkeiten keine Sekunde in Zweifel gezogen.»

«Tut mir leid.» Burke lachte. Er meinte offenbar, ein heikles Thema aufgebracht zu haben.

«Nein», sagte Mary Ann und lachte, um ihn zu beruhigen. «Wirklich nicht.»

«Wo lebt sie jetzt?» fragte Burke.

«In England», sagte Mary Ann. «Sie hat einen Lord geheiratet und lebt in einem riesigen Haus in den Cotswolds.»

«Weiß dieser Lord denn, daß sie lesbisch ist?»

«Aber klar», sagte Michael zu Burke. «Er ist ja selber schwul. Die beiden leben auch nicht zusammen. Er lebt hier und fährt für Veterans Taxi.»

«Na», sagte Burke. «Danke für die Aufklärung.»

Während sie alle lachten, wunderte Michael sich über die Leichtigkeit, mit der die vier alten Hausgenossen wieder zusammengefunden hatten. Dann machte sich einen Moment lang seine selbstquälerische Ader bemerkbar, und er stellte sich die arme Mrs. Madrigal vor, wie sie auf einem von Fliegen zugeschissenen griechischen Flughafen allein inmitten ihrer Reisetaschen saß und ohne seinen Abschiedssegen auskommen mußte.

Sie saßen an dem großen grünen Glaseßtisch, als Michael auffiel, wer fehlte.

«He, wo ist Shawna?»

«In ihrem Zimmer», sagte Mary Ann.

Brian wandte sich nach einem Seitenblick auf seine Frau an Michael: «Sie probiert ihr neues Nintendo aus.»

«Aha.» Michael nickte.

«Sie hat immer ein bißchen Probleme mit neuen Erwachsenen», sagte Mary Ann.

«Sie war doch ganz normal», sagte Burke. «Ehrlich.»

Brian setzte einen leicht entschuldigenden Blick auf. «Manchmal braucht sie eben ein bißchen», sagte er zu Burke.

«Macht doch nichts», sagte Burke. «Ehrlich.»

Michael und Thack verständigten sich mit einem kurzen Blick. Hatte Shawna gebockt? War sie nach einem Wutanfall in ihr Zimmer verbannt worden?

Als das Hausmädchen eine Platte mit Fisch in Minzblättern brachte, packte Mary Ann die Gelegenheit beim Schopf und wechselte das Thema. «Nguyet», sagte sie und sah strahlend zu dem jungen Mädchen hoch, «die Frühlingsrollen waren absolut die besten, die du je gemacht hast.»

Burke murmelte etwas Zustimmendes. Er hatte den Mund noch voll mit dem Gericht, um das es gerade ging.

Das Hausmädchen kicherte. «Sie mögen?»

«Sehr sogar», fiel Thack in die Lobeshymne ein. «Absolut köstlich.»

Nguyet senkte den Blick, stellte die Platte ab und floh aus dem Zimmer.

«Sie ist schüchtern», sagte Mary Ann.

«Aber niedlich», sagte Burke.

«Ja, nicht?» Mary Ann wartete, bis das Mädchen außer Hörweite war. «Ihre Familie hat bei der Flucht aus Saigon Schreckliches durchgemacht.»

«Sie war damals noch ein Säugling. Sie erinnert sich nicht einmal daran», sagte Brian.

«Na ja, ich weiß, aber ... man kann gar nicht anders, als mit ihr mitzufühlen.»

Burke schaute zur Küchentür, während er nickte.

«Sie wohnen in einer furchtbaren Mietwohnung im Tenderloin, aber sie sind die nettesten und fleißigsten Leute, die man sich vorstellen kann.» Mary Ann reichte Burke die Platte mit dem Fisch. «Und sie sind auch unglaublich sauber. Viel sauberer als ... fast jeder.»

Als wer? dachte Michael. Sauberer als wer? Bei einem Blick auf die andere Seite des Tisches sah er, wie sich in Thacks Augen ein mordlustiges Glitzern einstellte. Bitte, signalisierte er ihm, sag jetzt nichts.

Es folgte einer von den Momenten, in denen totale Stille herrscht – ein «Hirnfurz», wie Mona immer sagte. Endlich wandte Thack sich an Burke und verkündete: «Mir ist da grad was aufgegangen.»

«Und zwar?»

«Ich hab Sie letzten Monat auf CNN gesehen.»

«Ach, ja?»

«Es war so 'ne Art Podiumsdiskussion übers Fernsehen.»

«Ach so, ja. Stimmt.»

«Sie produzieren irgendwas, nicht? Eine neue Show?»

«Na ja ...» Burke schaute leicht verlegen drein. Vielleicht war das aber auch nur Bescheidenheit. «Wir arbeiten an einem neuen Projekt, aber es ist noch nicht sonderlich weit gediehen.»

Mary Ann mischte sich ein. «Burke hat letztes Jahr dieses Special über Martin Luther King gemacht.»

«Das hab ich gesehen», sagte Michael. «Es war toll.»

«Danke», sagte Burke.

«Ich bin damals sogar nach Selma gefahren», sagte Brian. «Ich meine, ich war bei der Demo dabei.»

«Wirklich?» Burkes Antwort hörte sich ein bißchen herablassend an, obwohl das zweifellos nicht seine Absicht gewesen war. Michael fand es anrührend, daß Brian diese uralte Referenz herausgekramt hatte, um bei seinem Gast Anerkennung zu finden.

«Worum geht es bei dieser neuen Show?» fragte Thack.

«Ach ... es ist nur so eine allgemeine Magazinsendung.»

Burke sah leicht beunruhigt aus. Er wandte sich wieder an Brian. «Hast du auch zivilen Ungehorsam geleistet und so?»

«Aber ja.»

«Das war zu der Zeit, als er Rechtsanwalt war», sagte Mary Ann.

«Nein», sagte Brian. «Das war früher. Die Gerichtszulassung hab ich erst 1969 gekriegt.»

«Stimmt», sagte Mary Ann. «Klar.»

«Da wär ich auch gern dabeigewesen», sagte Burke.

«Du warst zu jung», sagte Mary Ann.

Burke zuckte mit den Schultern. «Aber eigentlich nicht viel. Egal, es war jedenfalls eine tolle Zeit. Da ist was passiert. Da hatten die Leute noch so was wie Verantwortungsbewußtsein. Schaut euch doch die Siebziger an. Die waren doch ein einziges Nichts.»

Michael sah die Wolke, die über das Gesicht seines Liebhabers zog, und wußte sofort, was gleich passieren würde. «Da bin ich mir nicht so sicher», sagte Thack.

Burke lächelte ihn herausfordernd an. «Okay. Was ist passiert?»

«Na, die Schwulenbewegung zum Beispiel.»

«Und zwar?»

«Was soll das heißen: ‹Und zwar?›?»

«In welcher Form? Durch Discos und schwule Saunen?»

«Ja», antwortete Thack, dessen Ärger allmählich spürbar wurde. «Unter anderem.»

Zum Glück lächelte Burke auch weiterhin. «Wodurch noch?»

«Durch ... Demos und politische Aktionen, durch eine neue Literatur, durch Bands, die bei den Demos mitmarschiert sind, durch Chöre ... durch eine ganze neue Kultur. Ihr habt natürlich nicht darüber berichtet, aber das heißt nicht, daß es nicht stattgefunden hat.»

«Wir?»

«Die Presse», sagte Thack. «Die Leute, die entschieden haben, daß schwarzer Stolz heroisch ist, schwuler Stolz aber reiner Hedonismus.»

«He, Sportsfreund», sagte Brian. «Ich glaub nicht, daß Burke so was gesagt hat.»

«Thack meint die Presse im allgemeinen», sagte Michael.

«Tja, dann geben Sie aber nicht mir die Schuld für ...»

«Das tu ich auch nicht», sagte Thack versöhnlicher. «Ich wollte Sie nur darauf aufmerksam machen, daß in den Siebzigern sehr wohl etwas passiert ist. Es war vielleicht nicht Teil Ihres Erfahrungshorizonts, aber passiert ist durchaus etwas.»

Burke nickte. «Na gut.»

«Die Siebziger waren sozusagen unsere Sechziger.» Es war Michael, der diese geistlose Bemerkung beisteuerte, und sie tat ihm leid, sobald sie seinem Mund entschlüpft war. «Das ganze Dekadengerede ist lächerlich. Jeder macht ganz eigene Erfahrungen.»

«Mag sein», sagte Thack noch immer zu Burke hin, «aber Sie sollten über die Schwulenbewegung Bescheid wissen, wenn Sie eine Story über Aids machen.»

Burke sah ihn verständnislos an.

«Hab ich da was falsch verstanden?» Thack wandte sich an Brian. «Hast du nicht gesagt, er ...»

Brian zuckte mit den Schultern und deutete auf seine Frau. «Das hat sie mir so gesagt.»

«Ach.» Mary Ann schaute einen Moment lang irritiert drein und sagte dann zu Burke: «Ich hab ihm erklärt, daß du deshalb hier bist. Um eine Story über Aids zu machen.»

«Ach so», sagte Burke. «Stimmt. Klar. Ich war grad nicht ganz bei der Sache.»

Mary Ann griff nach einer Weinflasche und hielt sie hoch. «Wer braucht eine kleine Erfrischung?»

Fast alle brauchten eine.

Während es sich die anderen nach dem Essen wieder im Wohnzimmer gemütlich machten, ging Michael pinkeln. Auf dem Rückweg kam er an Shawnas Zimmer vorbei. Das kleine Mädchen saß an seiner Kinderstaffelei und fuhrwerkte mit einem Buntstift herum.

Er sprach sie von der Tür aus an. «Hallo, Shawna.»

Sie schaute kurz über die Schulter und malte dann weiter. «Hallo, Michael.»

«Was malst du da?»

Keine Antwort.

«Einfach nur... Kunst, hm?»

«Mhmm.»

«Kann ich reinkommen?»

«Darf ich», sagte Shawna.

Er grinste. «Darf ich?»

«Ja.»

Er stellte sich hinter sie und studierte ihr Werk – ein Durcheinander aus braunen Rechtecken, die mit grünen Kritzeleien übermalt waren. In einer Ecke stand auf einem sehr viel kleineren Rechteck die Zahl 28.

«Ich weiß, was das ist», sagte er.

Das Kind schüttelte den Kopf. «Mm-mm. Es ist was Geheimes.»

«Na ja, für mich sieht's aber ganz wie das Haus von Anna aus.»

Sie sah zu ihm hoch und klimperte ein-, zweimal mit den Wimpern. Sie war offenbar überrascht von seiner Klugheit.

«Das ist eins von meinen Lieblingshäusern», sagte er.

Sie zögerte kurz, bevor sie sagte: «Ich mag's gern, weil's ein Haus auf dem Boden ist.»

Er lachte in sich hinein.

«Was gibt's da zu lachen?»

«Nichts. Ich bin ganz deiner Meinung.» Er berührte sie sanft an der Schulter. Sie trug eine weiße Rüschenbluse und einen blauen Midirock aus Samt, war ganz offenbar für die Einladung zurechtgemacht. Und trotzdem saß sie wie eine Miniaturausgabe von Georgia O'Keeffe würdig und ganz allein an ihrer Staffelei.

Er trat ans Fenster und spähte hinunter auf die silbrige Fläche der Bay. Ein Frachter, hell erleuchtet wie ein Kraftwerk und aus dieser Höhe trotzdem klein wie ein Kinderspielzeug, glitt in Richtung Ozean. Direkt unterhalb von Michael – waren es hundert Meter oder mehr? – ruhte das Haus aus Shawnas

Zeichnung unsichtbar zwischen dem Grün in seiner Umgebung.

Er drehte sich zu dem Kind um. «Anna ist nach Griechenland auf Urlaub gefahren. Hat sie dir das erzählt?»

Shawna schüttelte den Kopf. «Ich geh gar nicht mehr zu ihr.»

«Warum nicht?»

Schweigen.

«Warum nicht, Shawna?»

«Mary Ann will es nicht.»

Das brachte ihn zwar aus der Fassung, aber er reagierte nicht darauf. Das Kind war ganz gut im Erfinden von verrückten Geschichten. Besonders, wenn es um Mary Ann ging. Die Sache war wohl doch komplizierter.

Shawna fragte: «Machst du heute abend wieder dieses Geräusch?»

«Welches Geräusch?»

«Du weißt schon. Biep, biep.»

Er lächelte sie an. «Erst in ein paar Stunden.»

«Kann ich's mal sehen? Ich meine, darf ich?»

«Tja, von mir aus gern, aber es ist in meiner Jacke, und die liegt auf dem Bett im...»

«Macht sie dir das Leben schwer?»

Als Michael sich umdrehte, sah er Brian an der Tür stehen. «Aber, woher denn», sagte er.

«Wie läuft's denn so, Puppy?»

«Gut.»

«Sie hat was richtig Schönes gemalt», sagte Michael.

Brian sah sich das Bild an und wuschelte seiner Tochter die Haare durcheinander. «He... nicht schlecht. Wie nennst du's denn?»

«Kunst», sagte Shawna.

Brian lachte. «Tja, schön. Das paßt ja wohl auch. Hast du Michael erzählt, als was du gehen willst?»

Shawna blickte ihn verständnislos an.

«Zu Halloween», schob Brian nach.

«Ach so... als Michaelangelo.»

Michael war beeindruckt. «Wie der Maler, hm?»

«Nein», sagte Shawna. «Wie der Teenage Mutant Ninja Turtle.»

Michael bat Brian mit einem Blick um Aufklärung.

«Das muß man nicht wissen», sagte Brian. «Es ist was ganz Aktuelles. Sie hat es nicht erfunden.»

«Teenage Mutant...?»

«Ninja Turtle», sagte Shawna.

«Wir legen das Ganze stärker in Richtung Schildkröte an und geben nur einen *Schuß* Ninja dazu. Willst du mitkommen? Die Sache steigt am Halloween-Vormittag. Und da ist Mary Ann im Sender.»

«Und was ist das für eine Sache?» fragte er.

«Nur so eine Schulveranstaltung. Ein Umzug oder so was.»

«Na ja...»

«Um elf wären wir wieder zurück. Spätestens.» Brian zwinkerte ihm zu.

«Na dann. Toll.»

«Juhu», kreischte Shawna.

«Siehst du?» sagte Brian. «Ich hab dir gesagt, er kommt mit.»

Das Kind sah seinen Vater an. «Kann Michael auch als Teenage Mutant Ninja Turtle gehen?»

«Tja, er *könnte* schon...»

«Entweder als das», sagte Michael, «oder als Ann Miller.»

Brian lachte. «Ich glaube, deine Tage als Ann Miller sind gezählt.»

«Warum?» sagte Michael lächelnd. «Die von Ann Miller sind's doch auch noch nicht.»

Shawna sah sie beide an. «Wer ist Ann Miller?»

«O Gott», sagte Michael lachend. «Frag lieber nicht.»

«Genau», sagte Brian und gab Michael mit den Augen ein Zeichen. «Gewisse Persönchen kennen sich mit Lippenstift sowieso schon zu gut aus.»

Michael kicherte, als er sich an den Vorfall erinnerte – oder wenigstens an Brians Version von Mary Anns Version des Vorfalls. «Ist sie immer noch böse deswegen?»

«Wer ist Ann Miller?» drängte Shawna.

«Sie war nicht wirklich böse», sagte Brian.

Das Kind, ging Michael durch den Kopf, mußte seiner Mutter unheimlich ähnlich gesehen haben, nachdem es erst einmal eine dicke Schicht Make-up im Gesicht gehabt hatte. Kein Wunder, daß Mary Ann ausgeflippt war. Die geschmacklose Connie Bradshaw, der Fluch von Mary Anns Leben, war dem Grab entstiegen, um ihre peinlichen Auftritte von neuem hinzulegen.

«Wer ist Ann Miller?»

«Das ist eine Dame, die tanzt», sagte Brian. «Eine Frau.»

«Eine Dame», sagte Michael.

Brian lachte und faßte seine Tochter sanft an der Schulter. «Willst du in die Kiste, Puppy?»

«Ja.»

«Dann gib Michael einen Gutenachtkuß.»

Shawna gab Michael ein Küßchen auf die Wange.

«Du bist richtig toll angezogen», sagte Michael.

«Danke», erwiderte sie ernst.

«Sie hat die Sachen extra für heute abend gekriegt», sagte Brian.

«Tja, sie stehen dir ganz ausgezeichnet», sagte Michael zu ihr. «Sie bringen deine blauen Augen so schön zur Geltung.»

Shawna sonnte sich einen Moment lang in all der Aufmerksamkeit und sah dann ihren Vater an. «Deckst du mich zu?»

«Und überhaupt», sagte Mary Ann gerade, als Michael zurückkam, «ist das wohl kaum ein Staatsgeheimnis. Raquel Welch ist absolut berüchtigt für ihre Zickigkeiten...»

Burke lachte glucksend. «Um es mal sanft zu formulieren.»

Thack lachte. Er fühlte sich offenbar wohl. Als er Michael sah, fragte er: «Hast du die Geschichte schon mal gehört?»

«O Gott», sagte Mary Ann. «Garantiert schon viel zu oft.»

«Ein paarmal», sagte er. «Aber sie ist gut.»

«Na, jedenfalls ist sie schon zu Ende», sagte sie lachend. «Du bist also verschont geblieben. Wo ist Brian?»

«Er bringt Shawna ins Bett.»

«Aha.»

Das Telefon im Gästezimmer klingelte. Da Michael am nächsten dran war, fragte er: «Soll ich?»

«Ach, laß es», sagte Mary Ann. «Die Maschine ist an.»

«Eigentlich», sagte Burke, «rechne ich ein bißchen mit dem Anruf von Freunden. Ich hab eure Nummer hinterlassen. Ich hoffe, das ist dir recht.»

«Natürlich.» Mary Ann lief in Richtung des Geklingels.

Burke servierte Thack und Michael den Rest seiner Erklärung. «Sie sind nur kurz in der Stadt, und wir wollten uns später noch auf ein paar Drinks treffen. Ich hab gedacht, wenn's allen recht ist...»

«Von mir aus», sagte Michael.

«Gern», sagte Thack.

Mary Ann tauchte wieder an der Tür auf. «Es ist für dich», sagte sie leise, ja, fast ehrfürchtig zu Burke. «Es ist Chloe Rand.»

Desperados

Unwillkürlich fiel ihr auf, wie ruhig Burke diese Information entgegennahm. Er lächelte leise und nickte, aber sein Gesicht verriet nichts, nicht die geringste Spur von Erstaunen. Sie hätte ihm wohl genausogut sagen können, daß seine Frau am Telefon sei.

Als er aus dem Zimmer war und sie sich umdrehte, starrte Michael sie mit offenem Mund an. «Doch nicht *die* Chloe Rand?»

Thack warf Michael einen gereizten Blick zu. «Wie viele Chloe Rands kann's schon geben?»

«Du meinst, sie sind hier in der Stadt?» Sein Gesichtsausdruck war eine wahre Freude.

«Ja.» Sie beschloß, das Ganze genauso unbekümmert anzugehen wie Burke. «Nur für einen Tag oder so. Sie sind auf dem Weg zu einer Aids-Benefiz-Gala in L. A.»

Dafür erntete sie von Thack einen Ächzer, aber auch nicht mehr. Sie hatte nicht vor, ihn nach seiner Meinung zu fragen. Er wetzte in der Öffentlichkeit unaufhörlich seine Messer, und sie hatte sich an den sprühenden Funken schon viel zu oft verbrannt.

Michael warf Thack einen mürrischen Blick zu und war wohl kurz davor, etwas zu sagen, als Burke auftauchte. «Hör mal», sagte er etwas verlegen zu Mary Ann, «meine Freunde haben uns eingeladen, im Stars noch was mit ihnen zu trinken. Wenn's dir nicht recht ist...»

«Nein», sagte sie. «Gern.»

«Es sind Russell und Chloe Rand. Ich glaube, die würden dir gefallen.»

«Schön. Sehr gern.»

«Und ihr?» Burke wandte sich an Michael und Thack.

«Wunderbar», antwortete Michael, der offenbar für beide sprach. Mary Ann konnte nicht sagen, was *Thack* dachte. Wenn er vor sich hin brütete, wurde sein Gesicht zu einer provozierend leeren Fläche. Sie hoffte halb, daß er protestieren oder Michael wenigstens dazu überreden würde, sich huldvoll zurückzuziehen. Vier Leute in Burkes Schlepptau war etwas viel. Die Rands hatten sowieso schon mehr am Hals als erwartet.

Burke sah sie erneut treuherzig an. «Ich hätt ja früher was gesagt, aber...»

«Paß auf», sagte sie, einer plötzlichen Eingebung folgend. «Warum lädst du sie nicht hierher ein?»

«Tja...»

«Hier können sie sich ganz einfach... zurücklehnen und sich entspannen.»

«Das ist ja sehr nett von dir», sagte Burke, «aber ich glaube, sie... sitzen dort schon ganz gut.»

«Wie du meinst», sagte sie gelassen. Insgeheim dachte sie aber: Ihm gefällt die Wohnung nicht. Er findet sie nicht schick genug für die beiden.

«Soll ich Brian noch fragen?» sagte Burke.

«Nein», sagte sie. «Er kommt schon mit.»

«Sehr schön», sagte Burke und ging zurück ans Telefon.

Womit hatte sie danebengehauen? Mit den Indianerdecken, mit dem Blattskelett eines Saguarokaktus, mit den bemalten Rinderschädeln...?

Das winzige, aber klare Stimmchen ihres Modesinns sagte ihr, daß das ausgeschlossen war.

Sie hatte den ganzen Krempel aus einer Russell-Rand-Anzeige übernommen.

Sie einigten sich darauf, in zwei Autos zum Restaurant zu fahren: Mary Ann, Brian und Burke in Mary Anns Mercedes; Michael und Thack in ihrem VW. Dann gab es auch noch das geringfügige Problem, einen Babysitter aufzutreiben, und es bedurfte wie üblich zumindest eines kleinen Bestechungsgeldes für Nguyet, bevor sie sich bereit erklärte, bis nach Mitternacht in der Wohnung zu bleiben. Brian wußte typischerweise fast gar nichts über die Rands, weshalb Mary Ann ihren *Interview*-Stapel durchforstete und ihrem Ehemann eine hektische Einführung gab, solange Burke auf der Toilette war.

Während Brian und Burke sich unterwegs angeregt über Joe Montanas Wirbelsäule unterhielten, sog Mary Ann im Fond ihres Wagens den süßlichen Duft der grauen Lederbezüge ein und machte eine Bestandsaufnahme ihrer selbst. Hätte sie gewußt, daß der Abend mit den Rands zu Ende gehen würde, hätte sie vielleicht nicht dieses unauffällige kleine Cocktailkleid von Calvin Klein getragen.

Trotzdem, es machte deutlich, daß sie sich für solche Dinge interessierte. Außerdem kam es ihr ein bißchen übertrieben vor, bei einer persönlichen Begegnung mit Russell Rand auch ein Kleid von Russell Rand zu tragen. Sie ging im Geist rasch die Frauen durch, die sie zusammen mit ihm auf Fotos gesehen hatte. Hatte Liza seine Kleider getragen, als sie mit ihm ausgegangen war? Oder Elizabeth? Vielleicht taten nur Desperados wie Prue Giroux so etwas.

Ach so, was war eigentlich mit dem «Passion», das sie aufgelegt hatte? War es taktlos, Elizabeth Taylors Parfüm zu tragen, wenn man sich mit Leuten traf, die Elizabeth Taylor kannten? Mit Leuten, die wirklich wußten, wonach sie duftete?

Vielleicht fanden ihre richtigen Freunde das Zeug lächerlich und protzig. Bei den Freunden von Cher war das bestimmt so. Etwas anderes war ganz undenkbar.

Wozu sollte sie sich noch länger damit beschäftigen? Das Zeug war schließlich nicht billig, und die Taylor hatte so viel für Aids getan. Mary Ann hatte es vor allem aufgelegt, um Michael eine kleine Freude zu machen, um ihre Unterstützung zu bekunden. Wenn die Rede darauf kommen sollte, würde sie das sagen. Außerdem war es sowieso die Wahrheit.

«Und dort drüben», erzählte Brian Burke mit großem Nachdruck, «ist das Hard Rock. Es is ganz okay, aber eher was fürs Jungvolk.»

«Brian», sagte sie, «ich glaube, in New York gibt's auch eins.»

«Weiß ich. Ich hab ihm aber was von dem da erzählt.»

«Die sind doch alle gleich», sagte sie zu ihm.

«Das in London ist ganz passabel», warf Burke ein. «Ich glaub, es war das erste.»

«Ja», sagte sie. «Das war das erste.»

«Schaut euch diesen Nebel an», sagte Brian. «Schaut euch an, was er aus der Neonreklame macht. Ist das nicht toll?»

Burke gab ein anerkennendes Geräusch von sich, offenbar aber nur aus Höflichkeit.

Sie warf Brian einen raschen Blick zu. «Nicht jeder findet Nebel gut, weißt du.»

«Was du nicht sagst», erwiderte er mit gespieltem Unglauben.

«Ja, wirklich.»

Brian sah Burke an. «Aber du findest ihn doch gut, oder?»

Es folgten ein unbeteiligtes Lächeln und ein Schulterzukken. «Doch, doch.»

«Du mußt zugeben, daß er viel toller ist als das komische Zeug in New York. Das muß man sich nämlich vom Gesicht kratzen.» Brian lachte; er wollte offenbar vermeiden, daß sich seine Bemerkung feindselig anhörte, aber es klappte nicht. «Ehrlich ...»

Burke reagierte zuvorkommend. «Ja ... klar, du hast schon recht.»

«Er ist furchtbar chauvinistisch, wenn's um San Francisco geht», sagte Mary Ann zu Burke.

«Du etwa nicht?» Brian schnitt ihr eine Grimasse.

«Ich mag die Stadt», sagte sie ruhig. «Ich glaube aber nicht, daß sie das A und O ist. Und ich glaube auch nicht, daß es besonders nett ist, über die Stadt herzuziehen, aus der unser Gast kommt.»

«Ach», sagte Brian und setzte ein gespieltes Lächeln auf. «So hat er's doch nicht aufgefaßt.» Er zwinkerte Burke kumpelhaft zu. «Außerdem mag ich New York. Aber dort *leben* ... und so weiter, und so fort ... nein.»

Das versetzte ihr einen Stich. Hatte er diese Bemerkung rein zufällig gemacht, oder war er ihr auf die Schliche gekommen? Sei's drum, sie schwor sich, es zu ignorieren.

«Woher kennst du die Rands?» fragte sie Burke.

«Ach, wie das so geht», erwiderte er. «Über Freunde.»

Sie war drauf und dran, ihm zu erzählen, daß sie den beiden bei Prue begegnet war, entschied sich dann aber anders, weil sie fürchtete, die Rands würden sich vielleicht nicht mehr an sie erinnern. *Falls* sie sich aber an sie erinnerten und das auch sagten, würde ihr Stillschweigen darüber ganz schlicht und einfach als persönliche Zurückhaltung ausgelegt werden. Sie hielt also lieber den Mund. Als Brian mit dem Mercedes in die Redwood Alley einbog, erspähte sie durch das Fenster eine Schar von Opernbesuchern, die auf dem Bürgersteig schnatternd in Richtung des Restaurants eilten. Sie fragte sich, wer von ihren Kollegen sie an diesem Abend wohl zusammen mit den Rands sehen würde.

Ein fast zu schöner Gedanke.

Die höhlenartige Eleganz des Stars schlug Mary Ann jedesmal wieder in ihren Bann. Betrat man den von aufgeregtem Geplauder erfüllten und mit französischen Kunstplakaten ausstaffierten Raum, fühlte man sich als Teil eines lebendigen Tableaus, vielleicht aus den zwanziger Jahren, aber gewiß nicht aus der Gegenwart. Wenn man die Augen leicht zusammenkniff, war die Illusion fast perfekt und trug einen mit sich fort.

Wie sie es sich schon gedacht hatte, thronten die Rands auf dem Podest im hinteren Teil des Raums. Chloe war in rotem Leder, und ihre Schultern wirkten im Licht der Kronleuchter aus farbigem Glas weiß wie Milch. Russell hatte durch seine Norfolkjacke mit Fischgrätenmuster einen wunderbaren Herzog-von-Windsor-Touch. Wo waren die beiden eigentlich gewesen? In der Oper? Auf noch einer Party?

Chloe sah sie zuerst. Sie grüßte Burke, indem sie mit den Fingern in der Luft klimperte, und hielt ihm, als er an den Tisch kam, die Wange zum Kuß hin. «Ach, wie süß, daß du gekommen bist», sagte sie.

Burke küßte sie und gab Russell anschließend einen freundschaftlichen Klaps auf die Schulter. Russell lächelte ihn kurz an, bevor er seinen Blick auf Mary Ann richtete. «Haben wir Ihr Essen sabotiert?» fragte er, als würden sie sich schon seit ewigen Zeiten kennen.

«Ach, nein», erwiderte sie, «ganz und gar nicht.»

«Bestimmt nicht?»

«Nein. Wirklich nicht.»

«Sollten nicht noch mehr kommen?» fragte Chloe.

«Die sind noch unterwegs», sagte sie. «Mit einem anderen Wagen.»

«Das ist Mary Ann Singleton», sagte Burke.

«Ja, ich weiß», sagte Russell. «Ich glaube, wir kennen uns bereits.»

«Im Ernst?» fragte Burke.

«Russell, Chloe...» Mary Anns Identitätskrise war abgewendet, und eine wärmende Welle der Selbstsicherheit durchströmte sie. «Das ist mein Mann, Brian.»

Brian und Russell schüttelten sich die Hand. Dann Brian und Chloe. «Bitte», sagte Russell herzlich, «setzt euch doch.»

«Wann habt ihr euch denn kennengelernt?» fragte Burke Chloe, während er sich auf den Stuhl neben ihr setzte.

«Bei Prue Giroux.»

«Wer ist das denn?»

Chloe grinste anzüglich. «Ich glaube, das willst du lieber gar nicht wissen.»

Russell warf seiner Frau einen mahnenden Blick zu.

Dann kann sie Prue also auch nicht leiden, dachte Mary Ann. Die Sache ließ sich mit jeder Minute besser an.

«Sie ist so eine Art Partylöwin», klärte Brian Burke auf.

«Ja», sagte Mary Ann trocken. «So eine Art.» Sie hielt das für gerade ausreichend, um Chloe wissen zu lassen, daß sie ihr beipflichtete, ohne Russell noch besorgter zu machen. Schließlich kaufte Prue schon seit Jahren seine Kleider. Sie konnte verstehen, warum Russell nicht illoyal erscheinen wollte. Er konnte ja unmöglich wissen, wer von den Anwesenden bei Prue tratschen würde.

«Ich bin ein richtiger Trottel», sagte Russell zu Burke. «Ich hab gar nicht geschaltet, als du mir von ihr erzählt hast.»

Im ersten Moment dachte Mary Ann, er meine Prue. Dann dämmerte ihr, daß Burke den Rands von der Talkmasterin aus San Francisco erzählt haben mußte, die er für sein neues Projekt haben wollte. Sie erschrak zutiefst, als ihr klar wurde, daß Russell gefährlich nahe dran war, alles auszuplaudern.

«Also», sagte Chloe. «Wer braucht was zu trinken? Wir wollen doch mal sehen, ob wir unseren Freunden hier nicht einen Kellner verschaffen können.»

«Äh ... genau», sagte Russell. «Klar.»

Er sah unverkennbar drein wie jemand, dem man unter dem Tisch einen unerwarteten Tritt verpaßt hatte.

Eine halbe Stunde später sagte Chloe auf dem Lokus: «Hören Sie, es tut mir leid wegen dem alten Dummkopf. Burke hat ihm extra noch gesagt, daß er nicht mit der Talkshowgeschichte anfangen soll.»

«Ach, das macht doch nichts», sagte Mary Ann.

«Haben Sie's ihm schon gesagt?»

«Nein, noch nicht.»

Chloe zog sich vor dem Spiegel die Lippen nach. «Es ist eine großartige Chance.»

«Ja. Ich weiß.»

«Burke ist so was von geschäftstüchtig. Einfach genial. Ich glaube nicht, daß Sie mit ihm was falsch machen können.» Sie preßte die Lippen ein-, zweimal aufeinander, drehte sich dann um und legte mit einem entschuldigenden Blick den Kopf schräg. «Tut mit leid. Ich weiß, es geht mich nichts an.»

«Aber nein», sagte Mary Ann. «Das ist schon in Ordnung.»

«So ein Aufbruch ist was Beängstigendes, hm? Der fährt einem direkt in den Magen. Mir ist es genauso gegangen, als Russell mich gebeten hat, ihn zu heiraten. Ich meine, mir war klar, was für ein Leben mich da erwartete, aber ich hab immer nur dran denken müssen, wie *fremd* mir das alles sein würde. Ganz schön dämlich, was?»

«Sie wirken so ruhig», entgegnete Mary Ann. «Ich kann mir das gar nicht vorstellen.»

«Ja», sagte Chloe. «*Jetzt*. Aber vor drei Jahren ... ach, lassen wir das.»

«Eigentlich», sagte Mary Ann, die Chloe immer sympathischer fand, «schlag ich ganz gern über die Stränge. Als ich hierhingezogen bin, war das auch so. Ich bin auf Urlaub hergefahren, hab dann ... na ja, ein paar Irish coffee ...»

Chloe kicherte. «Und sind nicht mehr zurückgefahren?»

«Genau.»

«Mensch. Ich bin beeindruckt. Wo waren Sie zu Hause?»

«In Ohio», sagte Mary Ann. «In Cleveland.»

«Na, kein Wunder!»

Mary Ann lachte unbehaglich. «Ja, Sie sagen es.»

Chloe streckte ihr die Hand hin. «Ich bin aus Akron.»

«Das ist nicht Ihr Ernst!»

«Doch.»

«Aber, Sie wirken so ... so ...»

«Wie ich schon gesagt hab, es braucht so seine Zeit. Und es hat natürlich nicht geschadet, daß ich Russell kenne. Ich hab grausam ausgesehen, bevor ich ihn kennengelernt habe. Strähnige Haare, eine furchtbare Haut ... und als Krönung dann noch dieser Zinken.»

Mary Ann meinte, daß leichter Protest angebracht war. «Ach was. Sie haben doch eine wunderschöne Nase. Wie eine spanische Aristokratin.»

«Eine libanesische trifft's schon eher.»

Mary Ann war völlig überrascht und auch ein wenig peinlich berührt, weshalb sie das Thema wechselte. «Und Sie haben ihn wirklich in der Betty Ford-Klinik kennengelernt?»

«Jawoll.»

«Das ist ja vielleicht eine romantische Geschichte.»

Und was das erst für einen Film abgeben würde, dachte sie bei sich. Sie befreit ihn aus den Fängen des Alkohols, und er schenkt ihr Schönheit und Reichtum.

«Ich hab aber nur in der Verwaltung gearbeitet. Ich war nie Therapeutin oder so was in der Richtung.»

«Trotzdem», sagte sie. «Sie haben sich in der Stunde der Not seiner angenommen.»

«Ja, wahrscheinlich. Aber, was ist mit Ihrem Mann? Er kann New York nicht leiden, hm?»

Sie machte ein grimmiges Gesicht und nickte. «Mehr oder weniger.»

«Na, es ist aber doch nicht so, daß Sie dort keinen Anschluß hätten und so. Burke und Brenda kennen Gott und die Welt, und wenn Sie Hilfe brauchen ... Sie wissen schon, wenn Sie eine Wohnung suchen oder dergleichen ... Russell und ich wären Ihnen gern behilflich.»

Es war vielleicht das erste Mal, daß Mary Ann in aller Deutlichkeit erkannte, was für ein großartiges Angebot sie bekommen hatte, und das war fast zuviel für sie. Richtiger Ruhm, wunderbare neue Freunde, ein Zuhause, das rasch ein Salon sein würde. Sie sah die Wohnung schon vor sich: große Schränke aus Kiefernholz, eine antike Harfe, hauchdünne Perserteppiche auf gebleichten Böden. Etwas in SoHo vielleicht, oder einfach auf demselben Flur mit Yoko im Dakota ...

«Das ist rasend nett von Ihnen», sagte sie zu Chloe.

«Ach, überhaupt nicht.» Chloe schaute in den Spiegel und klopfte sich mit dem kleinen Finger gegen den Augenwinkel. «Wir könnten ein paar neue Gesichter gut brauchen.»

«Schön, daß ich das weiß. Ihr Kleid ist übrigens genial.»

«Oh, danke.» Chloe drehte sich um und lächelte sie an. «Zu Hause kann ich's nämlich nicht anziehen. Ivana Trump hat genau das gleiche.»

«Pech», sagte Mary Ann. Sie hätte liebend gern gefragt, wie Ivana Trump in Wirklichkeit war, fand aber, daß sich das allzu begierig, allzu desperadomäßig anhören könnte.

Als sie an den Tisch zurückkamen, stellte Mary Ann fest, daß Brian die Männer – unter denen sich inzwischen auch Michael befand – mit seiner momentanen Lieblingsmeinung erfreute. «Ja, Mensch, ist das denn die Möglichkeit? Ich bin kein Republikaner, aber die Frau wird gepiesackt, weil sie sich die Haare nicht färbt. Früher war's mal skandalös, wenn eine Frau sie sich gefärbt hat! Wo sind wir denn hier, verdammt noch mal?»

Mary Ann bemerkte, daß Russell Rand den heldenhaften Versuch unternahm zu lachen. Brian hatte so eine Art, sein Publikum zu überfordern, wenn er erst einmal im Mittelpunkt stand. Er drängte die Leute in die Defensive und brachte sie in Verlegenheit. Von selbst konnte er das natürlich nicht wissen, und ihr war nie eingefallen, wie sie ihm das auf nette Art hätte sagen können.

Aber genau das war ja gerade ihr Problem. *Wie sag ich's meinem Manne?*

«Wo ist Thack?» fragte sie Michael, während sie sich setzte.

Brian antwortete an seiner Stelle. «Er hat uns im Stich gelassen.»

«Sein Magen macht ihm Probleme», ergänzte Michael.

«Das tut mir aber leid», sagte sie. «Hoffentlich waren das nicht die Frühlingsrollen.»

«Nein.»

«Hat er dich hier abgesetzt?»

«Ja.»

Sie haben gestritten, dachte sie. Auch gut. Thack hätte ohnehin nur Schwierigkeiten gemacht.

«Du hast Chloe noch nicht kennengelernt», sagte sie. Dabei berührte sie Chloes Schulter leicht, und das nur, um Michael zu beweisen, daß sie dergleichen tun konnte. «Chloe Rand, Michael Tolliver.»

Die beiden begrüßten sich über den Tisch hinweg. Man sah Michael an, daß er hin und weg war.

«Jedenfalls», sagte Brian und blamierte sich weiter, «ist Barbara Bush tausendmal besser als diese Ziege, die wir jetzt im Weißen Haus sitzen haben. Die tut doch die ganze Zeit nichts, als sich die Haare machen zu lassen und den Designern Gratiskleider aus den Rippen zu leiern.»

Rundherum Totenstille.

Brian suchte Bestätigung und sah sie alle der Reihe nach an.

Typisch, dachte sie. Wenn er nur eine halbe Sekunde nachgedacht hätte, bevor er sein Mundwerk in Gang gesetzt hat...

«Ach so», sagte Brian, als er Russell Rand ansah. «Das heißt wahrscheinlich, daß Sie...?»

Der Designer brachte ein dünnes Lächeln zustande. «Sie hat mir eigentlich nichts aus den Rippen geleiert.»

«Na ja... es ist wenigstens eine gute Werbung. Ich meine, die Leute, die sie gut finden, sind wahrscheinlich die gleichen, die... und außerdem bedeutet das Ganze ja keine persönliche Billigung durch Sie.»

«Ich bin aber sehr angetan von Mrs. Reagan.»

Brian nickte. «Tja, ich kenn die Dame ja nicht.»

Mary Ann bedachte ihn mit einem Blick, der sagte: Allerdings. Drum halt bloß die Klappe.

Russell Rand blieb wohlwollend. «Sie hat jetzt diese Schnorrereigeschichte am Hals. Dabei ist sie ein ganz anderer Mensch, als man es von ihr behauptet.»

«Tja, ich kann mich nur nach dem richten, was dem Normalbürger an Informationen zur Verfügung steht, und da...»

«Ich mache Ihnen auch gar keinen Vorwurf, daß Sie so denken. Bestimmt nicht.»

Brian nickte nur und sagte nichts mehr. Michael saß wie versteinert da, starrte auf sein Calistoga und machte ein verdrießliches Gesicht.

Da jemand für ein bißchen Heiterkeit sorgen mußte, sagte Mary Ann: «Ach, man kann ihn nirgends mit hinnehmen.»

«Unsinn», sagte Russell Rand. «Wir haben alle ein Recht auf unsere Meinung.»

«Danke», sagte Brian an den Designer gerichtet, warf dabei aber Mary Ann einen mürrischen Blick zu.

Schlecht geträumt

Michael kam der Traum immer noch ganz real vor, als er in die Morgendämmerung hinausstolperte. Das Deck war von einer dicken Tauschicht überzogen, was ihn daran erinnerte, daß Charlie Rubin diese Erscheinung einmal als «Nachtschweiß» bezeichnet hatte. Die Feuchtigkeit auf den breiten grünen Blättern in den benachbarten Gärten legte den falschen Schluß nahe, daß die Dürre zu Ende war. Nur der Garten seines toten Nachbarn verriet die Wahrheit, denn der zerzauste Baumfarn dort sah im bernsteinfarbenen Morgenlicht so karg aus wie ein Kruzifix.

Michael sah hoch, ließ seinen Blick über den Zaun springen und dann hinunter ins Tal schweifen, wo tausend jalousiebedeckte Fenster im ersten Sonnenschein funkelten. Manchmal, wenn auch nicht gerade jetzt, entdeckte er auf anderen Decks andere Männer, die wie er von ihren kleinen hölzernen Grüne-Witwen-Balkons ins Tal hinunterschauten.

Was ihm an dieser Aussicht am meisten gefiel, waren die Bäume: die verhutzelten Zypressen, die Bananenstauden in den Gärten, die Pappeln, die sich den nächstgelegenen Hügel entlangzogen wie Art-déco-Ausrufezeichen. Natürlich konnte man sich an einigem, besonders an den Zypressen, nur per Fernglas erfreuen, aber Michael wußte auch so, wo sie sich befanden.

Auf einmal landete ein Schwarm Papageien – an die vierzig mindestens – in dem früchtelosen Feigenbaum, der zum Haus nebenan gehörte. Während sie kreischten und an ihrem Gefieder herumzupften, stand er stocksteif da und überlegte hin und her, ob er Thack zu diesem Ereignis wecken sollte. Er hatte sie noch nie so nahe am Haus gesehen.

«Boah», ertönte hinter ihm eine Stimme.

Thack stand in der Küchentür. Er hatte nur Jockeyshorts an, und sein glatter Körper sah im Morgenlicht geradezu grandios aus, doch seine dünner werdenden, vom Schlafen verdrückten Haare vermasselten den Eindruck und verliehen ihm etwas Komisches, fast schon Babyhaftes.

«Soll ich rauskommen?»

«Ja», sagte Michael, «aber sei vorsichtig.» Er fühlte sich unwillkürlich bestätigt. Er hatte inzwischen schon seit fast einem Jahr von diesen Viechern geschwärmt, aber sie waren noch nicht einmal vorbeigeflogen, um seinem Liebhaber zu beweisen, daß er nicht halluziniert hatte.

Thack stellte sich neben ihn ans Geländer. «Die machen ja vielleicht einen Lärm.»

«Ja, aber sieh doch mal, wie schön sie sind.»

«Nicht übel.»

«Das waren mal alles Haustiere», klärte Michael ihn auf.

«Ja, das hast du erzählt.»

«Siehst du die kleinen dort? Das sind ihre Groupies. Lauter Sittiche.»

Harry platzte mitten in diese Lobrede hinein, indem er aufs Deck gehüpft kam und so dafür sorgte, daß die Vögel in einem flirrenden grünen Gewusel davonflogen.

«Na, dann guten Morgen», sagte Michael und kraulte dem Pudel den verlängerten Rücken.

Thack ging in die Knie und kraulte den Hund ebenfalls. Er musterte Michaels Gesicht, bevor er zu reden anfing. «Sei nicht sauer auf mich», sagte er.

«Ich bin nicht sauer.»

«Na, und ob.»

«Geh wieder ins Bett», sagte Michael. «Es ist noch zu früh für dich.»

«Ach, jetzt bin ich auch auf. Ich mach uns Frühstück.»

Es gab Haferkleie nach Sweeney-Art, das heißt schwarz vor Rosinen. Sie aßen sie am Küchentisch, und Harry sah ihnen dabei zu.

«Und, wie war's?» fragte Thack.

«Angenehm. Die beiden waren richtig nett. Und sie ist wirklich eine ausgesprochen schöne Frau.»

«Bestimmt.»

Das konnte gut höhnisch gemeint sein, aber Michael beschloß, es anders zu sehen.

Thack stocherte einige Zeit in seinen Flocken herum und fragte dann: «Hat er denn auch mit dem Handgelenk geschlenkert?»
«Was soll das heißen?»
«Ach, komm. Du weißt genau, was das heißt.»
«Ja, klar, aber... in diesem Fall...»
Thack seufzte ungeduldig. «Hat er einfach vorausgesetzt, daß alle um sein Schwulsein wissen, oder hat er den ganzen Abend einen auf Stecher gemacht?»
«Eigentlich weder das eine noch das andere.»
«Hast du ihm gesagt, daß du schwul bist?»
«Nein.»
«Warum nicht?»
«Weil das gar nicht Thema war, Thack. Außerdem bin ich doch der Durchschnittshomo in Reinkultur. Wem muß man das erst noch sagen?»
«Ihm. Man müßte ihn mit lauter Trutschen umzingeln und ihm sagen, was für ein elender Heuchler er ist.»
«Ich hab gedacht, das hätten wir abgehakt», sagte Michael. «Ist noch Milch da?»
«Im Kühlschrank.»
Michael nahm die Tüte mit an den Tisch und schüttete sich Milch auf seine Flocken.
«Die Sache ist doch die», sagte Thack, «daß alle Welt gewußt hat, daß er schwul ist.»
«Ich aber nicht.»
«Ach, komm. Das hab ich sogar in Charleston mitgekriegt. Und in New York haben sowieso alle Bescheid gewußt über ihn. Er hat mit allen Pornostars gevögelt, die's dort gibt.»
«Und?»
«Und jetzt verkauft er seine Eheringe und singt das Hohelied der heterosexuellen Liebe.»
«Das ist nun mal sein Beruf, mein Schatz.»
«Okay, aber es sagt einen Dreck über seinen wahren Charakter.»
Michael wurde langsam wieder ärgerlich. «Du kennst ihn doch gar nicht», sagte er. «Vielleicht liebt er sie wirklich.»

«Klar. Und vielleicht hat sie auch einen Schwanz.»

«Thack ... die Leute heiraten aus allen möglichen Gründen.»

«Logisch. Und Geld und Imagepflege sind zwei davon.»

Michael verdrehte die Augen. «Er hat entschieden mehr Geld als sie.»

«Und er hat auch vor, es zu behalten. Da kann er nicht zulassen, daß ganz Amerika erfährt, daß er ein Perverser ist.»

«Sie machen in L. A. bei einer Aids-Benefiz-Gala mit», erinnerte Michael ihn.

«Mhm. Und sie werden auftreten, als wären sie an der Hüfte zusammengewachsen. Ein nettes liberales Ehepaar, das die armen kleinen kranken Schwulen unterstützt. Nur kannst du dir verdammt sicher sein, daß sie das Wort mit dem ‹S› gar nicht erst in den Mund nehmen.»

«Warum streiten wir uns eigentlich?» fragte Michael. «Du weißt doch, daß ich mit dir einer Meinung bin. Im Grundsätzlichen.»

«Warum bist du dann mitgefahren?»

«Hör mal, es ist doch darum gegangen, die Party nicht kaputtzumachen. Mary Ann wollte ganz offensichtlich mit.»

«Nein, das ist ein Vorwand. Du wolltest selber auch mit. Der ganze Scheiß bedeutet dir nämlich was.»

«Okay», sagte Michael. «Vielleicht.»

Thack schmollte kurz vor sich hin. «Na, wenigstens gibst du's zu.»

«Was geb ich zu? Daß ich neugierig war? Wie toll. Thack, ich kann nicht als so 'ne Art Hare Krishna für Homos durchs Leben laufen. Ich kann das einfach nicht. Ich find lieber raus, was ich mit anderen Leuten gemeinsam habe, und nehm das als Ausgangspunkt.»

«Gebongt. Nur, daß du dich über das, was du mit Russell Rand gemein hast, niemals in der Öffentlichkeit unterhalten könntest. Nicht, wenn du ihn zum Freund haben möchtest.»

«Wer hat gesagt, daß ich ihn zum Freund haben möchte?»

Nach langem, grüblerischem Schweigen sagte Thack: «Sie hätte uns gar nicht erst zum Mitgehen drängen sollen. Sie hat uns zum Abendessen bei sich zu Hause eingeladen, und dann hat sie einfach nur zugesehen, wie Burke die Regie übernommen hat. Das war reichlich unverschämt.»

«Da bin ich ganz deiner Meinung», sagte Michael ruhig. «Man hätte das alles sehr viel besser machen können.»

Das besänftigte ihn anscheinend. Schließlich fing Thack zu lächeln an.

«Was hast du?» fragte Michael.

«Sie hat Brian erzählt, daß Burke einen kurzen Schwanz hat.»

«Das hat Brian dir erzählt? Wann?»

«Gestern beim Mittagessen.»

«Es stimmt aber nicht», sagte Michael.

Thack sah ihn verschmitzt an. «Woher willst du das denn wissen?»

«Wir haben mal einen Pärchenausflug ins Moorbad von Calistoga gemacht. Er und Mary Ann und Jon und ich. Sie haben dort getrennte Abteilungen für Jungs und Mädels, und deswegen sind wir dann in... na ja, du weißt schon, in benachbarten Bottichen gelandet.» Er zuckte mit den Schultern. «Er hatte zwar die ganze Matsche an seinem Ding kleben, aber mir ist nichts Besonderes dran aufgefallen.»

«Das paßt», sagte Thack.

«Was soll das heißen?»

«Brian glaubt, daß sie ihn nur beruhigen will.»

«Wegen was?» fragte Michael.

Thack zuckte mit den Schultern. «Wegen des Dings, das die beiden noch miteinander laufen haben.»

«Burke und Mary Ann? Ich bitte dich.»

«Tja, du hast sie doch gestern abend erlebt.»

«Und was hab ich da erlebt?»

«Die Blicke, die sie Burke dauernd zugeworfen hat.» Thack schaute gereizt drein. «Den ganzen Abend hat sie zu ihm hingesehen. Hast du das nicht gemerkt?»

«Nein.»

«Ich weiß nicht, irgendwas läuft da.»

«Und warum hat sie uns dann eingeladen, dabei zuzuschauen? Das paßt doch überhaupt nicht zusammen.»

«Vielleicht will sie deinen Segen», sagte Thack. «Sonst will sie den doch auch.»

«Ach so, klar. Warum ziehst du in einer Tour über sie her? Muß sie denn immer irgendwelche Hintergedanken haben?»

«Nein, aber...»

«Schluß jetzt, okay? Ich hab's satt, mich mit dir zu zanken!»

Dieser Ausbruch kam so plötzlich, daß Thack Michael stirnrunzelnd ansah. «Was ist denn jetzt los?»

«Nichts. Tut mir leid. Es hat nichts mit dir zu tun. Ich hab nur schlecht geträumt.»

«Wovon?»

«Ach, es ist ganz dämlich. Wir beide sind nach Griechenland gefahren und haben Mrs. Madrigal gesucht.»

Thack lächelte. «Was ist daran so schlimm?»

«Na ja... sie hat sich vor uns versteckt. Sie hatte Angst, daß wir sie mit zurück nehmen würden. Sie wohnte in so einer Art Schuppen auf einer Klippe... mit ganz viel von ihrem Zeugs aus San Francisco drin. Als wir sie endlich gefunden hatten, bat sie uns auf einen Sherry hinein, und als ich ihr erzählte, wie sehr wir sie vermissen würden, sagte sie: ‹Leben heißt sich verändern, mein Lieber.› Es war ganz schrecklich.»

Thack griff über den Tisch und streichelte Michaels Hand. «Du hast nur Schuldgefühle, weil du sie nicht mehr angerufen hast.»

«Ich weiß.»

«Hat sie dir eine Nummer dagelassen?»

«Nein.»

«Tja, vielleicht...»

«Mir wird jedesmal unheimlich, wenn ich an diese Reise denke. Es gibt gar keinen richtigen Grund dafür... es ist einfach so.» Michael wußte, wie neurotisch sich das anhörte, aber es hatte keinen Zweck, seine Furcht zu leugnen. Deren Wurzeln reichten offenbar viel tiefer als dieser lächerliche Traum.

Thack musterte ihn eine Zeitlang. «Hör mal», sagte er sanft, «du hast sie nicht verraten, als du ausgezogen bist.»

«Das ist mir klar.»

«Ja, wirklich?»
«Na ja ... wenn du's genau wissen willst, ich hab sie einigermaßen überfahren. Ich hab zehn Jahre dort gewohnt ...»
«Okay, jetzt sind wir auf dem richtigen Dampfer.»
«Aber darum geht's gar nicht. Wirklich nicht.»
Thack blickte ihn zweifelnd an.
«Sie hat sich nichts anderes gewünscht», sagte er. «Sie hat sich gewünscht, daß ich mich verliebe. Herrgott noch mal, wie kann man denn Verrat an seiner Vermieterin begehen?»
«Eben.» Thack lächelte triumphierend und schob sich noch einen Löffel Haferkleie in den Mund.

Der Anruf kam, als Michael gerade einen English Muffin aus den Fängen ihres erst kürzlich erstandenen antiken Art-déco-Toasters rettete. Mary Anns Stimme klang gedämpft genug, um den Schluß nahezulegen, daß Brian noch im Bett lag. «Ist es noch zu früh?» fragte sie ohne jede Begrüßung.
«Ganz und gar nicht», sagte er.
Thack warf ihm einen neugierigen Blick zu.
«Wir haben es toll gefunden, daß ihr gestern da wart», sagte sie.
«Danke. Es hat Spaß gemacht. Wir haben uns richtig gut unterhalten.»
Sein Liebhaber verdrehte die Augen.
«Sind die Rands nicht nett?»
«Sehr.» Er ließ den Inhalt ihres Gesprächs lieber im dunkeln, um weitere Kommentare von Thack zu verhindern.
«Hör mal, ich wollte gern wissen, was du morgen vorhast. Ich hab gedacht, wir könnten die Marina Green entlanglaufen oder so ... einen unserer Spaziergänge machen.»
Einen unserer Spaziergänge. Als würden sie dauernd welche machen. Als hätten sie nie aufgehört, sie zu machen.
«Ich könnte dich abholen», fügte sie hinzu.
Er zögerte nur deswegen, weil Thack den Samstag für den Bau seines Rosa-Winkel-Spaliers reserviert hatte. «Ach Gott», sagte er, «ich hab so viel im Haushalt zu tun ...»
«Ich könnt dich bis zum frühen Nachmittag wieder nach

Hause bringen. Bitte, Mouse, ich muß dringend mit dir reden.»

Er staunte über die Macht, die ein alter Kosename hatte. «Okay. Gut. Wann?»

«Um zehn?»

«In Ordnung. Soll ich was mitbringen?»

«Ich brauch nur dich, mein Schatz», sagte sie. «Tschüs.»

«Tschüs.»

Als er auflegte, sagte Thack: «Mary Ann?»

Er nickte. «Wir treffen uns morgen vormittag. Nur wir zwei.»

Thack sagte: «Schön» und ließ es dabei bewenden, aber Michael wußte, was er dachte.

Er dachte genau dasselbe.

Lesbische Sauce

Nach ihrer üblichen Abkürzung durch den Friedhof bog Mona Ramsey in die Hauptstraße von Molivos ein, auf der sich eine Meute deutscher Touristen tummelte, die sich vor dem Abendessen noch zu einem kleinen Streifzug durch die Andenkenläden aufgemacht hatten. Die Straße, die kaum breit genug war für ein Auto, wurde an dieser Stelle von einem Geflecht aus uralten Glyzinien überdacht, so daß Mona sich fast augenblicklich in einem kühlen, reichlich düsteren und gepflasterten Tunnel befand, der nach unten zur Dorfmitte führte.

Die Schneiderei lag am oberen Ende des Tunnels, gegenüber einer Apotheke, in der eine teiggesichtige alte Dame stolz Kondome mit Namen wie Dolly, Squirrel und Kamikaze zur Schau stellte. Der Pimmelkult, hatte Mona festgestellt, feierte auf Lesbos genauso fröhliche Urständ wie überall sonst in Griechenland. Am Zeitungsstand im Ort konnte man nicht einmal eine Tüte Pfefferminzpastillen kaufen, ohne daß einem ein, zwei Regale voll gipsschwänziger Pane im Weg standen.

Das Patriarchat zeigte sich in seiner ganzen Blüte, als sie die Schneiderei betrat. Der Besitzer, der auch als Vizebürgermeister des Dorfes fungierte, quasselte einem halben Dutzend Vertretern seiner männlichen Wählerschaft die Ohren voll. Sobald er sie sah, erhob er sich hinter seiner uralten Nähmaschine und ruckte kurz mit dem Kopf wie ein Vogel. Seine Kumpane wichen merklich zurück, als ihnen klar wurde, daß sie eine Kundin war.

In der Hoffnung, daß er für sich selbst sprechen würde, hielt Mona den Rock hoch, den Anna sich bei ihrer Wanderung nach Eftalou zerrissen hatte. Als es zwei Tage zuvor bei ihrer morgendlichen Jagd nach Rosinenbrot darum gegangen war, den Bäcker zu begrüßen, hatte Mona es einmal mit *«Kalimera»* versucht, doch es hatte sich aus ihrem Mund sehr wie *«Kalamari»* angehört. Und damit hatte sie bei der restlichen Kundschaft, die wohl gedacht haben mußte, daß sie ins falsche Geschäft gekommen war, für stürmisches Gelächter gesorgt. Wer sonst außer einer dämlichen Touristin würde in einer Bäkkerei nach Tintenfischen fragen?

«Ahhh», sagte der Schneider, als er den Rock erkannte. «Kiria Madrigal.»

Gott sei Dank. Noch ein Fan von Anna. «Einfach nur ... verstehen Sie ...» Sie hielt die gerissene Stelle in die Höhe, legte die Handfläche darauf wie einen Flicken und sah ihn hoffnungsvoll an.

«Ja, ja», sagte der Schneider und nickte. Die anderen Männer nickten ebenfalls beschwichtigend. Er versteht schon, schienen sie zu sagen. Und jetzt lassen Sie uns weiterschwatzen.

Froh, diese Tochterpflicht erledigt zu haben, trat sie wieder hinaus auf die Hauptstraße. Ein Armeelaster, der wahrscheinlich zur Bäckerei unterwegs war, kam den berankten Tunnel heraufgefahren, und sie zog sich in einen Andenkenladen zurück, um ihn vorbeizulassen. Auf der Insel wimmelte es nur so vor Militär – die gefürchteten Türken waren gerade zehn Kilometer entfernt –, aber die Soldaten hatten noch viel zuviel Flaum auf den Wangen und waren viel zu ängstlich, um Monas antimilitaristischen Unwillen zu erregen.

Kaum stand sie in dem Laden, als ihr zwei junge Engländerinnen auffielen – die eine kräftig, die andere schlank. Beide hatten sie die gleiche, schwarz-blond gescheckte Frisur. Sie standen über einen Kalender mit dem Titel *Aphrodite 89* gebeugt und begafften anscheinend die Nackten. Als die Kräftige merkte, daß sie beobachtet wurde, kicherte sie albern und schlug sich die Hand vor den Mund.

Mona beruhigte die beiden mit einem sehr irdischen Lächeln. «Nicht schlecht, hm?»

Die Dürre machte eine fächelnde Bewegung und tat so, als würde sie sich Kühlung verschaffen.

Die drei lachten und genossen ihre geteilte Lüsternheit in vollen Zügen. Mona schoß unwillkürlich durch den Kopf, wie schön es doch war, als Lesbe wieder unter Lesben zu sein. Von denen gab es nämlich in Gloucestershire nicht annähernd genug.

Das Mikrigorgona lag am Wasser, und zwar dort, wo die Esplanade zu einer Art gepflasterter Rampe in den kleinen Hafen hinunter wurde. Als sie eintraf, waren schon einige Tische an der Mauer mit Beschlag belegt. Auf der Mauer selbst stand, fast in Augenhöhe mit den Speisenden, eine Phalanx streunender Katzen, die sich aus dem Sonnenuntergang rein gar nichts machten, sondern auf Essensreste warteten.

Sie probierte ein paar Tische aus, entschied sich für den am wenigsten wackligen und wiederholte die Prozedur dann mit den Stühlen. Der Himmel zeigte sich in einem grotesken Pfirsichton, weshalb sie ihren Stuhl so drehte, daß sie zusehen konnte, wie er seine Show abzog. Sie fragte sich, ob das schwärmerische Ehepaar neben ihr in Applaus ausbrechen würde, wenn die Vorstellung zu Ende war.

Costa, der Besitzer, eilte mit einer Flasche Retsina an ihrem Tisch vorbei. «Ihre reizende Mutter», sagte er. «Wo ist sie?»

«Sie kommt noch», sagte Mona ihm. Sie war bemüht, nicht ärgerlich zu klingen, weil sie dieselbe Frage nun schon zum vierten Mal an diesem Tag beantwortete. «Wir treffen uns hier.»

Costa stellte den Retsina auf den Nebentisch und wirbelte

auf dem Weg in die Küche wieder an ihr vorbei. «Wir haben sehr guten Schwertfisch heute abend.»

«Großartig. Sie haben mich durchschaut.» Sie sah zu, wie er seinen Gästen auf dem Rückweg ins Restaurant zunickte wie ein Priester, der die Absolution erteilt. Dann griff er nach einem frischen Plastiktischtuch, kehrte damit an ihren Tisch zurück und breitete es schwungvoll darüber aus. Wie es der Brauch anscheinend verlangte, half sie ihm, die überstehenden Teile unter das Gummiband zu stecken.

«Na», sagte er und strich dabei ein letztes Mal über das Tischtuch, «Sie haben heute viel Sonne abgekriegt.»

«Ja, wirklich?» Sie betastete zweifelnd ihren Unterarm. «Glauben Sie, ich sollte es auf eine einzige große Sommersprosse anlegen?»

«Es sieht gut aus», beharrte er.

«Bestimmt.»

«Möchten Sie schon Wein haben?»

«Nein, danke. Ich warte noch, bis sie auch da ist.»

«Wie Sie wünschen», sagte Costa und war auch schon verschwunden.

Draußen auf dem Wasser tuckerte ein blau-grünes Fischerboot in den Hafen zurück. Vor der grellorangen Abendkulisse wirkte es sonderbar triumphierend, und man konnte meinen, es würde in den Schutz seines Mutterschiffs zurückkehren. Sie fragte sich, ob sein Kapitän sich wie ein Held fühlte, wo er doch wußte, daß alle Blicke auf ihm ruhten. Oder war er einfach nur müde und freute sich auf sein Abendessen und einen entspannten Schlaf?

Als sie die Esplanade entlangschaute, sah sie zwei Spaziergänger an der Mauer stehen: das farblose kleine Heteropärchen aus Manchester, das ihr vor zwei Tagen im Melinda einen schrecklich langweiligen Abend beschert hatte. Nicht allzu weit weg davon standen die beiden gut sechzigjährigen deutschen Lesben, die sie nach einem Paar, das sie zu Hause kannte und das ihnen ähnelte, schon längst Liz und Iris getauft hatte.

Immer kamen alle zu zweit angeschissen. In dem ganzen verfluchten Ort gab es nur Pärchen.

Wohin nur, in Sapphos Namen, reisten denn die alleinstehenden Mädels auf dieser geschichtsträchtigen Insel?

Auf dem Schild in Costas Schaufenster stand: PROBIEREN SIE MEINE LESBISCHE SAUCE AUF FISCH/HUMMER. An ihrem ersten Abend im Ort hatte sie Anna lachend darauf aufmerksam gemacht, und sie waren beide gerührt gewesen von der Naivität, die darin zum Ausdruck kam. Von wegen Naivität. Costa hatte schon Unmengen von Lesben bewirtet – und überhaupt Unmengen von Großstadtmenschen –, und deren Amüsiertheit hatte er in all den Jahren zweifellos registriert. Inzwischen hatte er sicher längst begriffen und ließ das Schild nur deshalb stehen, um die Touristen auf der Esplanade zu animieren.

Wie zum Beispiel die Püppis mit der zweifarbigen Frisur. Sie waren vor dem Restaurant stehengeblieben, weil das absurde Schild sie angelockt hatte, und grinsten nun genauso anzüglich, wie sie zuvor im Andenkenladen gegrinst hatten. Die Kleine machte Anstalten, das Schild zu fotografieren, aber ihre Freundin in der kurzen schwarzen Pluderhose schüttelte mit einem Blick auf die in der Nähe Speisenden mißbilligend den Kopf.

Na, mach schon, Mädchen, dachte Mona. Sei nicht so feig.

«Ah ... Mona?»

Mona erschrak. Als sie sich umdrehte, sah sie den komischen, aber attraktiven alten Kauz vor sich, der Anna im Lauf der Woche die Sehenswürdigkeiten gezeigt hatte. Sie selbst hatte sich währenddessen in einer Taverne an der Hauptstraße eingerichtet und die liebeskranken Bibliothekarinnen beobachtet. «Stratos», sagte sie.

Er war klein und gepflegt, trug einen blauen Fischgrätanzug und roch leicht nach einem Rasierwasser mit Pinienduft. Im Licht der untergehenden Sonne hatte sich sein übergroßer weißer Schnäuzer in rosa Zuckerwatte verwandelt. «Darf ich mich zu Ihnen setzen?» fragte er.

«Aber natürlich.» Sie deutete auf einen Stuhl.

«Ich habe gedacht, wir könnten unter Umständen ...» Er ließ seinen gedrungenen Körper auf den fragilen Stuhl sinken. «Ich habe gehofft, wir könnten heute abend gemeinsam essen.

Sie und Ihre Mutter und ich. Aber vielleicht hat sie auch schon etwas anderes vor.»

«Nein. Eigentlich nicht. Tja... sie müßte jeden Moment kommen. Wir sind hier verabredet.»

«Ach, ja?»

«Sie dürfen uns gern Gesellschaft leisten.»

«Aber vielleicht will Ihre Mutter ja lieber...»

«Ich sehe da keine Probleme, Stratos.»

Er schaute befriedigt drein. «Dann bestehe ich darauf, daß Sie beide meine Gäste sind.»

«Wie Sie möchten.»

«Schön, schön.» Er drückte mit seinen kleinen ledrigen Händen seine Knie. «Dann brauchen wir jetzt Wein. Retsina, ja? Oder finden Sie immer noch, daß er wie Mundwasser schmeckt?»

Sie lächelte ihn an. «Ich gewöhn mich langsam dran.»

Er winkte den zwölfjährigen Jungen herbei, der als Hilfskellner arbeitete, bestellte auf griechisch und klopfte dem Jungen zum Schluß auf die Schulter. «Und», sagte er, als er sich wieder Mona zuwandte, «fühlen Sie sich wohl in Molivos?»

«Es ist hübsch hier», sagte sie und drückte sich um eine direkte Antwort. «Zum Kotzen langweilig» verlor in der Übersetzung vielleicht ein bißchen an Schärfe.

Er murmelte zustimmend und schaute dann mit einem wehmütigen Hundeblick aufs Meer hinaus. «Die Saison ist vorbei», sagte er. «Die Leute reisen ab. Die Geschäfte schließen. Man spürt den Unterschied schon auf der Straße.»

«Wie wunderbar. Je früher diese Disco zumacht, desto besser.»

Er wußte anscheinend, was sie meinte, und sah sie mit einem fast schon besorgten Blick an. «Es ist ein Jammer», sagte er.

«Nach Mitternacht wird sie immer lauter. Und es nützt überhaupt nichts, wenn man die Fensterläden zumacht, weil es dann nur heiß und stickig wird, und das blöde Ding hört man dann trotzdem noch.»

Er nickte bedächtig. «Viele Leute sehen das ganz genauso wie Sie.»

«Warum unternimmt dann niemand was? Erläßt zum Beispiel eine Lärmschutzverordnung oder so.»

«Es gibt so eine Verordnung», sagte Stratos. Er wollte sich gerade darüber auslassen, als der kleine Hilfskellner mit dem Retsina und drei Gläsern auftauchte. Der alte Mann schickte ihn wieder weg und schenkte dann zwei Gläser voll. «Es gibt so eine Verordnung, aber die Polizei hat sich geweigert, sie durchzusetzen.»

«Dann entlassen Sie die verdammten Polizisten doch.»

Stratos lächelte sie warmherzig an und entblößte dabei einen Goldzahn. «Die Polizisten unterstehen der Staatsregierung. Das sind alles Rechte.»

Für Mona paßte das nicht zusammen. «Aber die Rechten verabscheuen doch Rockmusik.»

«Ja, aber die Polizisten können den Bürgermeister nicht ausstehen. Der Bürgermeister ist Kommunist, und sie wollen ihm auf keinen Fall helfen. Der Bürgermeister hat sich schon persönlich an die Polizisten gewandt, aber das ist denen völlig gleichgültig. Der Ort wird nicht von ihren Gesinnungsgenossen regiert, und deshalb ...» Er beendete das Ganze mit einem Schulterzucken.

«Aber, das ist doch ihr Dorf. Am Ende werden noch alle darunter leiden. Die Leute kommen hierher, weil sie Ruhe und Frieden suchen, und nicht wegen diesem dämlichen Bruce Springsteen. Sie werden einfach nicht mehr kommen.»

«Ja.» Stratos reagierte auf ihren Wutausbruch völlig gelassen. «Und dem Bürgermeister wird man die Schuld dafür geben, verstehen Sie? Man wird der kommunistischen Verwaltung die Schuld geben.»

Mona stöhnte. «Discokrieg in der Ägäis.»

«Ah», sagte Stratos und zog die Augenbrauen, die wie zwei Albinoraupen aussahen, hoch. «Da kommt Ihre Mutter.»

Als Mona über die Schulter zurückschaute, sah sie Anna die Esplanade entlangschreiten. Sie war braungebrannt und sah in ihrem Leinenkaftan geradezu majestätisch aus. Sie hatte ihn mit Hilfe eines lavendelfarbenen Schals – offenbar eine Neuerwerbung – an der Taille gerafft; die Haare hatte sie hochgesteckt und mit ihren Lieblingseßstäbchen verziert. Sie hatte sogar Lidschatten aufgetragen, der mit seinem Purpurton perfekt zu dem neuen Schal paßte.

«Stratos», sagte Anna und streckte ihm die Hand entgegen. «Das ist aber eine nette Überraschung.»

Für den Bruchteil einer Sekunde dachte Mona, daß er ihr einen Handkuß geben würde, aber er verbeugte sich nur und sagte: «Das Dorf ist sehr klein.»

«Ja», sagte Anna mit einem gezierten Lächeln. «Wahrscheinlich.» Sie ließ sich graziös auf einen Stuhl sinken und legte die Hände auf dem Tisch übereinander. Was für eine Femme fatale, dachte Mona. «Wollen Sie mit uns zu Abend essen, Stratos? Bestimmt würden wir uns beide darüber freuen.»

«Er hat uns eingeladen», klärte Mona sie auf. «Und ich hab in unser beider Namen schon angenommen.»

«Oh.» Es sah aus, als würde Anna leicht erröten. «Wie schön.»

Stratos deutete auf den Retsina. «Ich war so frei. Ich hoffe, Sie haben keine...»

«Wunderbar», sagte Anna und hielt ihm das leere Glas hin.

Stratos schenkte mit reichlich elegantem Schwung ein. «Mona hat mir gerade von Ihren Unannehmlichkeiten mit der Disco erzählt.»

«Ach so, ja», sagte Anna. «Hören Sie sie dort, wo Sie wohnen, auch?»

Er schüttelte den Kopf. «Kaum. Mein Haus ist durch den Hügel geschützt.»

«Sie Glücklicher», sagte Anna. «Wir wohnen gleich darüber. Der Lärm wird vom Wasser zurückgeworfen und dringt direkt zu uns hoch. Das ist wahrscheinlich so eine Art Amphitheatereffekt.»

«Es wird bald Schluß sein damit», sagte er.

Mona ärgerte sich über seine typisch griechische Gleichmut. «Irgendwann schneid ich denen noch mal die Kabel durch.»

Anna bedachte sie mit einem knappen, nachsichtigen Lächeln, bevor sie sich an Stratos wandte: «Meine Tochter ist nämlich eine Anarchistin, falls Ihnen das noch nicht aufgefallen ist.»

«Sie bildet sich ein, daß ich nur Spaß mache», sagte Mona.

Stratos lachte glucksend und prostete Mona zu. «Vielleicht tue ich mich mit Ihnen zusammen. Wir bilden eine patriotische Guerilla.»

Mona stieß mit ihm an. «Tod der Disco», sagte sie.

Während des Essens kletterten einige Katzen von der Mauer herunter und vollführten rund um Annas Beine eine amüsante kleine Gavotte. «Der hier erinnert mich an Boris», sagte sie und warf einem alten Tigerkater ein Stück Fisch hin. «Erinnerst du dich an ihn?»

Mona nickte. «Lebt er denn noch?»

«Nein.» Anna schaute wehmütig drein. «Nein, er ist gestorben. Jetzt habe ich Rupert.»

Stratos füllte ihnen erneut die Gläser. «Haben Sie Mona schon von Pelopi erzählt?»

«Nein», kam leise Annas Antwort. «Noch nicht.»

Wurde sie denn rot, fragte Mona sich, oder machte das nur der Sonnenuntergang? «Was ist Pelopi?»

«Es ist ein Dorf in den Bergen. Stratos hat freundlicherweise angeboten … es mir zu zeigen.»

«Aha.»

Stratos sagte: «Es ist der Geburtsort des Vaters von Michael Dukakis.»

«Ach so … ja, klar.»

Wie hatte sie Pelopi vergessen können? In den Tavernen von Molivos wimmelte es nur so vor Medienpilgern, die auf dem Weg zu der geheiligten Geburtsstätte waren. Auf den Lastern einiger Bauern aus der Gegend prangten sogar Dukakis-Aufkleber. Man erzählte sich, daß der Bürgermeister von Molivos bereits Pläne gemacht hatte, im Fall eines demokratischen Siegs eine Tanzgruppe aus Lesbos ins Weiße Haus zu schicken.

Das verschlug ihr nicht gerade den Atem.

«Stratos meint, daß es ganz entzückend ist», warf Anna mit einem bedeutungsvollen Blick auf Mona ein. «Sein Vetter hat dort ein Haus.»

«Wie hübsch. Wird das wieder ein Tagesausflug?»

«Na ja ... nein. Wir haben gedacht, wir bleiben über Nacht.»

Mona nickte langsam; ihr ging ein Licht auf.

Natürlich. Die beiden vögelten miteinander. Oder wollten es wenigstens so bald wie möglich tun. Wie hatte sie nur so begriffsstutzig sein können?

Anna betrachtete sie friedlich und zeigte dabei ein sanftes, glückstrahlendes Lächeln, das ihr sagen sollte: Zwing mich nicht, es haarklein offenzulegen.

«Das Dorf ist viel kleiner als das hier», sagte Stratos. «Und sehr schön.»

Mona nickte. «Ist Ihr Vetter denn weg, oder wie?»

«Mona, meine Liebe ...»

Sie schenkte ihrer Mutter ein schiefes Lächeln, mit dem sie deren Eroberung guthieß. Daß es Anna und nicht ihre lesbische Tochter war, der auf der Insel Sapphos ein erotisches Abenteuer bevorstand, barg ein Maß an Ironie, das keiner von beiden entging.

Tja. Das hatte man davon, wenn man auf Markennamen vertraute.

«Das heißt», warf Stratos ein, «Sie werden das Haus ein paar Tage ganz für sich allein haben.»

«Schön.» Sie lächelte die beiden an. «Kein Problem. Laßt es euch gutgehen.» Nach kurzem Überlegen fügte sie hinzu: «Aber geht nicht meinetwegen.»

«Nein, nein, meine Liebe.»

«Ich kann mir nämlich jederzeit ein Zimmer ...»

«Ich gehe ganz alleine meinetwegen», sagte Anna, die ihr energisch ins Wort fiel. «Ich brenne richtig darauf, Pelopi kennenzulernen.»

«Tja, bei dem, was dich dort erwartet.»

Ihre Mutter sah sie mit zusammengekniffenen Augen an.

«Es ist ja auch ganz schön ehrfurchtgebietend. Der Geburtsort von Dukakis' Vater.» Mona schüttelte in gespielter Verwunderung den Kopf und amüsierte sich königlich dabei.

Anna ging dieser sanften Stichelei aus dem Weg, indem sie auf die große Uhr an der Wand des Mikrigorgona schaute. Schließlich fragte sie: «Wie spät ist es jetzt in San Francisco?»

Mona stellte eine kurze Berechnung an. «Äh ... neun Uhr vormittags.»

«Oh, schön.» Anna stand abrupt auf und schenkte Stratos einen entschuldigenden Blick. «Wären Sie so lieb und würden Sie meiner Tochter für zirka zehn Minuten Gesellschaft leisten?»

«Mit Vergnügen.» Stratos' Lächeln verdüsterte sich gleich wieder. «Es ist doch hoffentlich nichts passiert, oder?»

«Nein, nein. Ganz und gar nicht. Ich will nur die Kinder anrufen.» Anna wandte sich wieder an Mona. «Ich lauf nur mal kurz zur Telefonfrau hoch und bin gleich wieder zurück. Anschließend gehen wir alle drei noch irgendwohin und essen Nachtisch.»

Sie sah die beiden noch einmal kurz an und enteilte in die zunehmende Dunkelheit.

Der Kellner tauchte auf. Er war beunruhigt über Annas Aufbruch. Mona versicherte ihm, daß sie zurückkommen werde, und bestellte dann eine Sprite mit Ouzo.

«Für Sie auch noch was?» fragte sie Stratos.

Er schüttelte den Kopf.

Der Kellner ging.

«Sie haben noch Geschwister?» fragte Stratos.

Mona lächelte ihn an und schüttelte den Kopf. «Sie nennt ihre Mieter immer ihre Kinder.»

Der alte Mann nahm die Erklärung auf, ohne daß sich sein Gesichtsausdruck veränderte.

«Sie hat mehrere Wohnungen in ihrem Haus vermietet», erklärte Mona ihm. «Aber das hat sie Ihnen vermutlich schon erzählt, oder?»

Er nickte. «Ja.»

Es folgte eine längere unangenehme Stille, bevor Stratos sagte: «Mir ist etwas für Sie eingefallen.»

«Und zwar?»

«Vielleicht ... wenn Ihnen der Discolärm in Ihrem Haus zuviel ist ... vielleicht sollten Sie dann nach Skala Eressou fahren.»

Mona blinzelte ihn an und fragte sich, ob Annas plötzlicher Ausflug zur Telefonfrau eine abgekartete Sache gewesen war. Versuchten die beiden also doch, sie loszuwerden?

«Da gibt es einen Strand», schob er nach.

«So einen wie hier?» Das hörte sich barscher an als geplant, aber der hiesige Strand war ein Graus – schmal, steinig und unratübersät.

«Nein», erwiderte er. «Mit wunderschönem Sand. Es ist ein sehr einfacher Ort, aber ich denke, es würde Ihnen dort gefallen.»

Sie kam zu dem Schluß, daß er einfach nur freundlich war. Trotzdem wollte sie auf jeden Fall im Haus bleiben. Es war schließlich schon bezahlt, und dieser «einfache Ort» war vielleicht noch weniger aufregend als der hier. «Danke», sagte sie, «aber ich fühl mich ganz wohl hier.»

«Es ist der Geburtsort von Sappho, und es stehen viele Zelte auf dem Strand.»

«Zelte?» fragte sie.

«Ja.»

«Was für Zelte?»

«Es sind viele Frauen dort ... Feministinnen ... von überall. Sehr viel mehr als hier.»

Sie musterte sein Gesicht, doch es verriet rein gar nichts.

«Vielleicht würde es Ihnen dort gefallen», sagte er.

Sie schenkte ihm ein langsam aufblühendes Lächeln. «Ja, vielleicht.»

Die Wellenorgel

Unter dem porzellanblauen Himmelsgewölbe von Noe Valley jagte ein einsamer Drache seinem regenbogenfarbenen Schwanz hinterher. Mary Ann sah ihm einen Moment lang zu, bewunderte seine verwegene Unentschlossenheit und lenkte ihren Mercedes dann in Michaels Auffahrt. Der falsche Frühling im Oktober kitzelte in ihr unerwarteten Optimismus wach. Die Aufgabe, die vor ihr lag, war vielleicht doch nicht ganz so schrecklich, wie sie zunächst geglaubt hatte.

Thack rief vom Garten her: «Er kommt gleich raus.» Er stand auf einer Leiter und nagelte Holzlatten an die Seitenwand des Hauses.

«Danke.»

«Sieht so aus, als hättet ihr einen schönen Tag erwischt.»

«Ja», sagte sie. «Sieht ganz so aus.» Sie stellte fest, daß er sehr freundlich sein konnte, wenn er wollte. «Was zimmerst du denn da?»

«Nur ein Spalier.»

»Es sieht interessant aus.»

«Tja ... wenn's fertig ist. Hoff ich jedenfalls.»

Michael rief von drinnen: «Brauch ich eine Jacke?»

«Auf gar keinen Fall.»

Kurz danach kam er in Kordhosen und einem uralten blaßgrünen Madrashemd aus dem Haus gesprungen, verfolgt von dem kläffenden kleinen Pudel, der immerzu an seinen Beinen hochhüpfte. «Nein, Harry. Du bleibst hier, du Dummkopf. Du bleibst. Hier. Kapiert?»

«Warst du schon draußen mit ihm?» fragte Thack von der Leiter aus.

«Heute morgen. Im P-a-r-k.» Michael grinste Mary Ann an, als er in den Wagen stieg. «Wir müssen alles buchstabieren, wenn er dabei ist, weil er sich sonst nur unnötig freut.»

«Das versteh ich allzu gut.»

Er lachte. «Nur, daß Shawna das Alphabet beherrscht.»

«Mhm. Wir sind noch am Überlegen, wie wir das ändern können.»

Sie stimmte in sein Gelächter ein und fuhr auf die Straße zurück. In seiner Gegenwart fühlte sie sich immer so verwegen.

An der Marina stellte sie den Wagen auf dem Parkplatz neben dem Jachtclub ab. Die Bay war fast weiß vor Segelbooten, und am westlichen Ende der Grünfläche drängten sich die Volleyballer dermaßen, daß es aussah, als spielten sie alle miteinander ein einziges wildes Spiel. Michael schlug vor, auf der Kaimauer bis zur Wellenorgel hinauszuspazieren, was ihr nur recht war, da dort draußen weniger Leute waren und sie soviel Ruhe wie möglich brauchte.

Sie hatte schon einmal ein kleines Feature über die Wellenorgel gemacht, sie aber noch nie in natura gesehen. Sie bestand im wesentlichen aus einer Reihe von Plastikrohren, die unter Wasser verliefen und an einer gepflasterten Terrasse am Ende der Kaimauer an die Oberfläche traten. Wenn man sein Ohr an eine der Öffnungen auf der Terrasse hielt, konnte man die «Musik» der Orgel hören, die Harmonien des Meeres selbst, sofern man den Pressemitteilungen Glauben schenkte.

Michael kniete sich neben eine der Öffnungen.

«Wie ist es?» fragte sie.

«Tja . . . interessant.»

«Klingt es wie Musik?»

«So weit würde ich nicht gehen.»

Sie suchte sich eine Öffnung in der Nähe aus, eine Art steinernes Periskop, und lauschte selbst. Alles, was sie hörte, war ein hohles, mit Geplätscher unterlegtes Zischen. Nicht gerade eine Neptunssymphonie.

«Vielleicht ist es ja bei einem anderen Wasserstand toller.» Michael weigerte sich wie üblich, von seinen Phantasien zu lassen.

«Was haben wir jetzt? Ebbe oder Flut?»

«Keine Ahnung.» Er musterte das Bauwerk, auf dem sie sich befanden. «Aber das Design ist hübsch. So ein bißchen neoklassizistisch postmodern. Die behauenen Steine gefallen mir gut.»

«Die stammen von Friedhöfen», klärte sie ihn auf.

«Ja, wirklich?»

«Das hab ich jedenfalls so gehört.»

Er setzte sich in eine der Nischen und zog sanft die Umrisse der Steine nach. Sie setzte sich neben ihn und schaute hinaus auf die sich blähenden Segel und die Möwen, die dicht über dem Wasser dahinsausten. Nach kurzem Schweigen sagte sie: «Es tut mir leid, daß wir in letzter Zeit den Kontakt verloren haben.»

«Ist schon okay.»
«Meine Arbeit frißt mich manchmal regelrecht auf.»
«Ich weiß.»
«Brian hält mich über dich auf dem laufenden, und da... fühl ich mich wenigstens noch irgendwie verbunden.»
«Ja.» Er nickte. «Mir erzählt er auch von dir.»
«Ich will nicht, daß wir auseinanderdriften, Mouse. Dafür zähl ich viel zu sehr auf dich.»
Er musterte sie kurz. «Wolltest du darüber mit mir reden?»
Sie schüttelte den Kopf.
«Worüber dann?»
«Burke hat mir einen Job angeboten.»
«Einen Job?»
«In New York. Als Moderatorin einer überregionalen Talkshow.»
Er brauchte einige Zeit, um das zu verdauen, wirkte aber eher überrascht als entsetzt. «Das ist nicht dein Ernst.»
«Doch.»
«Und überregional heißt... landesweit?»
«Ja.»
«Wahnsinn!»
«Ist das nicht unglaublich?»
«Nimmst du ihn an?» fragte er.
«Sieht ganz so aus. Burke weiß es noch nicht, aber ich hab mich schon so ziemlich entschieden.»
«Was sagt Brian dazu?»
«Ich hab es ihm noch nicht erzählt. Ich wollte das Ganze erst mal für mich selber auf die Reihe kriegen.»
Ein Pärchen näherte sich, das die Wellenorgel erkunden wollte. «Und, wie finden Sie's?» fragte die Frau.
«So la-la», antwortete Michael.
Der Mann legte den Kopf an eines der steinernen Periskope. Bei dem Polyesteranteil, den seine Kleider hatten, hätte er gut in Mary Anns Studiopublikum gepaßt. «Was soll man da hören können?» fragte er.
«Das wissen wir auch nicht so recht», sagte Mary Ann.
Der Mann lauschte einige Zeit, bevor er kurz knurrte und

wegging. Das reichte seiner Frau offenbar schon, denn sie machte sich erst gar nicht die Mühe, selber auch zu lauschen. Als die beiden sich auf den Rückweg machten, blieb die Frau abrupt vor Mary Ann stehen. «Das muß ich Ihnen noch sagen», meinte sie. «Ihre Sendung zum Telefonsex hab ich richtig toll gefunden.»

Mary Ann bemühte sich um eine freundliche Reaktion. «Das ist wirklich lieb von Ihnen.»

Nachdem sie ihre Botschaft übermittelt hatte, lief die Frau ihrem Mann nach, der schon wieder die Kaimauer entlangmarschierte.

Michael drehte sich grinsend zu Mary Ann um. «Und du willst noch berühmter werden?»

Sie drückte einen Finger gegen die Schläfe und tat so, als würde sie über diese Frage nachdenken.

«Okay», sagte er. «Blöde Frage.»

Das war's, was sie an ihm so liebte. Er wußte sich näher an ihr wahres Ich heranzuschleichen als irgend jemand sonst. Und er hielt es dort auch länger aus, weil er sich an ihren brennenden Ehrgeiz anschmiegte wie eine Katze an einen Kohleofen.

«Wirst du dort ... so 'ne Art Chefmoderatorin?»

Sie nickte. «Den Namen wollen sie auch beibehalten. *Mary Ann in the Morning.*»

«Wunderbar. Das fördert den Starruhm.»

«Ja, nicht?»

«Und wo liegt dann das Problem?» fragte er. «Hast du Angst, daß Brian vielleicht nicht mitgeht?»

«Nein», sagte sie. «Ich hab Angst, *daß* er mitgeht.»

Sein Gesichtsausdruck blieb gelassen, obwohl er offenbar verstanden hatte.

«Ich liebe ihn nicht mehr, Mouse. Ich liebe ihn schon lange nicht mehr.»

Er schaute zur Seite und sagte: «Scheiße», so leise, daß es sich wie ein Gebet anhörte.

«Ich weiß, wie dir das alles vorkommen muß. Wir haben über solche Sachen ...»

«Was ist mit Shawna?»

Sie machte eine Pause, um ihre Worte genau abzuwägen. «Ich würde sie ihm nie wegnehmen. Sie ist hier genauso verwurzelt wie er.»

Er nickte.

«Selbst wenn ich noch etwas ... für ihn empfinden würde, wäre es nicht fair, ihn zum Weggehen zu drängen. Die Gärtnerei bedeutet ihm mehr als alles, was er je gemacht hat. Er wäre nicht glücklich in New York. Es ist eine völlig andere Welt. Du hast ihn ja neulich abend mit den Rands erlebt.»

«Warum, was hat er da falsch gemacht?»

«*Falsch* gemacht hat er nichts. Er hat sich nur nicht ... wohl gefühlt. Das ist nicht seine Welt; ist es auch nie gewesen. Er sagt das selber dauernd.» Sie suchte in Michaels braunen, von langen Wimpern eingerahmten Augen nach einer Antwort. «Du weißt, daß das stimmt. Es würde ihn umbringen, wenn er wieder auf die Rolle als mein Begleiter reduziert wäre.»

«Mhm», erwiderte er leicht zerstreut.

«Wir hatten mal 'ne Zeit, wo wirklich was lief zwischen uns, aber die Zeit ist vorbei.»

Er schaute weiter aufs Wasser. «Bist du noch in Burke verliebt?»

Darauf war sie natürlich gefaßt gewesen. «Nein. Kein bißchen.»

«Ist er in dich verliebt?»

Sie bedachte ihn mit einem knappen ironischen Lächeln. «Ich bin mir nicht mal sicher, ob er mich überhaupt *mag*. Es ist rein geschäftlich, Mouse. Ich schwör's. Sonst ist da nichts.»

Michael beobachtete eine Möwe, wie sie gesetzten Schritts die Kante der Kaimauer entlangspazierte. «Seit wann ist es schon so?»

«Ich weiß es nicht.»

«Das mußt du doch wissen.»

«Nein», sagte sie. «Es ist irgendwie so gekommen. Da haben sich 'ne Menge Kleinigkeiten einfach summiert. Und es ist ja auch nicht so, daß mir das schon länger im Kopf rumgegangen wäre.»

«Aber diese Talkshowgeschichte hat alles forciert, hm?»

«Na ja, sie hat mir einiges klargemacht. Ich hab gemerkt, wie lang ich mich schon mit viel zu wenig zufriedengegeben habe. Ich brauch einen Partner, Mouse. Jemand, der von den gleichen Sachen träumt wie ich.» Sie spürte, wie ihr plötzlich heiße Tränen in die Augen stiegen. «Wenn ich mir Connie Chung und Maury Povich anschaue, werd ich manchmal richtig *neidisch*.»

«Willst du dich scheiden lassen?»

«Kann ich nicht sagen. Erst mal nicht. Das würde alles eher noch schwieriger machen. Ich stell mir das mehr wie bei Dolly Parton vor.»

Er verstand offensichtlich nicht.

«Ach, sie hat doch irgendwo in Tennessee einen Ehemann sitzen, nicht? Der Gräben aushebt oder so?»

«Einfahrten pflastert.»

«Egal», sagte sie.

«Dann also ... eine Trennung?»

«Ich will einfach das, was für alle Beteiligten am schonendsten ist.»

«Vielleicht solltest du dann noch warten. Und erst mal sehen, wie sich das mit dem Job entwickelt.»

«Nein. Wäre das denn fair? Es ist aus, Mouse. Und das muß er erfahren. Es gibt keinen anderen Ausweg.» Sie fing zu schluchzen an und zerhackte dadurch ihre Sätze. «Ich bin kein Ungeheuer. Ich kann nur nicht verantworten ... daß er sein Leben hier aufgibt ... für etwas, das gar nicht mehr funktioniert.»

«Das versteh ich.»

Sie kramte ein Kleenex aus der Handtasche und schneuzte sich. «Ja? Wirklich?»

«Doch.»

«Ich hab mich so davor gefürchtet, daß du's nicht verstehst. Daß du mich dafür verachtest. Es wär so schrecklich, wenn ich dich verlieren würde.»

«Wann hast du mich je verloren?»

«Ich will dich auch jetzt nicht verlieren», sagte sie. «Grade jetzt nicht.»

Er legte ihr sanft den Arm um die Hüfte. «Wann wirst du's ihm sagen?»

«Ich weiß es nicht. Bald.»

«Dir ist ja wohl klar, daß ihn das aus heiterem Himmel treffen wird.»

Sie betupfte sich gerade mit dem zerknüllten Kleenex die Augen, als sie von einer plötzlichen Sorge heimgesucht wurde. «Du erzählst ihm doch nichts, oder?»

«Natürlich nicht, aber... er liebt dich wirklich sehr, mein Schatz.»

«Nein», sagte sie. «Das ist reine Gewohnheit. Zwischen uns ist nur zufällig was abgelaufen, weil sonst grad niemand da war. Das weiß er selber auch. Tief in seinem Inneren.»

«Ach, komm.»

«Ich mein das ernst. Es ist die Wahrheit.»

«Zwischen uns ist auch nur zufällig was abgelaufen», sagte er.

«Nein, das stimmt nicht. Wir haben uns immer wieder füreinander entschieden, Mouse. Von Anfang an.» Sie betrachtete ihn, berührte ihn aber nicht, weil sie genau wußte, daß das zuviel gewesen wäre. «Unsere Freundschaft wird's noch geben, wenn wir beide im Altersheim in unseren Schaukelstühlen sitzen.»

Eine Träne zog eine glitzernde Bahn über seine Wange. Er wischte sie mit dem Handrücken weg und lächelte Mary Ann an. «Hast du die Stelle hier absichtlich ausgesucht?»

«Wie? Was meinst du?»

«Wir haben uns hier kennengelernt. Im Marina Safeway.»

«Ach so, ja.» Der Supermarkt lag am Ende der Grünfläche. Sie mußte daran denken, daß sie seit Jahren nicht mehr dortgewesen war. Wie typisch es doch für ihn war, wenn er annahm, daß sie ihn aus Sentimentalität an diese Stelle gelotst hatte.

«Erinnerst du dich an Robert?» fragte er. «An den Typen, mit dem ich damals unterwegs war?»

«Na, und ob! Er war doch der Kerl, den ich aufreißen wollte!»

«Na, herzlichen Dank.»

Sie lächelte. «Was ist mit ihm?»

«Ich hab ihn neulich getroffen», erklärte er. «Ich hab gar nicht glauben können, wie langweilig er ist.»

«Na ja, klar.»

«Ich hab immer nur einen Gedanken gehabt: Was wär jetzt mit mir, wenn er mich nicht sitzengelassen hätte? Ich würd in einem Fertighäuschen in Foster City wohnen. Und Thack hätte ich nie kennengelernt.»

Sie wußte nicht so recht, was sie darauf sagen sollte, also schaute sie aufs Wasser hinaus. Angel Island klebte am Horizont wie ein staubiger Busch inmitten einer weiten blauen Prärie. Vor Jahren hatten Michael und sie dort immer gepicknickt. Sie hatten auf einer der alten Geschützstellungen eine Decke ausgebreitet und dann stundenlang ununterbrochen über Männer geredet.

«Du mußt mich besuchen kommen», sagte sie ihm.

«Mach ich.»

«Versprochen?»

«Aber klar.»

«Wenn du kommst», sagte sie, «stell ich dich allen Leuten vor, die's so gibt.»

«Abgemacht. Und du rufst mich jede Woche an?»

«Mit den unglaublichsten Klatschgeschichten!»

Als er lachte, wußte sie, daß das Schlimmste vorüber war. Zehn Minuten später schlenderten sie zum Marina Safeway hinüber, um sich dort ein Mittagessen zu besorgen. Draußen auf der Kaimauer kniete das nächste verdutzte Pärchen zur Huldigung der Wellenorgel nieder und lauschte einer Musik nach, die es gar nicht gab.

Verhöre

Am Montag vormittag drehte Brian sich im Gewächshaus zu Michael um und sagte: «Mary Ann hat erzählt, daß es schön war bei eurem Auffrischungstreffen.»

Michael war völlig verblüfft, bemühte sich aber, das nicht zu zeigen. Sie hatte natürlich völlig recht gehabt, Brian von ihrem Ausflug zu erzählen. Warum sollte man mehr Geheimnisse mit sich herumtragen als unbedingt nötig? «Ach so, ja», erwiderte er so unbeschwert wie möglich. «Es war schön. Wir haben uns im Marina Safeway Nudelsalat gekauft.»

Die Sandpapierwangen seines Partners bekamen Grübchen, als er lächelte. «Wird da immer noch so heftig angebaggert wie früher?»

«Da fragst du den Falschen. Ich hab mich viel zu gierig über meine Nudeln hergemacht.»

«Ja, das hab ich schon gehört.»

Polly platzte ins Gewächshaus. Sie wirkte weniger ruhig als sonst. «Für dich, Michael. Die Bullen.»

«Was?»

«Am Telefon. Hört sich wichtig an.»

Scheiße. Seine Strafmandate. Wie viele hatte er eigentlich?

«Er meint, er kennt dich.»

Brian kicherte. «Wahrscheinlich ein früherer Liebhaber.»

«Wie heißt er?» fragte Michael.

«Angehört hat sich's wie Rivera.»

Michael sah zu Brian hinüber. «Er *ist* ein früherer Liebhaber.»

«Was hab ich dir gesagt?» Brian sah sehr selbstzufrieden aus. «Ich kenn dich besser als du dich selbst.»

Er nahm den Anruf im Büro entgegen. «Bill. Wie geht's dir?»

«Du erinnerst dich noch, hmh?»

«Klar. Schön, mal wieder von dir zu hören.» Wie lang war das jetzt her? Sechs Jahre? Sieben?

«Ja, find ich auch.»

«Und, was gibt's?» Er war schon halb darauf gefaßt, daß Bill ihn zu einem kleinen erotischen Abenteuer einladen würde. Nach allem, was Bill wußte, war Michael immer noch Single und immer noch auf der Suche nach einem Spielgefährten.

«Ich bin hier auf dem Revier Nord. Wir haben einen Freund von dir da. Das heißt, zumindest hat er uns deinen Namen genannt. Er ist aber reichlich durcheinander, fürchte ich.»

«Wie heißt er?»

«Joe Nochwas. Mehr sagt er uns nicht.»

Er überlegte kurz. Joe Webster. Der Kerl, um den Ramon Landes sich kümmerte. Der mit der Demenz.

«Er hat keinen Ausweis dabei, aber ich hab ihn nicht ins Krankenhaus schicken wollen, ohne vorher...»

«Ziemlich groß und mager? Um die Dreißig und braune Haare?»

«Das ist er», sagte Bill. «Du kennst ihn also?»

«Nicht besonders gut. Er war mit mir bei einem Aidsworkshop. Und wir haben ein paar gemeinsame Freunde. Ich bin überrascht, daß er sich überhaupt meinen Namen gemerkt hat.»

«Weißt du, wo er hingehört?»

«Tja, ich kenn seinen Shanti-Buddy...»

«Könntest du ihn anrufen und ihm sagen, er soll ihn abholen?»

«Klar. Hat er... äh... was angestellt?»

«Na ja», sagte Bill, «in gewisser Weise ist er jemand... zu nahe getreten. Es war aber nichts Ernstes. Wir haben nicht mal Anzeige erstattet.»

«Aha.»

«Wir müssen ihn nur sicher nach Hause kriegen.»

«Okay. Vielen Dank, Bill. Ich werd mich drum kümmern.»

Unglücklicherweise war Ramon nicht zu Hause, weshalb Michael eine kurze Nachricht auf seinen Anrufbeantworter sprach und selbst zum Revier Nord fuhr. Als er sich dort meldete, brüllte der Sergeant am Empfangspult: «Rivera!» über die Schulter und steckte sein bulliges Gesicht wieder zwischen die Seiten von *Iacocca – Eine amerikanische Karriere.*

Bill war gleich darauf zur Stelle. «He... das ist ja vielleicht lange her, Mann.»

Michael widerstand dem Drang, den Polizisten zu umarmen, und schüttelte ihm dafür übertrieben herzlich die Hand. «He, alter Junge. Gut siehst du aus.» Bill war um die Hüften herum etwas breiter geworden, aber in seiner Uniform stand ihm das ganz gut. Seine Zivilklamotten von damals – Qiana-Hemden und Designerjeans mit farbig abgesetzten Nähten – waren seinem Sex-Appeal nie gerecht geworden.

«Wohnst du immer noch in der... wie heißt das gleich?»

«Barbary Lane.»

«Ja, genau. Mensch.» Er schüttelte den Kopf, war in Gedanken bei den alten Zeiten. «Dort bin ich schon lang nicht mehr gewesen.»

«Ich bin aber auch vor ein paar Jahren umgezogen. Ich wohn jetzt drüben in Noe Valley.»

«Mach's dir bequem», sagte Bill und wies auf eine Reihe Plastikstühle. «Ich hol ihn mal eben.»

«Warte.» Michael packte ihn am Arm.

«Ja?»

«Was hat er eigentlich getan?»

«Ach so... na ja, er hat ein paar Zeugen Jehovas... in gewisser Weise belästigt.»

Michael verbiß sich den Kommentar, der ihm durch den Kopf schoß. Seine Aufgabe war es im Moment, verantwortungsvoll zu wirken. «Du meinst, er hat sie überfallen?»

«Eigentlich nicht.» Bill notierte etwas auf seinem Klemmbrett. «Er hat ihnen nur mit was zugewunken.»

«Mit was?» Michael sah sich schuldbewußt um, als wären Zeugen Jehovas oder Erwachsene da, die ihr Gespräch mitanhörten. «Du meinst mit seinem...?»

Der Polizist grinste trocken und schüttelte den Kopf. «Mit dem von jemand anderem.» Er griff unter das Pult, zog eine Plastiktüte heraus und reichte sie Michael. «Schau mal rein.»

In der Tüte steckte eine Schachtel, und auf der prangte ein Hochglanzfoto von Jeff Stryker, dem Pornostar.

«Was soll das denn?»

«Lies mal», sagte der Bulle.

Auf dem Etikett stand: *Der naturgetreue Schwanz von Jeff Stryker samt Eiern. Unglaublich eindrucksvoll in seiner Größe! Ein direkter Abguß von Jeffs ausgefahrenem Schwanz! Sieht verblüffend natürlich aus und fühlt sich auch so an!*

Als er die Schachtel am einen Ende öffnete, kam ein Samtbeutel mit Zugschnur zum Vorschein.

«Ich würd ihn lieber nicht rausholen», sagte Bill.

«Stimmt.»

«Die Eier lassen sich zusammendrücken.»

«Im Ernst?»

«Ja.»

«Was ist nur aus dieser Welt geworden?» sagte Michael.

Bill lachte in sich hinein, aber es war ein trockenes, geschäftsmäßiges Lachen. «Hast du 'ne Adresse von ihm?»

«Leider nicht.»

«Glaubst du, du kannst sie mir später telefonisch durchgeben? Für meinen Bericht.»

«Klar», sagte Michael. «Kein Problem.»

«Na, dann.» Der Bulle sah von seinem Klemmbrett auf. «Wie geht's dir denn?»

«Ganz gut. Ich lebe.»

«Bist du immer noch ... allein?»

«Nein. Ich hab jetzt einen Liebhaber.»

«He. Toll. Wo hast du ihn kennengelernt?»

«Auf Alcatraz.»

Dafür erntete er ein Lächeln. «Ein Tourist oder ein Ranger?»

«Ein Tourist.»

«Und dann ist er hierhin gezogen?»

Michael nickte. «Vor drei Jahren zirka.»

«Wie schön für dich.» Falls Bill das Herz gebrochen war, dann half ihm seine Polizeiausbildung jedenfalls, das ziemlich gut zu verbergen.

«Und wie geht's dir?» fragte Michael.

«Ach, wie immer. Ich bin und bleibe Junggeselle.»

«Na ... das paßt doch zu dir.»

«Da hast du recht. Was sollte ich auch bei Pigs in Paradise mit einem Liebhaber anfangen?»

Michael verstand nur Bahnhof.

«Du weißt doch, die große Party. Von den schwul-lesbischen Polizeibeamten. Ich hab dich doch mal zu einer mitgenommen, oder?»

«Nein.»

«Wirklich nicht?»

Michael verdrehte die Augen. «Das hätt ich mir gemerkt, Bill. Glaub mir.»

«Dann komm doch zur nächsten. Und bring deinen Liebhaber mit.»

«Danke. Vielleicht kommen wir wirklich.»

«Ich hol ihn jetzt», sagte Bill.

Er schüttelte Michael brüderlich die Schulter und verschwand nach hinten.

Joe Webster sah ausgemergelt und erschöpft aus, und sein langgliedriger Körper wirkte durch seine schlaffe Haltung wie der eines Flugsauriers. Als er Michael ansah, war an ihm nicht das geringste Anzeichen eines Wiedererkennens festzustellen.

«Hier ist dein Freund», sagte der Polizeibeamte zu ihm.

«Das ist nicht mein Freund.»

«Das ist Michael Tolliver. Du hast doch gewollt, daß wir Michael Tolliver anrufen, oder?»

Keine Antwort.

Bill lächelte Michael nachsichtig an. «Ist er das?»

Michael nickte. «Er hat aber recht. Wir sind eigentlich keine Freunde.»

Bill zuckte mit den Schultern. «Tja ...»

«Die Arschlöcher haben mir kein Zimmer geben wollen», sagte Joe mißmutig. «Und Handtücher haben sie auch keine.»

«Hast du seinen Shanti-Buddy erreicht?»

«Noch nicht.» Michael wandte sich an Joe. Er versuchte, möglichst freundlich zu wirken. «Warum fahren wir nicht zu Ramon? Was meinst du?»

«Wo ist er? Wo ist Ramon?»

«Er ist zu Hause. Das heißt, da ist er jedenfalls bald.» Er hoffte inständig, daß das auch stimmte. «Ich bring dich zu ihm hin, ja?»

«Keine Handtücher. Was glauben die denn, was ich tun soll, verdammt noch mal? Ich hab doch bezahlt, oder? Hab ich nicht bezahlt?»

«Was redet er denn da?» fragte Michael.

«Was weiß ich. Was machst du, wenn du seinen Buddy nicht auftreibst?»

«Keine Ahnung.»

«Hast du 'ne Büronummer von ihm?»

«Er arbeitet zu Hause. Wahrscheinlich ist er grade einkaufen oder so.»

«Keine Handtücher, keine Kabinen ...»

«Ruf doch einfach noch mal an», sagte Bill.

Diesmal war Ramon zu Hause. Michael erzählte ihm, was passiert war, und bot ihm an, Joe zu ihm nach Bernal Heights zu bringen. Ramon dankte ihm überschwenglich, und als sie eine halbe Stunde später ankamen, wartete er schon auf der Treppe vor seinem Haus.

«Tut mir leid, das Ganze.»

«Macht nichts», sagte Michael.

Joe manövrierte seinen schlaksigen Körper aus dem VW und stieg wortlos die Stufen hoch. «He», rief Ramon ihm nach. «Bedank dich bei Michael.»

Joe blieb stehen und sah zu ihnen hinunter. «Warum?»

«Weil ich dich darum gebeten habe.»

Michael fühlte sich unbehaglich. «Ist schon in Ordnung. Wirklich.»

Ramon senkte seine Stimme. «Es hat ziemlich oft ausgesetzt bei ihm in letzter Zeit. Vorige Woche hat er bei einem Seminar mit Louise Hay einen Mülleimer in Brand gesteckt.»

«Aha.»

«Er muß dich wirklich mögen, denn sonst hätt er ihnen nicht deinen Namen genannt.»

«Ist ja auch egal», sagte Michael.

«Er hat solche Phasen, wo er einfach ein anderer Mensch ist.»

Michael nickte. «Auf dem Polizeirevier hat er dauernd was von Handtüchern geredet.»

«Das macht er im Krankenhaus auch. Und auf dem Postamt. Er glaubt dann, daß er in der Sauna ist.» Ramon zuckte mit den Schultern. «Es muß so ein kleines Erinnerungsfenster sein oder so.»

Joe beobachtete sie von der obersten Stufe aus. «Weißt du», schrie er nach unten, «Punkte bringt dir das keine ein. Da sitzt keiner im Himmel und führt Buch. Wenn's dich erwischt, dann erwischt's dich halt.»

Michael ignorierte ihn und drückte Ramon die Tüte mit dem Gummischwanz in die Hand. «Behalt den mal im Auge.»

Ramon zwinkerte ihm zu. «Du hast was gut bei mir.»

«Ist schon okay.»

«Hast du mich verstanden?»

«Ich fahr jetzt besser», sagte Michael.

Ramon nickte. «Ja.»

«Es wird Zeit, daß du mal aufdrehst, Michael. Nettsein bringt nämlich einen Dreck!»

«Ob du's glaubst oder nicht», sagte Ramon, «er hat Momente, da ist er vollkommen klar.»

Michael hatte das gruselige Gefühl, daß er gerade einen davon miterlebte.

Blindmeldung

Jedenfalls», erzählte Polly Brian im Gewächshaus, «sind Madonna und Sandra Bernhard da bei Letterman in der Sendung und *umschlingen* sich regelrecht. Und sie kichern rum und reißen Witzchen über das Hole ... das Cubby Hole nämlich, diese angesagte Lesbenkneipe in New York ... und Letterman schnallt den ganzen Quatsch gar nicht ... dieses blöde Schwein.»

Brian glaubte ihr kein Wort. «Du willst mir doch nicht weismachen, daß Madonna . . .»

«Warum nicht? Jetzt mach aber mal 'nen Punkt.» Sie war dabei, Plastiktöpfe auszukratzen und in einer Ecke zu stapeln. «Nur, weil du die Vorstellung nicht ertragen kannst, daß . . .»

Er kicherte in sich hinein.

«Was is?»

«Ich find die Vorstellung gut.»

«Ja, klar. Ach, von mir aus. Das paßt ja wieder mal, was?»

Er sah sie von der Seite her an. «Was soll ich denn jetzt machen? Sie gut finden oder sie nicht gut finden?»

«Gib mir den Topf da, bitte.»

Er reichte ihn ihr grinsend.

«Die eigentliche Frage ist doch die: Was findet Madonna überhaupt an Sandra Bernhard? Wenn ich Madonna wär, dann würd ich mich an was Richtiges ranschmeißen. Mindestens an Jamie Lee Curtis.» Sie stand auf und klopfte sich den Staub von den Händen. «Müßte Michael nicht langsam zurück sein?»

«Eigentlich schon, nicht?»

«Wie lang dauert so was, bis man jemand auf Kaution rausgeholt hat?»

«Kaution war gar keine nötig.»

«Ach so.»

«Vielleicht hat er ja Schwierigkeiten, diesen Shanti-Menschen zu finden.»

«War das heute Mary Ann in der Zeitung?»

Der Themenwechsel irritierte ihn. «Was soll das heißen? Wo?»

«In der Kolumne von Herb Caen.»

«Er hat was über sie geschrieben? Was?»

«Vielleicht war's auch gar nicht sie», sagte Polly. «Es war ja . . . ach, du weißt schon. Wie heißt das, wenn der Name nicht drinsteht?»

«Blindmeldung», sagte Brian, der schon ein leicht flaues Gefühl hatte. Was wurde über sie geschrieben, verdammt noch mal? «Haben wir eine Zeitung im Büro?»

«Ja», sagte sie und verließ hinter ihm das Gewächshaus.

Als Polly fünf Minuten später wieder aus dem Büro draußen war, sammelte er sich erst einmal und rief dann Mary Ann im Sender an.

«Bist du das?» fragte er ohne Begrüßung.

Keine Antwort.

«Bist du's?»

«Brian.» Sie verschanzte sich hinter ihrem allergeschäftsmäßigsten Ton. «Es ist für mich genauso überraschend wie ...»

«Ich hätte nicht gedacht, daß es so viele flotte Moderatorinnen aus dem Vormittagsprogramm gibt, die von New Yorker Producern umworben werden.»

«Es hätt da gar nicht drinstehen sollen.»

«Ach so. Na, dann.»

«Ich will mit dir darüber reden», sagte sie, «aber nicht am Telefon.»

«Soll ich irgendwo 'ne Meldung reinsetzen?»

Sie seufzte. «Hör auf damit.»

«Womit?»

«Mit dem ganzen Beleidigtsein und Pikiertsein. Ich wollte dir sowieso alles erzählen.»

«Wann?»

«Heute abend.»

«Falsch. Wir reden jetzt darüber. Auf der Stelle.»

«Nein», sagte sie ruhig. «Nicht am Telefon.»

«Dann treffen wir uns halt irgendwo.»

«Ich kann nicht.»

«Warum? Mußt du dich noch ein bißchen mehr umwerben lassen?»

Dafür bestrafte sie ihn mit langem Schweigen. Schließlich fragte sie: «Wo sollen wir uns treffen?»

«Sag was.»

«Okay. Zu Hause.»

Er schloß daraus, daß sie es nicht auf eine Szene in der Öffentlichkeit ankommen lassen wollte.

Als er in der Wohnung eintraf, stand sie in ihrer traditionellen Entschuldigungskluft – Jeans und das rosa-blaue Flanellhemd, das ihm so gefiel – am Fenster. Die Geste war völlig eindeutig, besänftigte ihn aber trotzdem. Und sofort beschlich ihn das Gefühl, daß er vielleicht überreagiert hatte.

«Ich habe Nguyet nach Hause geschickt», sagte sie.

«Sehr schön.» Er setzte sich aufs Sofa.

«Mir tut die Geschichte wirklich leid, Brian. Ich hab keine Ahnung, wie Herb Caen davon Wind gekriegt hat.»

Er sah sie nicht an. «Ist was dran?»

«Ja.»

«Willst du's denn machen?»

«Sehr gern.»

«Wie lang weißt du schon davon?»

«Eine Zeitlang.»

«Seit dem Mittagessen damals, was?»

Sie nickte.

«Und was hast du erwartet? Daß ich vor Eifersucht auf deinen abgelegten Exliebhaber dermaßen toben würde, daß . . .?»

«Aber nein. Nie. Du weißt, daß da nichts ist.»

«Na ja, gut. Aber, was sonst?»

«Was soll das heißen?»

«Warum hast du's mir nicht einfach erzählen können? Auf so was hast du doch immer hingearbeitet. Hast du dir nicht vorstellen können, daß ich mich für dich freue?»

«Brian . . .»

«Bin ich so ein egozentrischer Drecksack?»

«Natürlich nicht.»

«Hast du geglaubt, ich häng so sehr an der Gärtnerei, daß ich mich dir auf jeden Fall in den Weg stellen würde?»

«Na ja . . .»

«Genau so ist es gelaufen, stimmt's? Du hast das wirklich geglaubt.»

«Ich weiß, wieviel sie dir bedeutet», erwiderte sie etwas matt.

«Aber *du* bedeutest mir doch viel. Deine Siege sind auch meine Siege. Und das war mir immer genug. Was muß ich tun, um dich davon zu überzeugen?»

Sie ging vom Fenster weg, setzte sich auf den Sessel ihm gegenüber und zog behutsam die Beine unter den Po. «Ich denke doch nicht schlecht über dich, Brian. Wirklich nicht. Ich weiß, wieviel du aushalten mußt.»

Sie sagte das mit solcher Zärtlichkeit, daß auch der letzte Rest seines Ärgers dahinschmolz. Damit sie das auch merkte, schenkte er ihr ein vergnügtes Lächeln. «Was hat er dir denn angeboten?»

«Nur eine Show.»

«Nur? Eine überregionale, stimmt's?»

«Ja.»

«Und in New York produziert?»

«Mhm.»

«Du scheinst dich aber nicht besonders zu freuen.»

«Doch, doch. Es gibt nur... so viel zu überlegen.»

«Was hast du ihm gesagt?»

Sie zuckte mit den Schultern. «Daß ich mit dir reden müßte.»

Das leuchtete ihm plötzlich ein. «Hast du ihn deswegen zum Abendessen bei uns eingeladen? Damit ich sehe, wie ungefährlich er ist, bevor du mir die ganze Geschichte erzählst?»

Sie machte ein verlegenes Gesicht.

«Ich hab keine Schwierigkeiten damit. Wirklich nicht.» Er sah, daß noch nicht alle Zweifel zerstreut waren. «Du hast dein Heu jetzt in der Scheune, mein Schatz. Das sollten wir feiern.» Er sah sie eine Zeitlang an und klopfte dann auf das Sofakissen neben sich. Sie erhob sich aus ihrem Sessel, setzte sich zu ihm und lehnte den Kopf an seine Schulter.

«Ruf Burke an», sagte er. «Erzähl ihm, daß wir's machen.»

«Nein.»

«Warum nicht?»

«Er ist in L. A. Ich weiß nicht, wie ich ihn erreichen kann. Er meldet sich bei mir.»

«Aha.» Er überlegte kurz. «Hast du Michael was davon erzählt?»

«Nein. Natürlich nicht.»

«Soll ich es ihm sagen?»

«Nein», erwiderte sie fast heftig. «Laß das Ganze erst mal ein wenig ruhen.»

«Er wird nachfragen. Bestimmt hat er die Meldung gelesen.»

«Ach so, ja.» Sie runzelte die Stirn, während sie angestrengt nachdachte. Sie war offenbar besorgt, ihrem alten Freund weh zu tun.

«Er wird's schon verstehen», sagte er und drückte ihre Schulter. «Es ist ja nicht so, daß er den Laden nicht auch schon mal alleine geschmissen hätte.»

Als er in die Gärtnerei zurückkam, kam Michael ihm im Licht der schräg einfallenden Nachmittagssonne entgegengeschlendert.

«Wie ist es gelaufen?» fragte Brian, da ihm der Anruf des Bullen wieder einfiel.

«Ganz gut. Sie haben ihm keine Strafe aufgebrummt oder so.»

«Was hat er getan?»

«Nichts. Er hat vor ein paar Zeugen Jehovas mit 'nem Dildo rumgefuchtelt.»

Brian lachte. «Und der soll krank sein?»

Michael setzte ein gezwungenes Lächeln auf. Er wirkte ungewöhnlich verhalten.

«Tut mir leid», sagte Brian. «Es ist nicht lustig, ich weiß.»

«Doch, doch. Du hast ganz recht.»

«Geht's dir denn auch gut?»

«Ja. Alles bestens.»

«Wir haben uns schon Sorgen gemacht, weil du nichts von dir hast hören lassen.»

«Ach so, na ja ...»

«Es hat ja wahrscheinlich auch seine Zeit gedauert bei den Bullen.»

«Ach, gar nicht mal», sagte Michael. «Ich bin an den Strand rausgefahren. Ich hab ein bißchen frische Luft gebraucht.»

«Kann ich gut verstehen.»

«Ich hätt aber wohl anrufen sollen.»

«Ach. Nicht doch.» Der arme Kerl, dachte Brian. Es muß ihm ganz schön an die Nieren gegangen sein.

«Polly hat gesagt, daß du weggemußt hast. Ich hoff, es hat keinen Stress gegeben.»

«Ach, nö.» Er fragte sich, ob Michael etwa auf die Blindmeldung anspielte. Auf jeden Fall hatte es keinen Sinn, dem Thema aus dem Weg zu gehen. «Hast du heute Herb Caens Kolumne gelesen?»

Michael nickte. «Polly hat sie mir gezeigt.»

«Es ist Mary Ann.»

«Ach, ja?»

«Sie wird's wohl machen.»

Er hatte den Eindruck, daß Michael seinem Blick auswich. «Tja, es ist ja auch ... wahrlich eine Chance.»

«Ja, bestimmt.» Er zögerte einen Moment. «Wir müssen uns vielleicht was überlegen, Michael.»

«Was überlegen?»

«Wegen unserer Teilhaberschaft.»

Michael blinzelte ihn verständnislos an.

«Für den Fall, daß ich wegzieh», erklärte er.

«Ach so.»

Er hoffte, den Schlag durch ein Lächeln etwas mildern zu können. «Falls es dir was hilft ... für mich kommt die ganze Schose auch reichlich überraschend.»

«Na ja ... ist schon in Ordnung.»

«Ich deichsel das schon so, daß du nicht plötzlich alles allein machen mußt. Das versprech ich dir. Wenn du möchtest, daß ich stiller Teilhaber bleibe, kein Problem ... was immer du willst.»

Michael nickte, wirkte aber leicht zerstreut.

«Ich weiß, das kommt alles sehr plötzlich. Tut mir wirklich leid.»

«Ach.»

«Dabei find ich New York gar nicht mal toll.»

«Mhm.»

«Aber ich wär ein echter Arsch, wenn ich ihr was in den Weg legen würde. Es ist wirklich eine große ...»

«Vielleicht reden wir lieber später darüber, hm?»

Michael war ganz offensichtlich verletzt. «Tja ... gut.»

«Es kommt mir im Moment noch ein bißchen verfrüht vor.»

«Okay ... Klar. Ich wollte dir nur nichts verschweigen. Du solltest gleich von Anfang an Bescheid wissen.»

«Das find ich auch sehr schön», sagte Michael und ging ins Büro.

Mary Ann lag schon im Bett, als Brian aus der Dusche stieg. Sie legte gerade den Telefonhörer auf, als er ins Schlafzimmer kam.

«Wer war das?» fragte er und setzte sich auf die Bettkante.

«Michael.»

«Was hat er gewollt?»

«Er hat gesagt, du sollst morgen früh den Laptop mitbringen.»

«Aha ... okay.» Er drehte sich zu seiner Frau hin. «Hat er was zu New York gesagt?»

Sie zuckte mit den Schultern. «Er hat mir gratuliert. Aber das war auch schon fast alles.»

«Ich glaub, er ist kurz vorm Ausflippen.»

«Warum?»

«Na ja. Wegen der Auflösung der Teilhaberschaft.»

«Ach so.»

«Wenn ich ehrlich sein soll», sagte er, «war ich das auch.»

«Was?»

«Kurz vorm Ausflippen.»

«Oh.»

«Aber das ist vorbei.» Er fuhr mit der Hand unter die Bettdecke und streichelte ihren Schenkel. «Uns steht ein richtiges Abenteuer bevor. Ich hab mich kaum zurückhalten können, es Shawna zu erzählen.»

Ein leichter Ruck ging durch ihren Körper. «Du hast aber doch die Klappe gehalten, oder?»

«Ja. Aber, was wär denn schon dabei gewesen ...»

«Es ist noch viel zu früh, Brian.»

«Warum?»

«Na ja . . . es ist noch nichts unterschrieben. Und sie würde es überall in der Schule rumplappern.»

«Ach so, klar.»

«Es kommt auch so schon hart auf hart. Kenan hat mich heute wegen der dämlichen Meldung zu sich ins Büro beordert.»

«Ogottogott.» Er stellte sich die Empörung des Senderchefs vor, seine panische Angst, das einzige Juwel in seiner Krone zu verlieren. «Ist er dahintergekommen?»

«Na, und ob.»

«Aber du hast es abgestritten?»

«Natürlich.»

«Bravo.» Er schaltete das Licht aus, legte sich ins Bett und kuschelte sich an sie.

«Er ist ein solches Arschloch», sagte sie.

«Absolut.»

«Wie ich mich auf den Moment freue, wenn er dann endlich in der Luft hängt.»

Nur so zum Spaß stellte er sich kurz vor, wie sie in einer anderen Stadt und zu einer anderen Jahreszeit im Bett lagen. Auf dem Fenstersims lag frischer Schnee, vor dem Haus stand eine Straßenlaterne, und Shawna schlief in einem Zimmer mit Tapeten am anderen Ende des Flurs. «Weißt du was?» sagte er.

«Was?» antwortete sie schläfrig.

«Wenn wir diesmal eine Wohnung im Parterre kriegen könnten . . . mit einem Garten, mein ich . . .»

«Schlaf jetzt», sagte sie sanft.

Damit war sie ihm gleich darauf zuvorgekommen, wie er an ihrem regelmäßig schnurrenden Atem merkte. Sie träumte zweifellos von der Zukunft, von einer Welt voller Reichtum und angemessener Anerkennung und zur Schnecke gemachter Arschlöcher.

Der dritte Wal

Wie die meisten anderen Häuser in der Umgebung war auch das ihre einstöckig und hatte steinerne Mauern, ein rotes Ziegeldach und große Fensterläden aus Pinienholz, die man zum Schutz gegen die Mittagssonne schließen konnte. Es gab eine Küche (die sie nie benutzten), eine von staubigen Glyzinien überwucherte Terrasse und zwei riesige Schlafzimmer mit hohen Decken und Blick auf die Ägäis. Wenn Mona aufwachte, brauchte sie meist einige Zeit, ehe sie sagen konnte, ob es Morgen oder später Nachmittag war, denn sie ließ kaum je eine Siesta aus.

Im Moment war es Morgen. Das wußte sie, weil sie Hähne krähen hörte und dazu das blecherne Radiogedudel aus der Taverne ein Stück den Hang hinunter. (Am Nachmittag waren ganz andere Geräusche zu hören – Kirchenglocken und asthmatische Esel und das Piratengeheul von Kindern, die in ihrem Freiheitsdrang durch die Straßen tobten.)

Eine lebhafte Brise hatte den Weg durch den Spalt zwischen ihren Fensterläden gefunden und zerrte an den duftigen langen Vorhängen. Vom Treppenabsatz zwischen den Schlafzimmern hörte sie die würdevollen Schritte ihrer Mutter und das unmißverständliche Schweinchenquietschen der Kühlschranktür.

Die Flügeltür ging knarrend auf und gab den Blick frei auf Anna, die in ihrem Kaftan dastand, eine Flasche Mineralwasser in der Hand und um sich herum einen Strahlenkranz aus Morgenlicht.

«Bist du wach, Liebes?»

Vereinzelte Sonnenstrahlen tanzten auf der schimmernden blauen Plastikflasche wie Lichtstrahlen auf einem Himmelszepter. Unsere Liebe Frau vom Liter, dachte Mona und rieb sich die Augen. «Ich glaube ja. Wie spät ist es?»

«Punkt acht. Ich hab gedacht, du willst vielleicht früh aufbrechen, damit du nicht in der größten Hitze unterwegs bist.»

Ach so, ja. Ihre langerwartete Pilgerfahrt zu Sapphos Geburtsort. Die war doch für heute geplant, oder?

«Ich habe in der Bäckerei köstliche Rosinenbrötchen gekauft. Soll ich dir eins bringen mit einer Tasse Tee dazu?»

Mona schwang die Beine aus dem Bett. «Nein, danke. Ich komm runter.»

«Stratos hat gemeint, er kann dir einen Fahrer besorgen, wenn du das möchtest.»

«Schon gut. Ich such mir auf der Esplanade einen.»

«Ach ja...» Anna faßte in die Tasche ihres Kaftans. «Ich habe mir gedacht, die könntest du vielleicht brauchen.» Sie ließ eine Handvoll Joints auf Monas Frisierkommode fallen und lächelte glückstrahlend. «Ich fände es unerträglich, wenn dir etwas fehlen würde.»

Mona erwiderte ihr Lächeln. «Danke.»

«Es heißt Sigourney.» Das Gras, das Mona auch schon probiert hatte, stammte aus dem Garten in der Barbary Lane. Anna – die ihr gesamtes Dope nach Leuten benannte, die sie toll fand – hatte es vor ihrer Abreise aus San Francisco an sich selbst geschickt. Trotz der Isolierung aus mehreren Schächtelchen und etlichen Lagen Haushaltsfolie hatte das Päckchen üppigst gerochen, als sie es in dem winzigen Postamt gleich neben der Polizeiwache von Molivos abgeholt hatten.

Aber niemand hatte auch nur ein Wort gesagt. Anna kam wirklich mit allem durch.

Eine Stunde später brachen Anna und Stratos zum Geburtsort von Dukakis' Vater auf, und zwar in einem verbeulten Impala Coupé, der Stratos' Beteuerungen nach auf Lesbos fast schon zur Legende geworden war. Gepflegt und braungebrannt, wie er war, und mit seinem Goldzahn, der in der Sonne glitzerte, sah der alte Knabe hinter dem Steuer schon fast verwegen aus. Anna machte es sich neben ihm bequem und drapierte ihre diversen Tücher malerisch. «Versuch doch», sagte sie zu Mona, als der Wagen schon über das Kopfsteinpflaster holperte, «irgendwas Sapphisches für Michael zu finden.»

«Okay.» Sie trabte neben dem Wagen her. «Wenn es euch in Pelopi nicht gefällt», sagte sie, «dann kommt ruhig zurück und macht es euch im Haus gemütlich.»

Anna bedachte sie mit einem geheimnisvollen Lächeln.

«Ich komm erst in ein paar Tagen wieder... will ich damit sagen.»

«Ja, Liebes. Danke.»

Als der Wagen schneller wurde, rief Stratos: «Sappho die Russin!» Jedenfalls hörte es sich so an.

«Was?»

«Das ist ein Hotel! Nicht vergessen!»

Sie rief hinter dem Impala her. «Sappho die was?»

Seine Antwort wurde von einem Chor bellender Hunde übertönt.

Sie spülte das restliche Frühstücksgeschirr, packte ein paar Sachen zum Wechseln ein, schloß das Haus ab und nahm sich an der Esplanade ein Taxi. Die Taxis waren hier alles beige, verbeulte Mercedes, deren Armaturenbretter vollgestellt waren mit grellfarbigen und kunstvollen Figuren der Heiligen Jungfrau. In Wirklichkeit war man hier nämlich auf der Insel Marias und nicht auf der Sapphos, und das wurde einem permanent vor Augen geführt.

Die Fahrt über die Insel dauerte mehrere Stunden und führte gewundene Bergstraßen entlang. Die meiste Zeit dröhnte der Fahrer ihr die Ohren mit Busukimusik aus dem Kassettenrecorder voll, so daß es glücklicherweise wenig Anlaß zu reden gab. Oberhalb der Olivenhaine wurde die Landschaft karg und öde, und Abwechslung brachten nur die ab und zu am Straßenrand auftauchenden Gedenksteine für Leute, die allzu andächtig auf die Heilige Jungfrau geschielt und dabei eine Haarnadelkurve übersehen hatten. Als sie endlich in das grüne Bauernland rund um Skala Eressou hinunterfuhren, war Mona schrecklich übel.

Skala Eressou war im Grunde ein Strandort: Einstöckige gemauerte Häuser mit Ziegeldach und eine Reihe strohgedeckter Tavernen bildeten an dem verdreckten grauen Sandstrand so etwas wie eine Promenade. Als Mona am Ortsrand ausstieg, wurde sie von einem Wald aus selbstgebastelten Schildern empfangen, auf denen diverse Dienstleistungen für Touristen angeboten wurden. Eines der Schilder – es war fast genauso krakelig beschriftet wie die übrigen – tat ganz offiziell:

WILLKOMMEN IN SKALA ERESSOU
Bitte respektieren Sie unsere Gebräuche
und Traditionen.
Verhalten und kleiden Sie sich zurückhaltend.
Schöne Ferien.

Was erlauben die sich? Wie viele Oden an die Zurückhaltung hatte Sappho denn geschrieben? Sie fragte sich, ob sich die Busladungen von Lesben, die zur Besichtigung kamen, im Schoß des Mutterlands allzu demonstrativ verhalten und die Marienverehrer erschreckt hatten. Sie hatte richtig Lust, sich das Hemd vom Leib zu reißen und sich über die nächstbeste Frau herzumachen.

Um sich einen Überblick zu verschaffen, spazierte sie an den Tavernen am Strand entlang. Die anderen Touristen waren größtenteils aus Griechenland oder aus Deutschland. Die britischen Stimmen verrieten den Norden Englands – Pauschalreisende, die bleich waren wie Larven und Sonnenschein im Sonderangebot gekauft hatten. Sie entdeckte unterwegs mehrere Lesbenpärchen, aber das reichte wohl kaum, um den Ort zu einem Mekka zu erheben.

Sie hatte Durst, und es war ihr immer noch ein bißchen übel, weshalb sie in der nächsten Taverne einkehrte und eine Sprite mit Ouzo bestellte, ein Getränk, das sie in Molivos zu ertragen gelernt hatte. Sie schlürfte das Zeug in kleinen Schlucken und schaute auf den Strand hinaus. Eine barbusige Walküre mit enormen mahagonifarbenen Schenkeln lag ohne Badetuch auf dem groben Sand und las ein deutsches Revolverblatt. Ihre Haare waren dermaßen gebleicht, daß sie wie ein Negativ ihrer selbst aussah. Mona nahm sich vor, noch Sonnencreme zu besorgen.

Der Strand dehnte sich bis zu einem großen grauen Berg, der ins Meer hinabbröckelte. Windsurfer jagten über das glitzernde Wasser, und gleich hinter der nächsten Taverne standen etliche Badegäste vor der Außendusche Schlange. Trotz erkennbarer Anstrengungen, den Ort wie ein Seebad aussehen zu lassen, haftete Skala Eressou eine gewisse Schäbigkeit an, die Mona überaus liebenswert fand.

Aber was war mit Sappho? Gab es irgendwo eine Gedenktafel, die an ihre Geburt erinnerte? Etwas in Würde Gealtertes, das ein Fragment ihres Werkes wiedergab? Vielleicht konnte sie sich ja einen Band mit ihren Gedichten besorgen und darin lesen, während sie auf dem Strand spazierenging.

Sie versuchte es in drei Andenkenläden, fand aber nicht einmal eine Broschüre über das Leben der Dichterin. Die Reiseführer, die sie durchsah, widmeten dem Thema zwar alle ein, zwei Absätze, aber die Beschreibungen waren, gelinde gesagt, skizzenhaft und dazu noch gewunden und verschämt formuliert: Die Dichterin war 612 vor Christus in Skala Eressou geboren worden. Sie hatte eine «Schule für junge Mädchen» geleitet. Ihre leidenschaftlichen Oden an die Schönheit von Frauen waren oft «falsch ausgelegt» worden.

Wütend stürmte Mona in einen Skulpturenladen und marschierte erst einmal an Reihen voller Gipspimmel entlang, ehe sie auf die einzige Frauenfigur weit und breit stieß. «Sappho?» fragte sie den Verkäufer, wobei sie den Namen wie die Inselbewohner «Sappo» aussprach.

Der Verkäufer schaute sie verständnislos an.

«Ist das Sappho? Die Dichterin?»

«Ja», erwiderte er, obwohl er dabei einen verdächtig fragenden Unterton hatte.

«Quatsch», sagte hinter ihr jemand mit amerikanischem Akzent. «Das ist Aphrodite.»

Als Mona sich umdrehte, stand sie einer hübschen schlaksigen und ungefähr gleichaltrigen Frau gegenüber, deren Mund so groß war wie der von Carly Simon. «Sappho stellen sie gar nicht erst her. Jedenfalls nicht als Statue. Ich hab gehört, daß es eine Ouzoflasche gibt, die ihr nachempfunden ist, aber die hab ich bisher noch nicht auftreiben können.»

Mona stellte die Figur ins Regal zurück. «Danke», sagte sie zu der Amerikanerin.

«In Mitilíni hättest du mehr Glück. Die haben am Hafen eine Statue von ihr stehen.» Der breite Mund zuckte. «Sie ist potthäßlich, aber was will man machen?»

Mona lachte glucksend. «Ich konnte noch nicht mal ein Buch mit Gedichten von ihr auftreiben.»

«Tja, weißt du, von denen sind auch nicht mehr viele übrig.»

«Ach, wirklich?»

«Die Kirche hat sie verbrannt.»

Mona stöhnte. «Das paßt.»

«Du kannst es ja mal in dem Andenkenladen am Marktplatz versuchen. Die haben halbwegs anständige Schlüsselanhänger mit Sappho drauf.»

«Danke», sagte Mona. «Da schau ich mal hin.»

Die Frau stöberte wieder weiter.

In dem Laden am Marktplatz gab es die Schlüsselanhänger wirklich – ein grobes Profil auf einem emaillierten und verchromten Medaillon. Sie waren nichts Besonderes, aber es stand wenigstens SAPPHO darauf, weshalb sie für Michael einen davon kaufte – in Grün, weil sie fand, daß das etwas Gärtnerisches hatte. Dann machte sie sich auf die Suche nach einem Hotel, das Sappho die Russin oder so ähnlich hieß.

Nach kurzer Suche entdeckte sie es an der Promenade. Sappho die Eressin. Das Zimmer, das sie dort mietete, war sparsam möbliert und sauber – helles Holz, ein Einzelbett mit weißen Laken, eine einzelne Lampe. Sie duschte sich den Straßenstaub vom Körper, rieb sich mit der Sonnencreme ein und schlüpfte in einen Kaftan aus Baumwollkrepp, den sie in Athen gekauft hatte. Sie fühlte sich schon sehr viel wohler, als sie an den Strand ging und spürte, wie sich ihre feuchten Haare in der warmen Brise kräuselten.

Sie steuerte auf den schroffen grauen Felsen zu, da ihr der Strand an dem Ende weniger voll vorkam. Je weiter sie ging, desto weniger – und desto nacktere – Badende gab es. Als rundherum alle nackt waren, zog sie ihren Kaftan aus, rollte ihn zu einem festen kleinen Ball zusammen und stopfte ihn in ihre Umhängetasche. Als sie ein Badetuch über den Sand breitete und sich bäuchlings darauflegte, spürte sie eine Wärme, die direkt aus dem Erdinnern aufzusteigen schien.

Die nächsten Sonnenbadenden lagen alle mehr als zehn Meter von ihr entfernt. Sie fuhr mit den Fingern durch den groben Sand und genoß das wundersame Gefühl, daß er davonrollte wie lauter winzige graue Kugellagerkugeln. Vom Wasser her wehte eine sanfte Brise, und die Sonne legte sich wie eine vertraute Hand auf ihren großen, weißen Hintern.

Das konnte so bleiben.

Etwas Vergleichbares hatte sie zum letzenmal Mitte der siebziger Jahre in San Francisco gemacht. Michael und sie waren an den FKK-Strand am Devil's Slide gefahren. Sie hatte ihre Sachen nur sehr widerwillig ausgezogen, weil sie sich sogar damals bleich und wabbelig vorgekommen war. Michael hatte natürlich in letzter Minute gekniffen; angeblich, um seinen Badehosenstreifen nicht zu gefährden.

Er fehlte ihr sehr.

Sie hatte sich immer gewünscht, Lesbos mit ihm gemeinsam zu erkunden, aber der kleine Dummkopf hatte sich überraschend verliebt und seither nie die Zeit gefunden.

Anna hatte darauf beharrt, daß er nicht krank sei. Er sei vielleicht infiziert, aber nicht krank.

Aber er konnte es werden. Nein, er würde es werden. So hieß es doch jetzt überall, oder?

Es sei denn, man entdeckte ein Medikament oder so was. Es sei denn, ein Wissenschaftler war dermaßen scharf auf den Nobelpreis, daß ihm der Durchbruch gelang. Es sei denn, eines der Bush-Kinder oder vielleicht auch Marilyn Quayle infizierte sich mit dem gottverdammten Virus ...

Sie drückte die Wange in den warmen Sand und schloß die Augen.

Später stapfte sie in der größten Hitze ins Meer hinaus. Als ihr das Wasser bis zu den Oberschenkeln reichte, drehte sie sich um und betrachtete den langgezogenen Strand, den prosaischen kleinen Ort und die dungfarbenen Hügel in der Ferne. Sie kannte weit und breit keine Menschenseele. Anna und

Stratos waren auf der anderen Seite der Insel und machten um diese Zeit zweifellos ein Nickerchen oder liebten sich, vollgedröhnt bis oben hin, hinter geschlossenen Fensterläden.

Sie lächelte beim Gedanken an die beiden und spritzte sich Wasser über ihre Gänsehaut. Die Idee war richtig gut gewesen, dachte sie: Urlaub vom Urlaub zu machen. Sie kam sich herrlich unnahbar und unantastbar vor, ein bißchen mythisch sogar, wie sie hier so mitten in der Wiege der Antike stand, nackt wie am Tag ihrer Geburt.

Einem Impuls folgend, reckte sie das Kinn gen Himmel und wandte sich direkt an die Göttin.

«Du kriegst ihn doch nicht», schrie sie.

Bis Einbruch der Dunkelheit war sie rosarot, hatte aber keinen Sonnenbrand. In ihrem klösterlichen Zimmer im Sappho die Eressin rauchte sie einen von Annas Joints und sah zu, wie an den Tavernen eine Lichterkette nach der anderen anging. Als sie angenehm besäuselt war, ging sie in die urtümliche kleine Halle hinunter und fragte den Portier aus reiner Lust an der Formulierung, wo sie eine gute lesbische Pizza bekommen könnte.

Wie es der Zufall wollte, stand genau dieses Gericht auf der Speisekarte der Hoteltaverne. Es war ein wahrhaft schreckliches, mit bitter schmeckenden Würstchen bestücktes Ding. Sie vertilgte es mit Genuß und stellte anschließend Spekulationen über die Qualität von lesbischem Eis an.

«Hallo», gurrte eine vertraute Stimme. «Hast du die Schlüsselanhänger gefunden?» Es war die Frau mit dem Carly-Simon-Mund, und sie war noch ein gutes Stück brauner als zuvor. Sie trug noch immer ihre Shorts, aber das blütenweise Hemd war neu hinzugekommen.

«Ja, hab ich», sagte Mona. «Danke.»

«Haben sie dir gefallen?»

«Tja... ich hab einen gekauft.»

Die Frau lächelte. «Was anderes gibt's auch nicht.»

«Ist das nicht doof», sagte Mona. «Man sollte doch meinen, es wär den Leuten hier aufgefallen, daß... ein gewisses Interesse an so was vorhanden ist.»

Die Frau kicherte. Es schloß sich entspanntes Schweigen an, bis Mona auf einen Stuhl deutete. «Setz dich doch», sagte sie. «Wenn du willst.»

Nach kurzem Zögern zuckte die Frau mit den Schultern. «Gern.»

«Wenn du was essen willst... die Pizza kann ich nicht empfehlen.»

Die Frau zuckte noch während sie sich setzte zusammen. «Du hast doch nicht etwa die *Pizza* gegessen?»

«Ich kann mir nicht helfen», sagte Mona, «aber das griechische Essen hängt mir zum Hals raus.» Sie streckte der Frau die Hand hin. «Mona Ramsey.»

«Susan Futterman.» Sie hatte einen festen, angenehmen Händedruck, der keinerlei sexuelle Anspielung enthielt. Mona fühlte sich im Moment dermaßen wohl, daß ihr das eine so recht war wie das andere. Sie genoß es einfach, ein bißchen zivilisierte Gesellschaft zu haben.

Susan Futterman lebte in Oakland und hatte in Berkeley fünfzehn Jahre lang klassische Philologie unterrichtet.

«Ich bin überrascht, daß du nicht Futterwoman sagst», meinte Mona.

«Das hab ich mal getan.»

«Ach, komm!»

«Nur ganz kurz.»

«Ach, du Scheiße», sagte Mona lachend.

Susan lachte mit ihr mit. «Ich weiß, ich weiß...»

«Ich hatte mal eine Geliebte aus Oakland.»

«Wirklich?»

Mona nickte. «Sie hat jetzt in San Francisco ein Restaurant. D'orothea's.»

«Ach so, ja.»

«Kennst du sie?»

«Na ja, ich kenn das Restaurant.» Susan machte eine Pause. «Lebst du in San Francisco?»

«Nein. In England.»

Sie schaute überrascht drein. «Für immer?»

«Das hoffe ich.»

«Was machst du da?»

Mona hielt es für das Beste, vage zu bleiben. Sie hatte die Lady Roughton vor fast einem Monat abgelegt und fand langsam Gefallen an der Anonymität. «Ich verwalte Besitzungen», sagte sie.

Susan sah sie überrascht an. «Immobilien?»

«Mehr oder weniger.» Sie schaute zu den Leuten hinaus, die auf der Promenade entlangspazierten. «Es sind wirklich 'ne Menge Frauen da.»

«Ach so, ja.»

«Es ist schon verrückt, daß ein *Name* allein so viel bewirkt.»

«Ja, nicht? Warst du schon mal bei den Zelten?»

«Ich glaub nicht», sagte Mona.

«Wenn, dann wüßtest du das auch», sagte Susan.

Susan war eine geübte Graecophile und schüttete ohne mit der Wimper zu zucken mehrere Gläser Retsina in sich hinein. Mona blieb bei ihrer Sprite mit Ouzo und schwebte wie auf Wolken, als sie beide sich später auf den Weg zu den berühmten Zelten machten.

Die befanden sich am Ortsende und standen ein paar Meter vom Strand entfernt in einem staubigen Dickicht. Es waren größtenteils gar keine Zelte, sondern «Biwaks», wie die Anti-Atomwaffen-Frauen sie seinerzeit bei Greenham Common gebaut hatten – über Sträucher geworfene Segeltuchplanen, die ein Netzwerk aus seitlich offenen Behausungen bildeten.

Sie war erstaunt. «Wo sind die Frauen alle her?»

«Von überall. Zur Zeit vor allem aus Deutschland. Ein paar Holländerinnen hab ich auch gesehen.»

«Ist hier immer so viel los?»

«Normalerweise noch mehr», sagte Susan. «Wir haben schon Nachsaison.»

Wie Wallfahrerinnen in einer Kathedrale sprachen sie mit gedämpfter Stimme, als sie durch das Lager spazierten. Immer wieder reckten sich ihnen im Laternenschein strahlende Frauengesichter entgegen.

Sapphos Töchter, dachte Mona, und ich bin eine von ihnen.

Wie es schien, kannte Susan eine Frau aus einem der Biwaks: eine freundliche junge Deutsche namens Frieda mit einem kantigen Kinn und einem blonden Pferdeschwanz so dick wie ihr Unterarm. Sie schenkte ihren Besucherinnen Wodka ein und räumte ihnen ihren Schlafsack frei, damit sie sich setzen konnten. Es folgten stockende Versuche, sich auf englisch zu unterhalten, bis Susan und das Mädchen alle Anstrengungen aufgaben und in rasend schnelles Deutsch verfielen.

Da Mona ihnen dabei nicht folgen konnte, kippte sie ihren Wodka hinunter und ließ dann den Blick durch das Biwak schweifen. Sie entdeckte einen zerbeulten Lederkoffer, eine Flasche Mineralwasser und einen blauen Baumwollslip, der zum Trocknen auf einem Ast hing. Gleich neben ihren Knien lag auf dem Boden ein Faltblatt zu etwas, das Fatale Video hieß; die Überschrift WEIBLICHE EJAKULATION stach ihr ins Auge.

Sie sah das Ding von der Seite her an und las:

FATALE VIDEO – Von und für Frauen.
Laß dich von Gretas computerunterstützter analer Selbstliebe elektrisieren!
Seufze mit Coca Jo und Houlihan bei Tücherspielen, Muschilecken und Safer Sex!
Laß dich mitreißen, wenn du mit Fanny und Kenni G-Punkt-Ejakulationen und die lesbische Liebe kennenlernst!

Sie konnte sich ein Lächeln nicht verkneifen und schaute auf, um festzustellen, ob die anderen es bemerkt hatten. Susan und das Mädchen plapperten immer noch auf Deutsch. Die Vertriebsadresse auf dem Faltblatt war Castro Street, San Francisco. Während sie sich zu einer schlichten englischen Landlesbe entwickelt hatte, hatten ihre Schwestern in San Francisco ihr ganz spezielles Heimgewerbe aufgebaut.

Die Unterhaltung der beiden wurde leiser, intensiver. Dann sagte Susan etwas, mit dem sie das Mädchen zum Lachen brachte. Sie reden über mich, dachte Mona.

«Also», sagte Susan zu Mona. «Hauen wir ab?»
«Ja.»
Susan sagte noch etwas zu dem Mädchen und ging dann vor ihr her aus dem Biwak.
Monas Bein war eingeschlafen, weshalb sie sich beim Hinausgehen etwas wackelig fühlte.
Lächelnd sagte das Mädchen zu ihr: «Tschau-tschau.»
«Tschau-tschau», sagte Mona.

Sie redeten erst wieder, als sie das Dickicht hinter sich gelassen hatten und über den mondbleichen Strand zum Ort zurückgingen.
«Seit wann kennst du sie schon?» fragte Mona.
Susan kicherte. «Seit, äh ... um vier.»
Sie hatten wie alte Freundinnen gewirkt.
«Ich hab sie heute auf dem Rückweg vom Strand kennengelernt. Sie ist Fassadenmalerin in Darmstadt.»
«Warum hat sie noch gelacht, als wir losgegangen sind?»
Susan wirkte etwas zögerlich. «Sie hat dich für meine Geliebte gehalten. Und ich hab ihr gesagt, daß du das nicht bist.»
«Aha.»
«Sie hat dich nicht ausgelacht.»
Mona nahm die Erklärung hin, bekam aber das ungute Gefühl, Susan im Weg zu sein. «Hör mal», sagte sie, «wenn du zurück willst ...»
«Nein, nein.» Das Mondlicht machte ihr breites Lächeln noch strahlender. «Sie wollte nicht *mich*.»
Mona blieb abrupt stehen.
«Oder jedenfalls nicht *nur* mich. Sie war auf der Suche nach einem Pärchen.»
«Verscheißerst du mich jetzt?»
«Nein.»
«Sie wollte uns beide?»
«Genau.»
«Ach, du Schreck», sagte Mona.
«Willkommen auf Lesbos», sagte Susan.

Es war kurz vor Mitternacht, als sie in einem Restaurant in der Nähe des Marktplatzes dickflüssigen griechischen Kaffee tranken. Die Brise, die vom Meer her wehte, war jetzt kühler, und Mona bedauerte, daß sie keine Jacke mitgenommen hatte.

«Es ist schon fast Winter», sagte Susan. «Man kann regelrecht riechen, daß der Regen kommt.»

«Mhm.»

«Ich fahr immer um diese Zeit her. Ich mag diese Übergangsstimmung. Wenn die Touristen abhauen und sie hier nach und nach alles dichtmachen. Es hat was sehr Ergreifendes. Und was sehr Reinigendes.» Sie rührte langsam in ihrem Kaffee. «Die ganzen Blätter hier kriegen mal ordentlich den Staub runtergewaschen.» Sie sah Mona an. «Wie ist es dort, wo du wohnst?»

«Jetzt grade?»

«Ach ... generell.»

Mona überlegte kurz. «Es ist auf dem Land. In Gloucestershire.»

«Ach, wie wunderbar.»

Sie nickte. «Jetzt um diese Zeit kann es jeden Tag naß und kalt werden, aber für mich spielt das keine besondere Rolle.»

«Klar. Du kannst dich ja mit einer Tasse Tee an den Kamin setzen.»

Meistens stand Mona mit einer Tasse Tee *in* ihrem Kamin, aber es kam ihr angeberisch vor, das zu erwähnen. Sie holte sich kurz den Winter in Easley House vor Augen: den mörderischen Luftzug im Haus, den Frost auf den rhombenförmigen Fensterscheiben, die Rauchkringel, die aus den Kalksteinhäuschen im Dorf aufstiegen. Dann sah sie das dümmliche Grinsen von Wilfred vor sich, mit dem er einen Berg etwas schwindsüchtig geratenes Immergrün in die große Halle schleppte.

Susan fragte: «Lebst du allein?»

Sie schüttelte den Kopf. «Ich hab einen Sohn.»

«Wie alt?»

«Zwanzig. Ich hab ihn adoptiert, als er siebzehn war.»

«Wie schön. Da hast du ja nette Gesellschaft.»

Mona nickte. «Die allerbeste.»

«Ich hab eine Tochter. Sie fängt nächstes Jahr in Berkeley an.»

Mona trank lächelnd einen Schluck Kaffee. Wenn sie nicht aufpaßten, zeigten sie einander gleich noch ihre Familienfotos.

Später holte sie einen neuen Joint aus ihrem Zimmer und rauchte ihn gemeinsam mit Susan, während sie durch das Gewirr der leeren Straßen hinter der Promenade schlenderten.

«Wunderbar», sagte Susan und inhalierte tief.

«Ja, es ist kalifornisches Dope.»

«Nein.» Susan atmete den Rauch lachend wieder aus. «Ich meine das Ganze hier. Daß wir uns kennengelernt haben.»

«Danke.» Mona schenkte ihr ein sarkastisches Lächeln. «Futterwoman.»

Nach erneutem entspanntem Schweigen sagte Susan: «Glaubst du, sie hat ihr Pärchen schon gefunden?»

Mona hatte sich das auch gefragt. «Wohl eher nicht.»

«Das arme Kind.»

«Ja, muß ganz schön hart sein, wenn man so spezialisiert ist.»

Susan schien in Gedanken versunken zu sein. «Hast du gewußt, daß Wale es zu dritt machen?»

Mona schnitt ihr eine Grimasse. «Wie bitte?»

«Ja, wirklich. Bestimmte Walarten vollziehen den Geschlechtsakt zu dritt. Ich glaub, die Grauwale. Der dritte Wal legt sich seitlich ans Weibchen ran und stützt es ab, während die anderen zwei bumsen.»

Mona ließ sich das durch den Kopf gehen. «Ist der dritte Wal ein Männchen oder ein Weibchen?»

«Keine Ahnung.»

«Mensch, wozu bist du denn nütze? Wir brauchen hier *Fakten*, Futterwoman.»

Susan kicherte. Sie war anscheinend genauso beduselt wie Mona. «Sollte nur 'ne Randbemerkung sein.»

«Bist du sicher, daß du sie richtig verstanden hast?»

«Absolut», sagte Susan.

«Was würde sie schon anfangen wollen mit zwei älteren Damen?»

«Vögeln.»

Mona lachte.

«Außerdem ist sie gar nicht so jung. Das macht nur der Pferdeschwanz.»

«Schon ... aber ...»

«Aber was?» sagte Susan.

«Falls wir zurückgehen ...»

«Ja?»

«Na ja ... ich möchte nicht der dritte Wal sein.»

Susan lachte. «Wer will das schon?» Sie blieb an einer Kreuzung stehen, orientierte sich kurz und änderte dann ihren gemeinsamen Kurs.

«Die Zelte stehen aber dort hinten», sagte Mona zu ihr.

«Ich weiß. Ich muß nur noch was aus meinem Zimmer holen.»

«Was ist, wenn sie uns nicht will? Ich meine ... was ist, wenn sie nur mit einem richtigen Liebespaar kann?»

«Dann spielen wir eins», sagte Susan, die langsam in Fahrt kam.

Sie hatte ihr Zimmer in einer Pension nicht weit vom Marktplatz. Während Mona unten auf sie wartete, brachte Madonna den Gästen in der Taverne nebenan gerade ein Ständchen. Drei Minuten später kam Susan mit einer länglichen Schachtel zurück.

«Latextücher?»

Susan zwinkerte ihr zu. «Sollte man immer dabeihaben.»

«Was soll das heißen?»

«Also, komm. Wo lebst du denn?»

Mona wollte schon antworten, aber «In Gloustershire» hätte das nicht ganz erklärt.

«Sicher ist sicher», sagte Susan.

«Ach so.» Es dämmerte ihr. «Klar.»

Sie liefen Arm in Arm den stockdunklen Strand entlang und kicherten dabei wie zwei Teenager.

Verkleidungen

Brian kniete inmitten der anderen Eltern und Kinder auf dem sonnenüberfluteten Schulhof der Presidio Hill und gab seiner Fünfjährigen den letzten Schliff.

«Halt still, Puppy. Ich bin ja schon fast fertig.»

«Beeil dich», befahl sie. «Er kommt gleich.»

«Zu Befehl, Euer Majestät.»

Er tupfte mit dem Zeigefinger in das schmierige grüne Make-up und ließ die letzte weiße Stelle auf ihrer Wange verschwinden. «Es sieht richtig gut aus.»

«Ich will's auch sehen.»

«Moment.»

Sie hatte einen kleinen Handspiegel mitgebracht, der eigentlich aus dem Ankleidezimmer eines Puppenhauses stammte, und begutachtete sich darin mit wahrer Besessenheit. Schon vorher hatte sie mit seiner Hilfe den Sitz ihres «Panzers» – zwei flache Kartons, die er mit grünen Mülltüten bezogen hatte – überprüft und den Rollkragen ihres Pullis zurechtgerückt.

«Wo bleibt er denn?» fragte sie. «Er verpaßt noch alles.»

«Er muß erst noch die Gärtnerei aufschließen.» Beim Blick auf seine Armbanduhr stellte er fest, daß Michael eine halbe Stunde verspätet war. Er hatte wahrscheinlich herumgetrödelt und sich dann um Kundschaft kümmern müssen.

Shawna durchwühlte die Tasche mit den Bestandteilen ihres Kostüms. «Wo ist meine Ninjamaske?»

«Bei mir in der Jackentasche. Du brauchst sie noch nicht aufzusetzen. Der Umzug fängt erst ...»

«Ich will sie aufhaben, wenn Michael kommt.»

«Ach so ... okay. Du hast ganz recht.» Er holte die Maske – eigentlich eine orange Augenbinde mit Gucklöchern – heraus und knotete sie an ihrem Hinterkopf zusammen. «Siehst du was?»

«Ja.»

Er trat einen Schritt zurück und begutachtete sie. «Ich glaub, das haben wir gut hingekriegt.»

Sie krallte sich den kleinen Handspiegel.

«Na?» sagte er. Dann sah er aus dem Augenwinkel heraus Michael die Treppe von der Washington Street hochkommen.

«Puppy ... er kommt.»

Shawna warf den Spiegel zur Seite und stellte sich so in Positur, wie es sich für einen Teenage Mutant Ninja Turtle offenbar gehörte.

«Wo ist Shawna?» fragte Michael, der auf das Spiel einstieg.

Shawna kicherte und landete einen halbherzigen Karateschlag gegen sein Bein.

«O nein», sagte Michael. «Der gefürchtete Michaelangelo.» Er kniete sich hin, und Shawna hängte sich ihm boshaft lachend an die Schulter. «Du siehst toll aus», versicherte er ihr.

«Danke.»

«Gern geschehen.» Michael drehte sich zu Brian um. «Tut mir leid, daß ich so spät dran bin.»

«Nur keine Panik. Es hat noch nicht angefangen.»

«Genau», sagte Shawna. «Nur keine Panik.» Sie ließ Michaels Schulter los und düste quer über den Schulhof zu dem Platz, an dem sich die Kinder aus ihrer Gruppe für den Umzug aufstellten.

«Wie ist es gelaufen?» fragte Brian.

«Ganz gut.» Michael stand auf. «Polly ist mit Nate und dem Neuen da.»

«Ich hab schon befürchtet, daß zu viel zu tun war.» Er hoffte, daß sich das pflichtbewußt genug anhörte. Er hatte nämlich schon die ersten Schuldgefühle, weil er Michael im Stich ließ.

«Ach, was», sagte sein Partner. «Es war ziemlich ruhig. Ich hab die Scheißerei gekriegt, das ist alles.»

«Oh.»

Michael lächelte trübselig. «Nichts Dramatisches. Nur ... durchschnittlich.»

«Tja, weißt du ... du mußt nicht hierbleiben.»

«Ich weiß.»

«Wenn's dir zuviel wird ...»

«Dann sag ich Bescheid. Mach dir keine Sorgen. Außerdem ist es ja schon vorbei. Shawna sieht super aus.»

«Ja, nicht?»

«Hast du das Kostüm gemacht?»

«Ja.»

«Nicht schlecht, Papa.»

Brian sagte: «Sie hat auf dich gewartet. Sie hat sich nämlich nur deinetwegen so ins Zeug gelegt.»

«Wie niedlich.»

«Du wirst ihr fehlen, Mann.»

Obwohl Michael darauf nichts erwiderte, stand in seinen Augen etwas zu lesen. Brian konnte nur nicht sagen, was. Verlegenheit vielleicht? Traurigkeit? Verstimmung?

«Wohin geht der Umzug?» fragte Michael.

«Zum Saint Anne's», erwiderte Brian, dem der Themenwechsel sehr gelegen kam. «Das ist dieses Altersheim.»

Am Umzug beteiligt war ein ziemlich vorhersehbares Aufgebot an Hexen, Gespenstern, Piraten, Hulks und Nixons. Zu ihrem Entzücken war Shawna der einzige Teenage Mutant Ninja Turtle. Brian und Michael trotteten zusammen mit den anderen Erwachsenen neben dem Zug her wie Paparazzi bei einer königlichen Hochzeit – sie waren zwar da, aber auch wieder nicht.

Eigentlich wollte man mit dem Umzug die alten Leute aufheitern, als die Kinder aber eintrafen, war der Großteil der gehfähigen Bewohner von Saint Anne's in verschiedenen Kirchen zur Messe. Die leeren Flure des modernen Gebäudes wirkten kalt, und es roch durchdringend nach Urin. Nonnen in weißer Tracht – die Kleinen Schwestern von der Armut, wie Michael sie nannte – setzten das angespannte Lächeln von Wächterinnen auf, als die Prozession kleiner Heiden an ihnen vorüberzog.

Michael legte Brian die Hand auf den Arm. «Schau mal da.»

Ein Gespenst im weißen Bettlaken war aus dem Zug ausgeschert und starrte völlig verblüfft auf eine der Schwestern in ihrer weißen Tracht. Aus Michaels und Brians Blickwinkel sahen das Kind und die Nonne aus wie zwei sehr ungleiche Mitglieder des Ku-Klux-Klans.

«Casper, der kleine Geist, als Heiliger», sagte Michael.

Brian lächelte.

«Das ist alles ein bißchen surreal, hmh?»

«Ein bißchen?»

Durch das Innere des Gebäudes zog sich eine Minieinkaufspassage, die wie eine richtige Straße zurechtgemacht war. Es gab dünne Laternenpfähle aus Aluminium, Plastikpflanzen und diverse Pseudoläden, in denen kleine Annehmlichkeiten für die Heimbewohner bereitgehalten wurden. In der Eisdiele türmte eine der gespenstischen Schwestern gerade ein paar Kugeln Eis auf eine Waffeltüte. Ihre «Kundin» war eine alte Frau im Rollstuhl, die fast keine Haare mehr hatte.

Michael flüsterte Brian ins Ohr: «Schwester Mary von der Eisfabrik.»

Die alte Frau hörte das Geschnatter der Kinder und starrte mit offenem Mund und völlig verständnislos zu ihnen hinüber. Eine der Lehrerinnen brüllte: «Fröhliches Halloween.» Die alte Frau warf den außerirdischen Invasoren noch einen argwöhnischen Blick zu, bevor sie sich abwandte und ihre gelähmte Klaue um die Eistüte krampfte.

«Ogottogott», murmelte Brian fast unwillkürlich.

«Was ist?»

«Werden wir auch mal so?»

«Wenn du Glück hast», sagte Michael.

Brian wollte keine schlafenden Hunde wecken.

«O nein.» Michael verzog plötzlich das Gesicht.

«Was ist?»

«Ich brauch dringend eine Nonne.»

«Hmh?»

«Oder auch nur ein Klo. Was leichter aufzutreiben ist.»

Brian sah sich um. «Da vorne ist ein Schwesternzimmer.»

«Bis gleich.»

«Wir treffen uns draußen vor dem Eingang. Falls wir uns verlieren.»

«Okay.»

Michael rannte unauffällig zum Schwesternzimmer. Zwanzig Minuten später trafen sie auf dem Rasen vor dem Saint Anne's wieder zusammen.

«Alles in Ordnung?» fragte Brian.

Michael nickte. Er sah entschieden blaß aus. «Ich hab viele neue Freundschaften geschlossen. Wo ist Shawna?»

«Sie sind grad wieder zurückmarschiert. Wir können sie aber noch einholen.» Er legte Michael den Arm um die Schultern. «Tut mir leid, daß es dir nicht gutgeht.»

«Danke.»

«Wollen wir nach dem ganzen Zirkus frühstücken? Oder würde das alles nur schlimmer machen?»

«Nein, nein. Ich hab ja auch Hunger. Einen Bärenhunger.»

«Gut», sagte Brian. «Ich hab an der Clement ein tolles neues Lokal entdeckt.»

Es war Zeit, daß sie miteinander redeten.

Als Shawna vor der Schule aus ihrem Panzer kletterte, erklärte sie den Umzug zu einem vollen Erfolg.

«Zu Weihnachten machen wir einen historischen Umzug», erzählte sie Michael. «Kommst du da auch?»

«Na klar.» Michael sah verlegen aus. Es war ihm offenbar eingefallen, daß Shawna dann gar nicht mehr dasein würde.

Brian wischte ihr mit einem Kleenex das Gesicht ab. «Zu Weihnachten bist du noch ganz grün. Es ist wohl besser, wenn du da mit Wasser und Seife rangehst.»

«Nein», sagte sie. «Mit Hautcreme.»

«Na, großartig. Wir haben nur keine Hautcreme.»

«Aber Nicholas.»

«Dann frag ihn mal, ob du was davon abbekommst.» Er gab ihr einen Klaps auf den Po, als sie zu einem der Klassenräume flitzte. Sobald sie weg war, sagte er: «Wir haben ihr noch nichts von dem Umzug erzählt.»

Michael nickte, sah ihn aber nicht an.

«Hältst du das für unklug?»

«Brian . . .»

«Genau so ein Gesicht machst du nämlich.»

«Das geht mich alles nichts an.» Michael hörte sich ganz vernünftig an, aber irgendwas nagte an ihm.

«Mary Ann hat mit Burke noch nichts festgemacht, und sie fürchtet, daß Shawna alles ausplaudert.»

«Tja ...»

«Außerdem will ich ihr das alles erst zumuten, wenn wir ... du weißt schon, wenn wir ihr was Genaueres zu ihrem neuen Zuhause sagen können. Damit sie das Gefühl hat, daß sie irgendwo *hinzieht*, statt einfach nur wegzuziehen.»

Michael zuckte mit den Schultern.

«Wenn du das bescheuert findest, dann sag's nur.»

«Ich hab dazu keine Meinung.»

«Du lügst.» Brian sagte das durchaus fröhlich und lächelte dann, weil er hoffte, ihn damit aus der Reserve zu locken. «Aber du hast ja recht. Es ist auch ihr Leben. Sie hat ein Recht zu erfahren, was läuft.»

Er war seit jeher davon überzeugt, daß Kinder es spürten, wenn man ihnen etwas vorenthielt. Zumindest unterschwellig. Auf lange Sicht war Geheimniskrämerei gefährlich. Er nahm sich vor, noch einmal mit Mary Ann zu sprechen und darauf zu bestehen, daß sie es ihr sagten.

Shawna war ganz außer Atem, als sie mit einer Dose Hautcreme in der Hand zurückkam. «Er muß sie aber wiederhaben», sagte sie.

«Klar doch», sagte er und zwinkerte Michael zu. Michael bestellte sich Toast und aß ihn langsam.

«Da geht irgend so ein Virus um», versuchte Brian ihn zu beruhigen. «Es hat 'ne Menge Leute erwischt.»

Sein Partner nickte.

Perverserweise ging Brians Phantasie kurz mit ihm durch. Er sah Michael mit neunzig Pfund vor sich, im gleichen Zustand wie Jon damals, mit zweiunddreißig ein alter Mann. «Manchmal», schob er hastig nach, «wenn man seine Ernährung umstellt oder zu viel Obst und Gemüse ißt ...»

Michael bedachte ihn mit einem zaghaften, nachsichtigen Lächeln, als wollte er ihn auffordern, still zu sein.

«Schon gut», sagte Brian.

«Wie spät ist es?»

Er sah auf seine Uhr. «Elf.»

«Wir sollten jetzt gehen. Ich hab Polly nämlich gesagt, daß wir um elf zurück sind.»

«Erst muß ich noch was sagen.»

Michael sah ihn unruhig an. «Was?»

«Du... du sollst wissen, daß es mir nicht leichtfällt.»

«Was?»

«Das Weggehen.»

«Ach so.»

«Du bist mein bester Freund, weißt du, und... die Arbeit mit dir hat mir mehr bedeutet...»

«Brian, komm jetzt...»

«Herrgott noch mal, jetzt wart doch noch. Ich muß dir das sagen.»

Michael schaute auf sein Toastbrot.

«Wenn es dir peinlich ist, dann tut mir das leid, aber ich...»

«Es ist mir nicht peinlich.»

«Ich hab viel drüber nachgedacht, Michael. Wir haben so viel zusammen durchgemacht. Ich weiß sehr gut... wie dir da zumute sein muß.»

«Jetzt übertreib mal nicht mit...»

«Das tu ich gar nicht, ja? Ich seh die Dinge so, wie sie sind. Ich würd es nicht ertragen, wenn du das Gefühl hättest, daß ich... du weißt schon, dich im Stich lasse.»

«Das tust du nicht. Und ich seh's auch nicht so. Übertreib mal nicht mit der Analysiererei.»

Brian lächelte matt. «Das sagt Mary Ann auch immer.»

«Tja, zumindest in der Beziehung hat sie recht.»

«Irgendwas belastet dich aber», sagte Brian. «Das spür ich doch.»

«Weißt du, mein Magen...»

«Es ist nicht dein Magen. Hör mal. Ich kenn dich doch, Mann. Und ich mag dich sehr. Sag mir, was dir durch den Kopf geht.»

Um ihn nicht ansehen zu müssen, griff Michael nach einer Scheibe Toast. «Es hat nichts mit dir und mir zu tun.»

«Ich weiß, daß das nicht stimmt.»

«Doch. Kannst du mich nicht einfach da rauslassen?»

«Nein», sagte Brian lächelnd. «Tut mir leid. Du bist ein Teil meines Lebens. Und dagegen kann ich nichts tun. Los jetzt. Erzähl's mir.»

Michael seufzte und legte den Toast hin.

In aller Freundschaft

An diesem Tag hatte sich in ihrer Sendung alles um das moderne Hexenwesen gedreht, aber die Besenstielmätzchen aus der Trickkamera und deren schaurige Musikuntermalung waren ihren Studiogästen – drei Kristallenthusiastinnen aus Oakland, die Kleider mit Paisleymuster trugen – nicht so ganz gerecht geworden. Man hatte die drei nach verzweifelter Suche noch in letzter Minute als Ersatz aufgetrieben; alle richtig ernstzunehmenden Okkultistinnen waren anläßlich von Halloween zu den landesweiten Sendern übergelaufen.

Als Mary Ann dem merkwürdigen Trio nach der Sendung im Künstlerzimmer noch einmal begegnete, machte sie sich gleich auf eine Beschwerde gefaßt. Hexen galten neuerdings als Minderheit, und eine dieser alternden Hippietanten würde ihr bestimmt negative Stereotypisierung oder vielleicht sogar «hexistisches» Verhalten zum Vorwurf machen.

Aber sie strahlten übers ganze Gesicht.

«Das war vielleicht ein Spaß», sagte die Älteste.

Die beiden anderen pflichteten ihr grinsend bei.

«Sehr schön», sagte sie zu ihnen. «Dann kommen Sie doch am besten bald wieder.»

Na, das paßt ja mal wieder, dachte sie auf dem Weg in ihre Garderobe. Sie waren völlig berauscht von ihrem ersten Schluck Fernsehen, und alle anderen Zaubertränke schmeckten im Vergleich dazu schal. Hexen waren genauso leicht zu beeindrucken wie alle anderen.

Als sie in ihr Allerheiligstes kam, klingelte das Telefon.

«Ja?»

«Ich bin's, Mary Ann. Burke.»

«Oh, hallo.» Sie plumpste auf ihr Sofa und streifte sich die Schuhe von den Füßen. «Da bist du ja wieder. Wie war's in L. A.?»

«Schön. Nützlich. Ich hab noch ein paar Talente aufgetan.»

«Wunderbar.»

«Paßt es dir grade?»

«Ja.»

«Hattest du Zeit, drüber nachzudenken?»

«Mhm.»

«Und?»

«Ich denke, wir kommen ins Geschäft.»

Sie wußte nicht so recht, was sie erwartet hatte. Vielleicht einen kurzen schülerhaften Juchzer. Oder zumindest jungenhaftes Gelächter. Was sie bekam, war kurzes Schweigen und das Geräusch, das beim Ausatmen entsteht. «Tja», sagte er. «Na dann.»

Sie sagte: «Ich glaub, uns steht was Großes bevor.»

«Auf jeden Fall!»

«Wie sieht unser Zeitplan aus?»

Er sagte wie aus der Pistole geschossen: «Ich brauch dich Ende des Monats in New York.»

Das hatte sie zwar erwartet, aber sie stieß trotzdem einen Pfiff aus.

«Ich weiß. Ich mach's dir so leicht wie möglich. Ich besorg dir die besten Möbelpacker, die's gibt.»

«Ach, weißt du», sagte sie, «ich werd gar nicht so viel Zeug zu transportieren haben.»

«Verkaufst du deinen Kram?»

«Nein. Brian will mit Shawna hierbleiben.»

«Aber, ich meine, vielleicht ...»

«Nein», sagte sie. «Sie werden ganz hierbleiben.»

Schweigen.

«Er findet, es ist am besten so», sagte sie. «Und ich finde das auch.»

«Tja ...»

«Es wär nicht richtig, Shawna hier rauszureißen, und er hat

immerhin einen Laden hier.» Sie machte eine Pause, weil sie überlegte, wie Burke das wohl aufnahm. «Für den Anfang brauch ich wirklich nur was Möbliertes.»

Er schien zu zögern. «Ist das beschlossene Sache?»

«Ja.»

«Ganz und gar?»

«Ja», sagte sie ruhig. «Das hat sich schon länger angekündigt.»

«Versteh mich bitte richtig.» Er räusperte sich. «Es geht hier auch um einen Vertrag.»

«Ja, klar.»

«Läßt du dich scheiden?»

«Spielt das eine Rolle?»

Nach kurzer Überlegung sagte er: «Eigentlich nicht.»

«Wir regeln das in aller Freundschaft. Du brauchst dir keine Sorgen zu machen.»

«Okay ... wie du meinst.»

«Treffen wir uns?» fragte sie.

«Nein. Ich fliege am Abend nach New York zurück. Es gibt ja nichts, was wir nicht auch per Telefon klären könnten.»

Sie sah, daß sie einen zweiten Anruf hatte. «Bleib mal kurz dran», sagte sie. «Ja?»

«Schon gut. Ich meld mich ab. Wir telefonieren Anfang der Woche. Ich find's toll, Mary Ann. Und ich hab ein wahnsinnig gutes Gefühl.»

«Ich auch», sagte sie. «Also, bis dann.»

Sie drückte auf den blinkenden Knopf. «Ja?»

«Wachdienst hier, Mary Ann.»

«Ja?»

«Ihr Mann ist da.»

Was sollte das denn, zum Teufel noch mal? «Will er mich abholen?» fragte sie.

«Keine Ahnung.»

«Na, dann fragen Sie ihn doch bitte!»

«Kann ich nicht. Er ist schon unterwegs zu Ihnen.»

«Na toll.» Sie knallte den Hörer auf die Gabel und hatte auf einmal schreckliche Angst.

Kurz darauf klopfte es an der Tür.

«Ja?» rief sie ruhig.

«Ich bin's.»

Sie öffnete die Tür. Er sah elend und entkräftet aus, wie ein Verirrter, der in eine Rangerstation taumelt.

«Was ist los? Was ist passiert?»

«Das will ich von dir wissen», sagte er.

«Hmh?»

«Michael sagt, du willst nicht, daß ich mit dir mitgehe.»

Diese Plaudertasche, dachte sie.

«Stimmt das?»

Sie schloß behutsam die Tür und deutete auf einen Sessel. Er war in seinem Schockzustand dermaßen unterwürfig, daß er sich sofort setzte. Er starrte sie mit rot geränderten Augen an und wartete auf Antwort.

«Er hätte das nicht sagen sollen», sagte sie zu ihm.

Er nickte langsam. Offenbar faßte er ihre Bemerkung als ein Ja auf. «Ich hab gedacht, vielleicht...» Er unterbrach sich, als ihm Tränen in die Augen schossen und gleich darauf über die Wangen liefen.

Sie setzte sich auf die Armlehne seines Sessels und legte ihm sanft die Hand auf den Arm. «Bitte, glaub nicht...»

Es klopfte an der Tür.

«Ja?» rief sie gereizt.

Raymonds gelgestärkter Stachelkopf schob sich durch den Türspalt. «Tut mir leid. Ich brauch ein paar Autogramme fürs Studiopublikum.»

«Kommen Sie bitte später wieder.»

«Aber die Leute gehen in...»

«Raymond...»

«Klar. Entschuldigung.» Er schloß die Tür.

«Ich hatte gehofft, wir könnten heute abend drüber reden», erklärte sie Brian.

«Wie lang ist das bei dir schon so?»

Sie gab keine Antwort.

«Einen Monat? Ein Jahr? Sag schon.»

Sie streichelte seinen Arm und schlug den sanftesten Ton

an, zu dem sie imstande war. «Aber, du hast es doch auch gespürt.»

«Nein.» Er schüttelte ihre Hand ab und stand auf. Seine Wangen waren naß vor Tränen, und ihm versagte fast die Stimme vor Zorn. «Nein, das stimmt nicht. Ich hab das ganz und gar nicht gespürt.»

Sie blieb auf der Armlehne sitzen und schwieg für einen Moment. «Tut mir leid, daß du's so hast erfahren müssen.»

«Tja, nun ...» Er suchte verzweifelt nach etwas, womit er sie verletzen konnte. «Was gibt's sonst noch Neues? Ich bin ja sowieso immer der letzte, der was erfährt. Aber klar, das muß man ja schließlich verstehen, wenn du jetzt auf dem Weg zum großen Star bist ...»

«Brian ...»

«Was hab ich getan? Hab ich dich im Stars vor diesen Salonlöwen blamiert?»

«Du hast mich noch nie blamiert.»

«Scheiße!»

Sie behielt die Fassung, indem sie den Stoff auf der Armlehne glattstrich. «Wenn's dir damit besser geht, daß du mich als die Böse hinstellst.»

«O ja! Und wie. Mir geht's großartig! Mir ist gradezu schwindlig vor Glück!»

«Wenn du wenigstens ...»

«Dieses verfluchte Arschloch!»

Darauf hatte sie schon gewartet, und sie war entschlossen, ruhig zu bleiben. «Du weißt ganz genau, daß Burke und ich ...»

«Er nimmt mir dich doch weg, oder? Er legt einen Haufen Geld hin für dich teures Stück, und schon bist du auf und davon!»

«Nicht so laut, bitte.»

«Weiß er Bescheid?»

«Worüber?»

«Darüber, daß du Mann und Kind sitzenläßt?»

Sie zuckte zurück. «Ich lasse niemand sitzen.»

«Wo du recht hast, hast du recht! Das ist nämlich ein Luxus, der dir nicht vergönnt sein wird.» Er stürzte zur Tür.

«Halt, Brian. Sei nicht dumm. Wohin willst du?»
«Das kann dir doch egal sein.»
«Ach, komm. Setz dich. Wir können auch irgendwo Essen gehen.»
«Steck dir dein Essen sonstwohin!» Er riß die Tür auf, drehte sich noch einmal um und schleuderte ihr eine letzte boshafte Bemerkung hin. «Du bist ein herzloses Miststück, weißt du das?»
Er schlug die Tür mit solcher Wucht zu, daß eine ihrer Auszeichnungen von der Wand fiel.

Sie schminkte sich ab und rief dann in der Gärtnerei an.
«Plant Parenthood.»
«Ich bin's, Michael.»
«Oh... hallo.» Er hörte sich sofort schuldbewußt an.
«Brian war grade da», sagte sie zu ihm.
«Ja. Das hab ich mir schon gedacht.»
«Ich wollte dir nur sagen, daß ich mich völlig verraten fühle von dir.»
«Tut mir leid. Aber was hätt ich denn tun sollen?»
«Es war abgemacht, daß du die Klappe hältst. Das hattest du mir versprochen.»
«Und wie lang ist das schon her?» fauchte er sie an.
«Was hat das denn damit zu tun?»
«Du hast mir gesagt, daß du's ihm sagen willst. Das hat es damit zu tun. Und das war vor Tagen. Der arme Kerl hat schon Pläne geschmiedet für New York. Verdammt, er hat sich bei *mir* dafür entschuldigt. Ich konnte einfach nicht so tun, als...»
«Und warum nicht? Ich hatte dich doch gebeten.»
«Na», sagte er schnippisch, «wenn das so ist...»
«Du hast ihn sehr verletzt. Und ich denke, das solltest du auch wissen.»
«Ich?»
«Was glaubst du, was für ein Gefühl das für ihn war, daß er das Ganze von dir erfahren hat? Allein der Gedanke, daß wir beide über so was Persönliches geredet haben, bevor er auch nur die geringste Ahnung davon hatte.»

«Na ja, gut, aber ...»
«Wenn du gesehen hättest, wie fertig er war ...»
«Also, du hast ja vielleicht Nerven!»
«Tja, denk mal drüber nach.»
«Ich denk schon drüber nach! Aber du bist diejenige, die ihn verläßt, meine Liebe, nicht ich!»
Er legte auf.
Sie saß an ihrer Frisierkommode und heulte.
Im Grunde waren die Männer doch alle gleich.

Ein langer Abend

Wenn's den Winter über viel regnet», sagte Thack, «dann sieht das Ding bis zum Frühjahr hübsch verwittert aus.»
Er redete von seinem Rosa-Winkel-Spalier, das inzwischen fertiggestellt war. Jetzt brauchten sie nur noch die rosa Klematis zu pflanzen, oder vielleicht auch Rosen (das hatten sie noch nicht entschieden), und darauf zu warten, daß die Natur das Ihre tat. «Es sieht toll aus», versicherte Michael ihm und trat einen Schritt zurück, um die Tischlerarbeit zu bewundern. «Besonders schön find ich, wie du die Ecken miteinander verbunden hast.»
«Ja, nicht schlecht, was?»
Michael brachte es nicht übers Herz, ihm zu sagen, daß das ganze Ding vielleicht gar nicht zu entschlüsseln sein würde; daß Blumen – und speziell Rosen – sich vielleicht gar nicht darum kümmerten, welche Grenzen ihnen das Spalier zu setzen versuchte.
Schweigend bewunderten sie Thacks Werk. Schließlich sagte Thack: «Ich mach mir Sorgen um Brian.»
«Ich auch.»
«Er ist gar nicht wieder zur Arbeit gekommen?»
«Nein.»
«Ich hätt gedacht, daß er wenigstens anruft.»

«Na ja, sie hat gesagt, daß er völlig fertig war.» Michael war ganz elend zumute. Mary Ann hatte vielleicht doch recht gehabt. Vielleicht hatte er wirklich alles nur noch schlimmer gemacht – und tatsächlich zu Brians Demütigung beigetragen –, indem er alles ausgeplaudert hatte. «Glaubst du, er ist sauer auf mich?»

«Nein. Hat sie das gesagt?»

«Nein, aber... wenn er mich als ihren Verbündeten ansieht...»

«Wie hat er reagiert, als du's ihm gesagt hast?»

«Eigentlich gar nicht. Er war wie betäubt.»

Thack nickte.

«Meinst du, ich hab Mist gebaut?»

«Keine Ahnung, mein Schatz.»

«Na, herzlichen Dank für deinen Vertrauensbeweis.»

«Es ist doch völlig egal. Irgendwann mußte er es ja erfahren.» Er legte Michael den Arm um die Hüfte. «Was macht dein Magen?»

«Unverändert», sagte Michael.

«Warum nimmst du nicht ein heißes Bad und entspannst dich?»

Das tat Michael dann auch eine halbe Stunde lang. Er zog gerade sein Nachthemd an, als das Telefon klingelte.

«Hallo.»

«Ich bin's, Mikey.»

«Oh... hallo, Mama.» Er ließ sich aufs Bett fallen und schaltete in seinen Muttermodus um.

«Ich hab schon eine Weile nichts von dir gehört, und da...» Wie immer brach sie an dieser Stelle ab. Er konnte sich nicht erinnern, daß sie diesen Satz jemals beendet hätte.

«Ich hatte schrecklich viel Arbeit. Tut mir leid.»

«Ich hab auf deinen Anrufbeantworter gesprochen.»

«Ich weiß», sagte er.

«Hat Thack dir das nicht ausgerichtet...?»

«Doch, doch. Ich hab's aber vergessen. Ich hab einfach zu viel um die Ohren. Wie geht's dir?»

«Ach . . . ich kann nicht klagen.»

«Na, ist doch schön.»

«Und wie geht's dir?»

«Ganz gut. Ich sprech auf das AZT offenbar an. Meine Helferzellen werden nicht mehr weniger.»

Sie schwieg einen Moment. «Welche sind das noch mal?»

Er hatte das erwartet, war aber trotzdem verärgert. «Mama, hast du denn die Broschüre auch gekriegt, die ich dir geschickt habe?»

«Ja, schon. Aber die ist so furchtbar verwirrend.»

«Das wird's sein.»

Langes Schweigen. «Aber du hast es doch nicht, oder?»

«Nein, Mama», erklärte er ihr zum x-tenmal. «Ich hab den Virus. Im Moment geht's mir ganz gut, aber es ist möglich, daß ich es kriege. Das heißt, es ist sogar wahrscheinlich.» Herrgott noch mal, wie er dieses «es»-Gerede verabscheute. Wie konnte er ihr je begreiflich machen, daß er «es» schon seit der Zeit hatte – oder «es» ihn –, als man vor über sieben Jahren Jons Erkrankung diagnostiziert hatte? Die meisten Leute glaubten, daß man das Ding kriegte und dann starb. In Wirklichkeit kriegte man das Ding und wartete.

«Tja . . . ich finde, du solltest das positiv sehen.»

Es war typisch für sie, daß ihr die Doppeldeutigkeit ihres Rats gar nicht bewußt war. «Tu ich auch, Mama.»

«Deinen Vater haben seine Sorgen umgebracht . . . das ist so sicher, wie ich hier sitze. Mehr als der Krebs.»

«Ich weiß», sagte er. «Ich weiß, daß du das glaubst.»

«Ich muß immer dran denken, ob du schon eine nette Gemeinde gefunden hast mit einem Pastor, den du magst . . .»

Es dauerte nie lange, bis sie damit anfing. «Mama.»

«Schon gut. Ich hab nur meine Meinung gesagt.»

«Gut.»

Thack marschierte nackt durchs Zimmer. Er war mit einer Flasche Crabtree & Evelyn-Badegel auf dem Weg in die Badewanne. «Ist das Alice?» fragte er.

Michael nickte.

«Sag ihr schöne Grüße von mir.»

«Thack läßt dir schöne Grüße ausrichten», sagte Michael zu seiner Mutter.

«Ja, von mir auch schöne Grüße.»

«Sie grüßt zurück», sagte er zu Thack.

Thack beugte sich über das Bett und lutschte an Michaels großem Zeh. Michael riß den Fuß weg und versuchte, Thack einen Klaps auf den Arsch zu geben, aber sein Liebhaber wich dem Schlag aus und tänzelte lachend ins Badezimmer.

«Und was hast du in letzter Zeit so gemacht?» fragte er seine Mutter.

«Na ja ... Etta Norris und ich waren in dem neuen Multiplex und haben uns diesen Film mit Bette Midler angeschaut, von dem du mir erzählt hast.»

«Ach, ja? Und wie war's?»

«Sie hat mir gut gefallen.»

«Hab ich dir doch gesagt.»

«Mir hat sie aber wahrscheinlich nicht annähernd so gut gefallen wie Etta. Sie hat sich fast kringelig gelacht.»

Michael brüllte ins Badezimmer, wo Thack herumplanschte, als wäre er eines der Tiere in der Marine World: «Sie mag Bette Midler.»

Thack lachte.

«Wie?»

«Nichts, Mama. Ich hab nur Thack gesagt, daß Bette Midler dir gefallen hat.»

Thack schrie aus dem Bad: «Ich hab immer schon gewußt, daß so was passiert, wenn die Ozonschicht erst mal kaputt ist.»

«Was hat er gesagt?»

«Nichts Wichtiges, Mama.»

«Hör mal, Mikey, letzte Woche haben sie endlich Papas Grabstein aufgestellt. Er sieht richtig hübsch aus.»

«Tja ... schön.»

«Ich hab ein paar Fotos davon gemacht, damit du weißt, wie er aussieht.»

Einen Moment lang hatte er nur das Blumengesteck vor Augen, das ihn beim Begräbnis seines Vaters im vergangenen Jahr wie ein Schlag in die Magengrube getroffen hatte. Eine senile bibeltreue Tante aus Pensacola hatte es geschickt, und seine Mutter, die auf das Gesteck ganz stolz gewesen war, hatte es in der Leichenhalle an prominenter Stelle aufstellen lassen.

Ein Bett aus weißen Nelken hatte den Hintergrund für ein ebenfalls weißes Spielzeugtelefon gebildet. Darüber hatte in üppigen Glitzerbuchstaben gestanden: JESUS HAT GERUFEN. Darunter dann: UND HERB IST GEKOMMEN. Zu Michaels Entsetzen hatte niemand von den damals Anwesenden – nicht einmal seine jüngeren Cousins – darin auch nur den leisesten Hauch von Komik erkennen können. Zu guter Letzt hatte er aus der Taco-Bell-Filiale in der Nähe Thack angerufen, um wenigstens mit ihm darüber zu lachen.

Er versuchte – vergeblich –, sich vorzustellen, was seine Mutter unter einem «hübschen» Grabstein verstand. «Es freut mich, daß er schön geworden ist», sagte er zu ihr.

«Es ist so hübsch dort.»

Sie meinte offenbar den Friedhof.

«Es war wirklich klug von deinem Papa, daß er das Grab gekauft hat. Weißt du, die sind heute so teuer, daß man sich kaum noch eins leisten kann.»

«Ja, das hab ich auch gehört.»

«Und er hat gleich dafür gesorgt, daß genug Platz da ist für die ganze Familie.»

Ihrem Verständnis nach war das taktvoll. Du brauchst dir keine Sorgen zu machen, sollte das heißen, wir haben auch für dich ein Plätzchen reserviert. Er ließ es kommentarlos durchgehen, weil er wußte, daß sie es gut meinte – genau wie damals vor Jahren, als sie immer wieder versucht hatte, ihn davon zu überzeugen, daß er Weihnachten doch «bei der Familie» in Orlando verbringen solle. Es war ihr nie in den Sinn gekommen, daß seine Familie vielleicht woanders war.

Sie schwafelte noch eine halbe Stunde weiter und erzählte ihm alles mögliche über Leute, die er schon seit mindestens fünfzehn Jahren nicht gesehen hatte. In ihren Tratschereien ging es zumeist um Kinder, da seine Freunde und Freundinnen aus der High-School-Zeit inzwischen Eltern waren und ihre Kinder alt genug, um zu trinken, Dope zu rauchen und «mit dem Gesetz in Konflikt zu kommen».

Orlando war ganz anders als früher. Soviel hatte er festgestellt, als er zum Begräbnis nach Hause gefahren war. In den Jahren seit seinem Weggang waren die Bäume in Disney World zu einem richtigen Eichenwald herangewachsen. Die Mickeys und Goofys, die dort ihrem Gewerbe nachgingen, fand man jetzt nach Dienstschluß im Parliament House – dem P. H. für Eingeweihte –, einer sterilen schwulen Ladenpassage, in der Ledermänner, Country & Western-Schwule und die Collegeschuhfraktion ihre jeweils eigenen Kneipen hatten.

Soweit er sich erinnern konnte, hatte der Friedhof abgesehen von seiner Nähe zur Autobahn eine breite Palmenallee und einen atemberaubenden Blick auf einen Piggly-Wiggly-Supermarkt zu bieten.

Nein danke!

Thack kam in seinem Frotteebademantel aus dem Bad. «Wie geht's ihr?» fragte er.

«Gut.»

«Was wollte sie denn?»

«Tja... unter anderem hat sie versucht, mir in Florida ein Grab zu schaufeln.»

«Hmh?»

«Der Grabstein meines Vaters ist jetzt da, und sie bemüht sich um die Familienzusammenführung.»

Thack verdrehte die Augen und setzte sich auf die Bettkante. «Überlaß das mal mir», sagte er.

«Sie wird dich bekriegen deswegen.»

«Ach, auf keinen Fall. Sie mag mich doch.»

«Das spielt dabei überhaupt keine Rolle. Glaub mir.»

Thack zupfte kurz an der Bettdecke herum. «Hast du ihr gesagt, was du willst?»

«Nein.»

«Wirst du's ihr sagen?»

«Ich glaub, ich muß ihr schreiben», sagte Michael. «Für ein kleines Pläuschchen am Telefon ist das Thema doch zu heikel.»

Thack lächelte. «Dreh dich um.»

Michael drehte sich um. Thack setzte sich rittlings auf seinen Rücken und knetete die Muskeln an seinem Nackenansatz durch.

«Das sind alles richtige Christen da unten», sagte Michael. «Sie werden mich im Wohnzimmer aufbahren und mit selbstgemachtem Essen ankommen.»

Sein Liebhaber lachte. «Ach, sei doch still.»

«Bestimmt. Du hast ja keine Ahnung.»

«Ja, ja.»

«Und gleich neben mir werden sie dieses Spinnrad mit dem riesigen Philodendron drauf hinstellen...»

«Entspann dich jetzt.»

«Tiefer», sagte Michael. «Das ist toll.»

«Hier?»

«Ja.»

Thack nahm den verspanntesten Muskelstrang zwischen Daumen und Zeigefinger. «Was sitzt da eigentlich fest? Mary Ann?»

«Mußt du unbedingt 'nen Namen dafür finden?» sagte Michael. «Kannst du's nicht einfach massieren?»

Die neue Türklingel ließ sie beide hochfahren. Michael war dieses Modell bei Pay 'n Pak wegen seiner schlichten Gestaltung und seines lyrischen Namens ins Auge gestochen – die Lerche. In Wahrheit feuerte das Ding jedoch eine regelrechte Maschinengewehrsalve ab, solange der Klingelknopf gedrückt blieb. Und nur die allerkürzeste Berührung löste das satte Dingdong aus, das man normalerweise mit einer Türklingel verbindet.

Außerdem drehte der dämliche Hund jedesmal durch.

«Harry», rief Thack, während er von Michaels Rücken sprang. «Halt die Schnauze, verdammt!»

«Wen erwarten wir denn?»

«Niemand.»

Harry war inzwischen im Wohnzimmer und kläffte wie verrückt. Michael packte ihn und sperrte ihn ins Gästezimmer.

Als er durch den Spion in der Eingangstür linste, sah er Brians verzerrtes Gesicht vor sich, das im Schein der Verandabeleuchtung rotgolden wie ein Karpfen schimmerte. Brian war der einzige Mensch aus ihrem Freundeskreis, der nie daran dachte, daß man nur ganz kurz auf die Klingel drücken durfte.

Michael öffnete die Tür. «Hallo.»

«Hallo. Entschuldige, daß ich nicht vorher angerufen habe.»

«Macht doch nichts.»

«Paßt's grade nicht?»

«Ach was.»

Thack ließ Harry aus dem Gästezimmer. Der Hund vollführte um Brian einen kleinen Hüpftanz ohne jedes Gebell, wie er nur dem engsten Familienkreis vorbehalten war.

«Wie geht's denn so, Harry?» Brian ließ den Hund kurz an seiner Hand schnuppern, entzog sie ihm dann aber gleich wieder. Zu mehr fehlte ihm anscheinend die Energie. «Ihr wart im Bett, hm?»

Thack schüttelte den Kopf. «Auf dem Bett. Rücken massieren.»

«Ach so.»

«Setz dich. Sollen wir dir ein bißchen Polentalasagne aufwärmen?»

«Nein, danke.» Er sank in den Lehnstuhl, als würde er vielleicht nie wieder aufstehen.

«Wir haben auch noch Wein da», sagte Michael. «Sauvignon blanc.» Ihm war gerade erst aufgefallen, wie trübe Brians Blick war.

«Habt ihr auch Scotch?»

«Eigentlich nicht.»

«Wie wär's mit Rum?» schlug Thack vor.

Michael sah seinen Liebhaber an. «Wo haben wir Rum?»

«Unter der Spüle, gleich neben den Putzmitteln.»

«Seit wann?»

«Wir haben ihn letztes Jahr für den Eggnog gekauft.»

«Ach so, ja.»

«Rum wär toll», sagte Brian.

Michael brachte die Flasche und ein Glas. Seinem kleinen Gang schien eine gewisse Dringlichkeit anzuhaften – als handelte es sich um ein Serum, das im Hundeschlitten über den Yukon transportiert wird. «Wir haben kaum was zum Mixen da. Eine Kirsch-Cola Light vielleicht?»

«Ich trink ihn pur.»

Michael schenkte ein paar Zentimeter hoch ein. Brian kippte das Zeug in einem Zug hinunter und gab ihm das Glas zurück. «Ich weiß, es ist ein Klischee, aber es mußte sein.»

Michael lächelte. «Noch einen?»

«Nein. Das reicht. Danke.»

«Keine Ursache.»

Brian sah auf seine Hände, die zwischen seinen Beinen schlenkerten. «Ich hab mit ihr geredet», sagte er.

«Ach, ja?» Michael hielt es für das Beste, ihm ihren Anruf zu verschweigen. Das würde sonst bloß wieder Probleme geben. Er stellte das Glas ab und setzte sich neben Thack aufs Sofa.

«Warum hab ich das nicht kommen sehen?» sagte Brian. «Wo hab ich nur meine Sinne gehabt?»

Es folgte langes Schweigen, während dem Harry auf den Lehnstuhl hüpfte und das Kinn auf Brians Bein legte.

«Dabei hab ich alles ganz klar vor Augen gehabt, weißt du.»

«Was heißt das?» fragte Michael.

«New York», erklärte Brian. «Wir hatten ein Backsteinhaus in der Upper West Side. Und eine Katze. Und Shawna und ich waren in den Museen fast schon zu Hause.» Brian kraulte dem Hund den Rücken. «Ich hab mich einfach treiben lassen, weil alles so sahnemäßig gelaufen ist.»

«Warum auch nicht?» sagte Thack ruhig.

«Aber... wenn ich mich besser mitgeteilt hätte...»

«Hör mal», sagte Thack, «das ist doch nicht deine Schuld.»

Michael, dem gerade durch den Kopf ging, wie heterosexuell das Wort «sahnemäßig» doch war, warf seinem Liebhaber einen nervösen Blick zu. Hier war Neutralität gefordert, und Thack war mal wieder knapp davor, sie aufzugeben. «Ich finde nicht, daß es hier um Schuld geht.»

Thack schaute ihn böse an.

«Ich kann nicht in die Wohnung zurück», sagte Brian. «Nicht, solange sie noch da ist.»

Allgemeines Schweigen.

«Ich weiß, jemand muß mit Shawna reden, aber...» Brians Gesicht ballte sich zusammen wie eine Faust und verlor im Schmerz jede Kontur. Er begann, lautlos zu schluchzen.

Michael und Thack rührten sich nicht.

«Tut mir leid, Jungs.»

«Das macht doch nichts», sagte Michael.

«Es überkommt mich einfach, wißt ihr?» Brian wischte sich über die Augen. «Ich hab gedacht, ich hätt es im Griff.»

Die Klingel feuerte eine neue Salve ab und ließ sie alle zusammenzucken. Harry sprang von Brians Schoß und bellte heftig gegen den neuesten Eindringling an.

«Wer ist das denn?» Thack sah Michael an.

«Keine Ahnung.» Michael hob den Pudel hoch, was dazu führte, daß er sein Gekläffe auf ein tiefes Knurren reduzierte. Brian warf Michael einen besorgten Blick zu, als befürchtete er, daß Mary Ann höchstpersönlich vor der Tür wartete.

Thack linste durch den Spion. «O Gott.»

«Was ist?» sagte Michael.

«Was für ein Tag ist heute? Denk mal nach.»

Michael brauchte einen Moment. «Ach, du Schreck.»

«Haben wir nicht irgendwas?» fragte Thack.

Michael zermarterte sich den Kopf. Sie hatten seit Monaten keine Süßigkeiten mehr im Haus. Jedenfalls gab es keine, die den letzten Sündenfall in ihrem zuckerfreien Haushalt überlebt hätten. Nicht einmal Äpfel waren da. Das war jetzt schon das zweite Jahr hintereinander, daß sie vergessen hatten, sich einen Vorrat an süßen Spenden für die Kinder anzuschaffen. In diesem Viertel feierten nicht nur die Erwachsenen Halloween.

Die Klingel schlug erneut an.

«Vielleicht gehen sie ja wieder», schlug Thack vor.

«Das können wir nicht machen», sagte Michael. Er flitzte in die Küche und kramte aus der hintersten Ecke des Vorratsschranks eine Packung getrocknete Aprikosen hervor. «Wie viele sind's?» brüllte er.

«Nur einer», rief Thack. «Im Moment jedenfalls.»

Michael kam mit den Aprikosen zurück. Als er die Tür aufmachte, stand er einem nicht mal einen Meter großen Roger Rabbit gegenüber. «Na, du? Hallo.»

Das Kind hielt ihm wortlos eine Gump's-Tüte hin. Geplagt von Schuldgefühlen und getrieben von der Hoffnung, daß sie sich wie Tootsie Rolls anhören würden, warf Michael die Aprikosen schwungvoll hinein. Das Kind sagte «Danke» und lief zurück zu einer Horde von älteren Kindern, die auf dem Gehweg warteten. Michael machte die Tür zu und lehnte sich dagegen. Er kam sich wie der letzte Betrüger vor.

«Wenn du das mit mir gemacht hättest», sagte Brian, «hätt ich damit direkt Zielschießen auf dein Haus veranstaltet.»

Da anzunehmen war, daß noch mehr «Scherz-oder-Keks»-Eintreiber aufkreuzen würden, lief Michael eilig zum Noe Hill Market, wo er eine Riesenauswahl an Minischokoriegeln vorfand. Falls sie sie nicht alle verschenkten, konnte er sie am Morgen immer noch wegwerfen.

Als er wieder zu Hause war, nahm Thack ihn in der Küche beiseite, während Brian im Wohnzimmer lustlos mit Harry spielte. «Sollten wir ihm nicht das Gästezimmer anbieten?»

«Ich weiß nicht, Schatz.»

«Wir können ihn nicht einfach . . . wegschicken.»

«Ja, aber dann sieht es doch gleich so aus, als würden wir Partei ergreifen.»

«Ist doch egal.»

«Mir aber nicht. Ich bin auch Mary Anns Freund.»

«Na, das nenn ich Freundschaft. Grade erst hat sie dir die Schuld an dem ganzen Zirkus gegeben.»

Michael sah ihn einigermaßen böse an. «Wir machen's nur noch schlimmer, wenn er hierbleibt.»

«Herrgott noch mal», sagte Thack, «er ist dein Partner.»

«Halt mir keine Predigten, okay? Ich weiß, wer er ist.»

«Na gut, von mir aus. Dann ruf im Motel 6 an.»

«Das ist doch überhaupt kein Problem», sagte Michael.

Thack und er waren wieder im Wohnzimmer. Brian saß noch immer bei Harry auf dem Boden. «Bestimmt?» fragte er und sah hoch. «Ich kann auch ins Motel gehen.»

«Ach. Das ist doch lächerlich.»

Brian zuckte mit den Schultern. «Das hab ich schon öfter gemacht.»

«Nein, das ist doch ... Was, wirklich?»

«Ja. So ein paarmal.»

«Wann?»

«Was weiß ich. Voriges Jahr.» Er zog verlegen die Augenbrauen hoch.

«Du bleibst hier», sagte Thack.

Michael nickte. «Genau.»

«Also gut. Danke.»

Thack sah Michael an. «Ist das Gästebett bezogen?»

«Nein, aber ...»

«Das Sofa reicht völlig.»

«Tu nicht so edelmütig», sagte Michael. «Für solche Gelegenheiten ist das Gästezimmer doch da. Das heißt, nicht grade für *solche* Gelegenheiten ...» Es klingelte an der Tür.

«Scheiße.» Michael lugte durch den Spion. Diesmal waren es fünf. Ein einziges Gewusel aus Plastikumhängen und Plastikmasken.

«Das wird ein langer Abend», sagte Thack.

Brian half Michael, das Bett im Gästezimmer zu beziehen.

«Was ist mit Shawna?» fragte Michael. «Wer bringt sie morgen früh zur Schule?»

«Das kann Nguyet machen.»

«Bist du sicher? Ich meine, ich würde jederzeit ...»

«Nein. Das geht schon so. Danke.» Er sah Michael ernst an. «Können wir das Thema mal 'ne Zeitlang aussparen?»

«Klar.» Michael klemmte das obere Laken unter die Matratze und ließ ein Federkissen aufs Bett plumpsen. «Im Medikamentenschränkchen liegen ganz oben ein paar kleine Hotelzahnbürsten.»

«Danke.» Brian lächelte matt. «One-night-stand-Zahnbürsten.»

«Was?»

«Hast du sie nicht immer so genannt?»

Michael lachte glucksend. «Hast du ein Gedächtnis.»

«Tut mir leid, das Ganze, Michael.»

«Unsinn.»

«Ich kann nicht zurück. Ich kann nicht einfach ... drauf warten, daß sie verschwindet.»

«Versteh ich.»

«Ich hab gewußt, daß ich auf dich zählen kann», sagte Brian.

Das Kastro

Mona hatte fast das Gefühl, nach Hause zurückzukommen, als ihr Taxi auf der Küstenstraße um eine Kurve bog und mit einemmal Molivos vor ihr lag. Die knallbunten Fensterläden, die gemauerten Terrassen, der Schornstein der alten Olivenölfabrik, die genuesische Burg – all das hatte seine Exotik verloren und war ihr schlagartig altvertraut geworden. Sie war schon früher einmal hiergewesen und jetzt zurückgekehrt – eine Amazone bei der Heimkehr aus den Sapphischen Kriegen.

Sie fand es in gewisser Weise schön, daß sie den Lärm, der von der Esplanade kam, einordnen konnte. Es war der Wäschelaster, der sich mit Hilfe einer Vorrichtung, die wie ein auf dem Dach montiertes Grammophon aussah, selbst ankündigte. Ein-, zweimal pro Woche transportierte er die Schmutzwäsche der Touristen nach Mitilíni, sechzig Kilometer durch die Berge. Die Einwohner von Molivos waren ein stolzes Völkchen, das seine eigene Wäsche wusch, nicht aber die von anderen.

Als ihr das Geplärre des Lautsprechers zum erstenmal in die Ohren gedrungen war, hatte sie den Atem angehalten und auf die Nachricht gewartet, daß es einen Putsch gegeben hatte.

Sogar jetzt noch, fast drei Wochen später, unterstellte sie insgeheim, daß der Laster und die Faschisten etwas miteinander zu tun hatten. Wer wußte denn schon, was da gesagt wurde? Vielleicht war er ja *mehr* als nur der Wäschelaster. Vielleicht verkündete er ja irgendwelche amtlichen Erlasse.

Achtung! An alle Lesben. Achtung! An alle Lesben. Die Saison ist offiziell für beendet erklärt. Bitte räumen Sie unverzüglich die Straßen und kehren Sie in Ihre Heimatländer zurück. Dies ist die letzte Warnung. Ich wiederhole: Dies ist die letzte Warnung...

Sie lächelte und schaute aus dem Fenster. Eine Menge Läden und Restaurants waren während ihrer Abwesenheit mit Brettern verrammelt worden und zu Festungen gegen den bald einsetzenden Regen mutiert. Den letzten Touristen gewährte die an der schmalen Hauptstraße liegende meergrüne Grotte des Restaurants Melinda Zuflucht. Die Männer im Alte-Knakker-Café – ihr Name für das Lokal, in dem Stratos meistens aß – freuten sich anscheinend wie die Schneekönige, daß Molivos ihnen bald wieder allein gehören würde.

Wer kann es ihnen verdenken? dachte sie. Ich würde es auch mit niemand teilen wollen.

Sie ließ sich am glyzinienüberrankten Ende der Hauptstraße absetzen und gab dem Fahrer sein Geld. Diesen umständlicheren Weg zum Haus hatte sie dem einfacheren, von der Esplanade ausgehenden vorgezogen, weil der navigatorische Nervenkitzel sie reizte, sich durch das Gewirr von gepflasterten Gängen zu schlängeln. Sie genoß das Gefühl, an einem ihr so völlig fremden Ort den Weg zu kennen.

Als sie an den türkischen Brunnen kam, der die Stützmauer ihrer Terrasse zierte, blieb sie stehen. Sie blickte hinauf und sah im Gegenlicht flatternde Seide. Anna flötete ihr eine Begrüßung zu: «Da bist du ja wieder.»

«Ja, da bin ich», sagte Mona und schenkte ihr ein Lächeln von einer erfahrenen Reisenden zur anderen.

«Das war vielleicht ein Naturschauspiel.»

Sie saßen inzwischen, von großen Hüten beschattet, auf der Terrasse. Die langsam an Kraft verlierende Sonne hatte das

Meer in blaue Glanzfolie verwandelt, und es wehte eine leichte Brise. Die Glyzinie hatte ihre dicke Staubschicht verloren, was Anna zufolge auf ein sintflutartiges Gewitter zurückzuführen war.

«Echt?» sagte Mona. «In Skala hat's höchstens mal genieselt.»

«Tatsächlich?»

«Und wie lang hat's gedauert?»

«Die ganze Nacht. Uns war ganz schwindlig vom Ozon. Wir haben die Fensterläden aufgerissen und es einfach durchs Haus fegen lassen.» Anna lächelte fröhlich. «Ich hab mich ziemlich verrückt aufgeführt.»

«Ist denn der Strom ausgefallen?»

«Nein. Warum?»

«Weil im ganzen Haus Kerzen stehen.»

«Ach so. Das war wegen» – Anna senkte den Blick – «der Atmosphäre.»

«Atmosphäre?»

«Ja.»

Mona ging dem nicht weiter nach, aber das Bild, das ihr durch den Kopf schoß, zeigte eine Anna, die splitterfasernackt, den Kopf lorbeerumrankt und mit hochgestreckten Armen mitten im Gewitter stand wie eine übernatürliche Eva. «Hast du die Zeit im Haus genossen?»

Anna nickte.

«Aber, du hast ihn nicht rausgeworfen, weil ich . . .»

«Nein, Liebes. Wir wollten sowieso einmal ein bißchen Distanz haben.»

«Ihr braucht wohl 'ne Verschnaufpause», sagte Mona.

Ihre Mutter sah sie finster an.

«Er ist ja anscheinend ganz nett.»

«Und ob. Sehr.»

«Wie war's im Geburtsort von Dukakis' Vater?»

«Ganz reizend.»

Mona legte den behüteten Kopf schräg und lächelte Anna süffisant an. «Ihr seid gar nicht hingefahren, was?»

«Natürlich sind wir hingefahren.»

«Und wie lang wart ihr dort?» Sie sollte ruhig noch etwas zappeln.

Anna zögerte, bevor sie sagte: «Fast einen Tag lang.»

«Weißt du, du hättest mich auch einfach bitten können, daß ich mal für ein paar Tage verschwinde. Das hätt mir nichts ausgemacht.»

«Liebes, ich *versichere* dir...»

Mona lachte.

«Wie war's in Sapphos Geburtsort?»

«Schön.»

«Hast du ein paar nette Leute kennengelernt?»

«Ja, ein paar», sagte Mona und ließ es dabei bewenden.

Als Mona durch das Drei-Uhr-Läuten der Kirchenglocken wach wurde, war die Luft entschieden kühler, und vor ihrem Fenster ballten sich dicke, dunkle Wolken. Das war ihre letzte Siesta gewesen; am nächsten Tag würde sie in Athen wieder auf ihrem Gepäck sitzen und auf ihren Flug nach Gatwick warten. Wilfred hatte darauf bestanden, sie vom Flughafen abzuholen, und deshalb fühlte sie sich genötigt, ihren Zeitplan strikt einzuhalten.

«Was hast du alles noch nicht ausprobiert?» fragte Anna sie beim Tee.

Mona verdrehte die Augen. «Frag nicht.»

«Ich meine hier», sagte Anna lächelnd. «Hast du dich schon im *kastro* umgesehen?»

«Wie, gibt's hier auch Schwule?»

«Ich rede von der Burg, du Banausin.»

«Das ist mir schon klar.»

«Wenn du sie dir noch nicht angesehen hast... sie ist was ganz Außergewöhnliches. Vierzehntes Jahrhundert.»

«Schön. Gehen wir hin.»

«Es ist ein ganzes Stück zu Fuß.»

«Als hätte ich's geahnt», sagte Mona.

Sie marschierten in dem gepflasterten Labyrinth immer höher hinauf, bis sie auch das letzte Haus hinter sich gelassen hatten und über ihnen nur noch der Torturm aufragte. Zwei alte Frauen mit Apfelpüppchengesichtern und schwarzen Pullovern waren auf dem Weg nach unten, weshalb Anna ihnen ein fröhliches *«Kalispera»* entgegenzwitscherte, bevor sie Mona am Arm faßte und sie auf die schnörkelige Inschrift über dem Tor hinwies. «Hier haben mehr als vierhundert Jahre lang die Türken geherrscht. Sie sind erst 1923 abgezogen.»

Mona stellte sich vor, wie Stratos Anna an genau der gleichen Stelle genau das gleiche erzählt hatte. Und sie stellte sich auch den etwas doofen Blick vor, mit dem Anna ihn dabei wohl angesehen hatte.

«Das *kastro* selbst ist genuesisch und wurde von einer italienischen Adelsfamilie erbaut.»

Seufzend ging Mona hinter Anna durch das Tor und dann eine mit reichlich Gestrüpp bewachsene Anhöhe hinauf, die zu einem zweiten, noch mächtigeren Torturm führte. Zehn Meter über ihren Köpfen wuchs ein knorriger Feigenbaum direkt aus der Wand. Der Boden war nach einem erst kürzlich erfolgten Bombardement mit reifen Feigen noch ganz klebrig.

Die Tür des Hauptturms war an der Außenseite mit Eisen verstärkt, innen jedoch war das Holz den Touristenkrakeleien schutzlos ausgeliefert. Sie waren größtenteils in Griechisch verfaßt, und die merkwürdigen Buchstaben aus der klassischen Antike, die Mona sonst nur aus den Namen von amerikanischen Studentenverbindungen kannte, milderten ihre Anstößigkeit ein wenig. Das einzige englisch geschriebene Wort prangte in roter Farbe auf dem mittelalterlichen Holz: AIDS.

Sie wandte den Blick ab und ging weiter. Ihre Schläfen pochten, als sie die Freiflächen des inneren Befestigungsrings betrat.

Ihre Mutter schien ungerührt. «Dieser Teil hier wird als Bühne genutzt», erklärte sie. «Stratos hat mir erzählt, daß hier vor ein paar Jahren im Sommer die *Troerinnen* aufgeführt worden sind.»

«Ach ja?»

Anna ignorierte ihre lustlose Reaktion und kämpfte sich mühsam vorwärts, immer weiter hoch, bis die Burg allmählich einer Opernkulisse glich – ein Potpourri aus Türmchen und Trümmern und gemauerten Nischen, die das Meer einrahmten. Die dazu passenden wagnerianischen Wolken waren auch da, und der aufgefrischte Wind fuhr Anna in die Haare, so daß sie sehr medusenhaft aussah.

Sie sah Mona an und fuhr dann mit dem Arm die am Horizont sichtbare türkische Küstenlinie ab. «Troja», seufzte sie. «Stell dir das nur vor.»

«Wie, da drüben?»

«Ja, da drüben.»

Mona lehnte sich an eine der Zinnen und musterte das Gesicht ihrer Mutter, dessen inneres Leuchten ihr mit einemmal bewußt geworden war. «Du hast die Zeit hier sehr genossen, hm?»

«O ja.»

«Wie schön.»

«Ich hab noch nie jemand wie ihn gekannt.»

Mona zögerte etwas. Sie war überrascht, daß «er» so plötzlich aufgetaucht war.

«Er hat mich sogar gebeten, hierzubleiben.»

«Für wie lange?»

Anna zwinkerte ihr zu und machte eine unbestimmte Geste in Richtung Troja. «So lange.»

Mona lachte vor unbändiger Freude. «Wirklich?»

Anna nickte.

«Dann gibt's eine lesbische Hochzeit?»

«O Gott, nein!»

«Na gut. Dann also eine nichteheliche lesbische Lebensgemeinschaft.»

Sie mußten beide lachen, denn in ihrem Mißtrauen gegenüber Institutionen waren sie sich einig.

«Ist er reich?»

«Mona!»

«Ich wollte doch nur . . .»

«Er braucht sich nicht zu sorgen. Und zusammen hätten wir mehr als genug. Sein Schwager ist ein Dukakis.»

Mona lächelte.

«Ach, das hab ich dir noch gar nicht erzählt», sagte Anna. «Er hat verloren.»

«Wer?»

«Dukakis. Stratos hat es mir heute vormittag gesagt.»

«Oh.» Sie war ganz und gar nicht überrascht. Amerika war sowieso im Arsch.

«Stratos ist ziemlich betrübt deswegen.»

«Wie hast du reagiert?»

«Auf die Wahlen?»

«Auf seine Bitte.» Sie lächelte. «Sei nicht so kokett.»

Anna fuhr sich mit den Fingern durch ihre Medusenlocken. «Ich hab mit ihm noch nicht darüber gesprochen.»

«Ist er dir... wichtig?»

Anna nickte.

«Wichtig genug, um...?»

«O ja. Mehr als wichtig.»

«Was würdest du tun?» fragte Mona. «Das Haus verkaufen?»

«Wahrscheinlich.»

«Würdest du das übers Herz bringen?»

«Ich weiß es nicht. Aber die Treachers haben mir sowieso ein Angebot gemacht.»

«Wer sind die Treachers?»

«Sie wohnen im zweiten Stock.»

«Ach so.»

«Ein nettes junges Paar. Sie sind auf der Suche nach einem Haus. Ich bin sicher, daß sie gut darauf achtgeben würden.»

«Du würdest wahrscheinlich ein Vermögen dafür kriegen.»

«An einem Vermögen bin ich gar nicht interessiert.»

«Ich weiß, aber... ein Schaden wär's ja nicht. Du könntest in ganz Europa herumreisen und mich in Easley besuchen. Mensch, und ich würd dich hier besuchen. Das Opfer wär's mir wert.»

Anna lachte glucksend, hakte sich bei Mona unter und blickte auf den Spielzeugboot-Hafen und das an dem mythischen Hügel klebende Modellbaudorf hinab.

«Ich seh dich hier schon vor mir», sagte Mona.

«Ich bin doch schon hier», sagte Anna.

Mona lächelte sie an. «Du weißt, wie ich das meine.»
«Ja.»
«Hast du Angst, daß er es nicht ernst genug meint?»
«Nein. Überhaupt nicht.»
«Willst du denn gar keinen Weggefährten?»
«In meinem Alter?» Ein Lächeln huschte über Annas Lippen.
«Ach, komm.»
«Ich habe eine Menge Weggefährten. Ganz wunderbare sogar. Genau wie du.»
«Du willst hierbleiben. Das seh ich dir doch an.»
Anna nestelte an den Ärmeln ihres Kaftans herum. «Die Kinder würden das niemals verstehen.»
«Wenn du Michael meinst, der lebt sein eigenes Leben. Und du solltest das auch tun.»
«Mary Ann und Brian sind ja auch noch da...»
«Die sind doch alle aus dem Haus, Herrgott noch mal.»
«Trotzdem... ich habe eine gewisse Verantwortung.»
Mona hatte plötzlich das Gekritzel auf der Tür des Hauptturms vor Augen. Sie wußte genau, was in Anna vorging. «Hör mal», sagte sie, «Michael würde es dir nie verzeihen, wenn du das hier seinetwegen ausschlagen würdest.»
«Ach, Liebes...»
«Wenn das der Grund ist, dann werd ich's ihm sagen. Verlaß dich drauf.»
«Das wirst du gefälligst bleiben lassen.»
«Dein ganzes Leben lang hast du anderen Leuten gesagt, daß sie leben und sich frei fühlen sollen. Jetzt hör endlich auf, große Reden zu schwingen, und befolg mal selber deine Ratschläge.»
«Es reicht jetzt.»
«Du weißt, daß ich recht habe.»
«Es fängt zu regnen an...»
«Fahr nach Hause und erzähl's ihnen. Hör dir doch wenigstens an, was sie dazu sagen.»
Ihre Mutter antwortete nicht darauf, sondern hastete auf der Flucht vor dem Regenguß die Brustwehr entlang.

Als Brian vor dem Summit hielt, wartete Shawna wie abgesprochen in der Halle, wo sie in ihr Malbuch kritzelte.

«Wie geht's denn so?» fragte der Portier und beugte sich in den Jeep. Er platzte schier vor Neugier angesichts des Wechsels in den gewohnten Abläufen. Das war nun schon der vierte Morgen hintereinander, an dem Brian von anderswo dahergefahren kam, um seine Tochter abzuholen.

«Ach, nicht schlecht.» Er bemühte sich, unbekümmert zu klingen.

«He, ist denn was dran an den Gerüchten?»

«An welchen Gerüchten?»

«Daß Mary Ann mit ihrer Show in den Big Apple umzieht.»

«Ach so.» Er zuckte mit den Schultern. «Ja, sieht ganz so aus.» Er machte die Tür auf und ließ Shawna in den Wagen. «Wo hast du dein Essensköfferchen, Puppy?»

«Das brauchen wir heute nicht», klärte Shawna ihn auf. «Die Mutter von Solange macht uns Burritos.»

«Dann verlieren wir euch hier wohl, hm?» Der Portier ließ nicht locker.

«Na ja, es ist noch nichts ...»

«Wir brauchen ja nicht mitgehen mit ihr», krähte Shawna strahlend.

«Puppy.» Brian bedachte seine Tochter mit einem ermahnenden Blick, bevor er sich wieder dem Portier zuwandte. «Es ist alles noch in der Schwebe.»

Als Brian losfuhr, klopfte sein Inquisitor auf die Seitenwand des Jeeps und sagte: «Immer am Ball bleiben.» Das hatte alles etwas sehr Mitfühlendes, von Mann zu Mann Gesagtes, so daß Brian sich sofort fragte, ob der Portier den Stand der Dinge vielleicht ohnehin schon erraten hatte.

«Was hab ich denn falsch gemacht?» fragte seine Tochter.

«Nichts.» Er brachte es nicht über sich, sie dafür zu rügen, daß sie die Wahrheit gesagt hatte – oder zumindest ihre Einstellung dazu.

«Wann geht sie weg?»

«Nächste Woche, Puppy.»

«Kommst du dann wieder zurück?»

«Na klar. Selbstverständlich. Das hab ich dir doch gesagt.» Er streckte die Hand aus und zupfte an einem der strammen kleinen Zöpfchen, die Nguyet ihr geflochten hatte. «Wo sollt ich denn sonst hingehen, Dummerchen?»

«Was weiß ich.» Shawna senkte den Blick. «Bist du immer noch böse auf Mary Ann?»

«Nein. Ich bin nur ... ich war nie richtig böse auf sie, Puppy. Es hat ein Mißverständnis gegeben zwischen uns. Es macht mich traurig, wenn ich mit ihr zusammen bin, und deshalb bleibe ich bei Michael und Thack wohnen, bis sie weg ist.»

«Wirst du auch traurig sein, wenn sie weg ist?»

Er zögerte. «Schon. Ja.»

«Du sollst aber nicht traurig sein.»

Er sah zu ihr hinüber. «Ich werd mich anstrengen.»

Sie war durch einen vorbeifahrenden Kombi abgelenkt. Ein schwarzer Labrador saß auf dem Rücksitz und steckte seine glatte Nasenspitze durch das einen Spaltbreit aufgedrehte Fenster. Sie winkte ihm kurz zu, bevor sie sich wieder Brian widmete. «Hat Michael jetzt Aids?» fragte sie.

«Nein, Puppy. Michael ist nur HIV-positiv. Erinnerst du dich noch daran, wie er dir das alles erklärt hat?»

«Ja.»

«Warum fragst du dann?»

Das Kind zuckte mit den Schultern. «Mary Ann hat gesagt, daß er krank ist. Sie hat gemeint, daß du dich um ihn kümmerst.»

«Aha.» Das war also ihre Ausrede. «Er hatte eine Zeitlang Bauchweh, aber jetzt geht's ihm wieder gut.»

«Aha.»

«Das war ein ganz normales Bauchweh. Das kennst du doch auch von dir selber.»

Sie schaute wieder aus dem Fenster.

«Michael würde dir das sagen, wenn er richtig krank wäre. Mach dir da mal keine Sorgen.»

«Ist gut», sagte sie.

Als Michael und er am Nachmittag den Yuccas die braunen Spitzen abschnitten, erzählte er ihm von Shawnas Sorgen. «Sie war so durcheinander, das arme Kind.»

«Das überrascht mich gar nicht», sagte Michael.

«Was soll das heißen?»

«Na ja ... sie weiß doch auch nicht so recht, woran sie ist bei der ganzen Geschichte, oder?»

Der Vorwurf der Gleichgültigkeit, der in dieser Bemerkung mitschwang, ärgerte Brian. «Na, hör mal ... ich war völlig ehrlich mit ihr. Ich hab ihr jedenfalls keine Lügengeschichten erzählt von wegen, daß ich mich um dich kümmern würde.»

«Das ist mir schon klar.»

«Weißt du ... du hast dich aber ziemlich wertend angehört.»

«Tut mir leid.»

«Das ist typisch für sie, daß sie mit der Kleinen nicht offen redet, daß sie alles noch schlimmer macht mit ...»

«Irgendwas muß sie ihr doch sagen, Brian.»

«Dann soll sie ihr die Wahrheit sagen. Dann soll sie ihr sagen, daß ich verletzt und sauer bin. Was ist daran so schwer?»

«Hast du ihr das denn so gesagt?»

«Nein ... nicht ganz so ...»

«Na, also. Sie versucht doch nur, Shawna zu schonen.»

«Ich etwa nicht, hm?»

«Brian ...»

«Es ist *meine* Schuld, daß ihre Mutter wegläuft, damit sie in diesem beschissenen Medienzirkus mitmachen kann. Schon verstanden.»

«Ich rede nicht von Schuld, Brian. Wenn du dich einfach mal mit ihr hinsetzen und das Ganze durchkauen würdest ...»

«Hast du mit ihr geredet, oder was? Hat sie dir eingeflüstert, daß du so was sagen sollst?»

«Nein.»

«Sie hat dich weichgekocht, was? Wie hat sie's denn angestellt? Dir Abtrünnigkeit vorgeworfen?»

Michael verdrehte die Augen. «Ich hab noch kein einziges Mal mit ihr geredet, seit du ausgezogen bist.»

«Na ja . . .»

«Ich kann dir nur eins sagen: Es wird langsam Zeit, daß du ein bißchen erwachsener wirst und mit ihr redest. Du machst alles nur noch schlimmer.»

«Wenn *du* das sagst.»

«Je länger du es hinausschiebst . . .»

«Es reicht, Michael. Ich hab schon verstanden. Du bist genau das, was ich gebraucht habe . . . noch eine zweite Meckerliese.»

Michael steckte die Schere in den Werkzeuggürtel und ging weg.

«Warte», sagte Brian. «Tut mir leid, Mann. Hör nicht auf mein Gerede. Ich mein das ganze Gequatsche doch nicht ernst.»

«Ich pack das nicht, Brian. Ich weiß nicht, was ich dir noch sagen soll.»

«Du brauchst mir nichts zu sagen. Das erwart ich ja gar nicht von dir.»

«Die ganze Woche löcherst du mich schon. Ich kann nicht immer den Vermittler spielen.»

«Wann hab ich je . . .?»

«Himmel noch mal, Brian, jah-re-lang. Wenn ich für jedes Mal, wo du mich gefragt hast, wie sie über irgendwas wirklich denkt, fünf Cent gekriegt hätte, wär ich jetzt ein reicher Mann.»

«Weil sie mit dir redet, Mensch. Mir erzählt sie nie was. Du weißt Sachen über mein Leben, die nicht mal ich weiß.»

Michael musterte ihn mit stahlhartem Blick. «Es hilft halt, wenn man sich vorher ihr Vertrauen erworben hat.»

«Was soll das denn wieder heißen?»

«Ach, Brian . . .»

«Nein. Erklär's mir. Ich will es wissen.»

Michael bedachte ihn mit einem matten Lächeln. «Du hast sie so oft betrogen.»

«Wenn du Geordie meinst . . .»

«Nein. Nicht nur mit Geordie. Was ist mit der Frau aus Philadelphia?»

«Mit welcher Frau aus Philadelphia?»

«Du weißt schon. Brigid Dingsbums. Mit den großen Titten und den zweifarbigen Schuhen. Du hast damals gesagt, daß sie deine Cousine ist. Also, wirklich.»

Brian erinnerte sich. Er hatte vor etlichen Jahren mit ihr in der Gärtnerei vorbeigeschaut, lange, bevor er deren Teilhaber geworden war. Er hatte damals gerade einen ganz unglaublichen Mittagsquickie hinter sich und wollte ein bißchen mit ihr angeben. Michael war damals noch Junggeselle gewesen und damit noch ein vertrauenswürdiger Mitverschwörer in Lustdingen.

«Hast du Mary Ann davon erzählt?» fragte er.

«O Gott, nein», sagte Michael. «Sie hat mir von der Geschichte erzählt. Ich hatte doch keine Ahnung. Für meinen Geschmack war der ganze Cousinenquatsch viel zu leicht durchschaubar, um eine ausgemachte Lüge zu sein.»

«Aber, wie hat sie dann überhaupt . . .?»

«Sie hat Augen im Kopf, Brian. Du bist nicht so diskret, wie du vielleicht meinst.»

Brian ließ das mit leichtem Schmerz auf sich wirken. «Hat sie dir das grade erst erzählt?»

«Nein. Schon vor Jahren.»

«Warum kommst du dann jetzt damit an?»

Sein Partner seufzte schwer. «Weil du so tust, als würd dir Unrecht geschehen.»

«Mir geschieht auch Unrecht.»

«Na schön.»

«Seit wann bist du eigentlich so ein kleiner Calvinist?»

«Ich rede nicht über den Sex; ich rede über das Lügen.»

«Ich hab schon seit Jahren nicht mehr rumgevögelt, und das weißt du genau.»

«Seit Geordie, stimmt's? Seit du dir fast in die Hosen gemacht hast vor Angst. Tut mir leid, aber dafür gibt's keinen Preis.»

Brians Gesicht war krebsrot. «Ausgerechnet du mußt so was sagen. Das ist doch die pure Ironie!»

«Ausgerechnet ich? Was soll das heißen?»

«Du warst doch die Hure Babylons, Michael.»
«Mag sein, aber ich war nicht verheiratet.»
«Aber nur, weil das gar nicht ging. Du und Jon, ihr wart doch auch ein Paar. Wenn er noch leben würde...» Er unterbrach sich, weil er über die Sorglosigkeit erschrak, mit der er auf dieses Feld vorgedrungen war.
«Was wär denn, wenn er noch leben würde?»
«Nichts. Tut mir leid. Ich hätte das nicht sagen sollen.»
Michael sah ihn mit großen, melancholischen Augen an und marschierte dann wortlos ins Büro.
Für den Rest des Tags gingen sie sich aus dem Weg.

Ja, früher...!

Ich würd nicht mit ihm rechnen», sagte Michael am Abend zu Thack. «Jedenfalls nicht zum Abendessen.»
Thack schaute von den Hähnchenbrüsten auf, die er gerade panierte. Jenseits des großen Fensters in seinem Rücken rollte der Nebel wie weiße Lava die Hügel hinab. «Was ist passiert?»
«Wir haben uns gestritten.»
«Worüber?»
«Über nichts Besonderes. Wir haben uns gegenseitig Hurenböcke genannt.»
Thack richtete die Hähnchenbrüste auf einem Backblech an. «Öfter mal was Neues, hm?»
«Ja, ich weiß.»
«Hat's mit Mary Ann zu tun?»
Michael machte eine Pause. «Irgendwie schon.»
«Das hab ich mir gedacht.»
«Na ja... er hat richtig frömmlerisch dahergeredet. Dabei war er doch selber kein Heiliger. Sie hat wirklich oft genug Grund gehabt...»
Das Telefon klingelte.
Michael griff danach und zog die Antenne heraus. «Hallo.»

«Ich bin's, Mouse.» Es war Mary Ann.

«Hallo.»

«Ist er da?»

«Nein.»

«Ist sie das?» fragte Thack nicht gerade *sotto voce*.

Michael nickte ihm verärgert zu und drehte sich weg. «Ich werd ihm sagen, daß du angerufen hast, ja?»

«Nein, nicht. Ich wollte sowieso mit *dir* reden.»

«Weswegen?»

«Gleich wickelt sie dich um den Finger.» Thack nervte ganz gehörig. Michael schaute ihn böse an und marschierte aus der Küche. Das schnurlose Telefon war manchmal ganz schön praktisch.

«Ich möcht mich mit dir treffen, Mouse.»

Er ließ sich im Wohnzimmer aufs Sofa fallen und streifte sich die Schuhe von den Füßen. «Schon wieder?»

«Mach's mir nicht so schwer», sagte sie.

«Tja, dann sag mir doch, was du willst.»

«Ich hab eine Einladung zu einer Party heute abend.» Sie legte eine spannungssteigernde Pause ein. «Hättest du Lust, mit mir mitzukommen?»

«Schatz ... sieh mal ...»

«Ich komm mir vor, als wären alle gegen mich, Mouse.» Sie hörte sich ganz verzagt und traurig an.

«Ach, nein, nicht doch», sagte er und spürte schon, wie er dahinschmolz.

«Wie sollte ich mir denn sonst vorkommen?» Sie stand anscheinend kurz vor dem Heulen. «Komm doch mit, Mouse. Dann können wir miteinander reden. Wir brauchen auch gar nicht lang zu bleiben.»

«Wenn du nur reden willst ... können wir uns da nicht einfach ...?»

«Ich muß da hin. Ich hab zugesagt. Ich hab mich damals doch ganz auf Brian verlassen, als ich ...»

«Ach so ... das heißt, du brauchst so eine Art Gigolo.»

Ihre Reaktion war harsch. «Du weißt, daß das Unsinn ist. Ich hab nur gedacht, wir könnten ...»

«Zwei Fliegen mit einer Klappe schlagen?»

Das Schweigen dauerte so lange, daß er sich schon fragte, ob sie aufgehängt hatte. «Warum bin ich auf einmal so schrecklich?» sagte sie schließlich. «Was hat er dir erzählt?»

«Gar nichts.»

«Aber, warum bist du denn dann so?»

Er seufzte resigniert.

«Ich hab gedacht, es würd dir dort gefallen», sagte sie. «Es herrscht Smokingzwang, und das Ganze findet in einem wunderschönen Haus draußen in Sea Cliff statt.»

Thack betrachtete seine Zusage natürlich als Beinaheverrat.

«Jetzt mach aber mal 'nen Punkt», fuhr Michael ihn an. «Ich kann doch nicht aufhören, mich mit ihr zu treffen, nur weil die beiden ...»

«Warum nicht? Abgeschoben hat doch sie ihn, oder? Das ist ja wohl klar.»

«Und du meinst, wir Männer müssen in dem Fall zusammenhalten, hm?»

Thack sah ihn stirnrunzelnd an. «Was haben unsere Schwänze mit der Sache zu tun?»

«Verdammt viel, wenn du mich fragst.»

«Findest du, daß ich sexistisch bin?»

Michael zuckte mit den Schultern. «Vielleicht unbewußt.»

«Na, da täuschst du dich aber.»

«Ich hab doch nicht gesagt ...»

«Hat sie dir das eingeredet? Daß hier die Männer geschlossen gegen das arme kleine Frauchen vorgehen?»

«Nein.»

«Sie spielt doch nur mit dir, Michael. Genau wie mit ihm. Sie würde alles erzählen, damit sie nur kriegt, was sie will.»

«Und Frauen sollten sich nicht so verhalten.»

«Niemand sollte sich so verhalten! Das hat mit Sexismus nichts zu tun. Du weißt, daß ich kein Sexist bin. Warum bist du da nur so blind? Ich versteh das nicht.»

Michael ließ ihm eine kleine Beruhigungspause. «Du kennst sie noch nicht so lange wie ich.»

«Na, vielleicht seh ich dann ja vieles klarer als du.»
«Kann schon sein.» Er seufzte. «Willst du, daß ich absage?»
«Tu das, wonach dir ist.»
«Ach so, genau.»
«Ich werd Brian aber nichts vorlügen.»
«Das brauchst du gar nicht.» Michaels Ton war eisig, als er aus dem Zimmer ging. «Ich hab das nämlich auch nicht vor.»

Sein Smoking war an mehreren Stellen fleckig und mußte einer etwas intensiveren Behandlung mit dem Schwamm unterzogen werden. Sein Smokinghemd war zwar sauber, aber die Manschetten heftete er am Ende zusammen, weil er seine Manschettenknöpfe nicht finden konnte und Thack auf gar keinen Fall um die seinen bitten wollte. Mitten in der Klammerprozedur meldete sich sein Pieper, weshalb er den Hefter fallen ließ und losschlich, um sich ein Glas Wasser zu holen.

Nachdem er ins Schlafzimmer zurückgekehrt war, setzte er sich aufs Bett und zog sich fertig an. Als er in die Socken schlüpfte, entdeckte er auf dem Knöchel – das heißt, eigentlich auf dem Unterschenkel – etwas, das ihm vorher noch nicht aufgefallen war. Er beugte sich vor, um es zu inspizieren.

«He», sagte Thack, der gerade ins Zimmer kam, «wenn du meinen roten Kummerbund anziehen willst ... ich hab nichts dagegen.»

Michael reagierte nicht.

«Was ist los?»

«Komm mal her und schau dir das an.»

Sein Liebhaber kam ans Bett. «Was?»

«Das da.»

Thack musterte die purpurrote Entzündung und berührte sie vorsichtig mit dem Zeigefinger.

«Glaubst du, das ist es?»

Keine Antwort.

«Ich glaub schon.»

«Find ich gar nicht», sagte Thack. «Es sieht aus wie ein Pickel oder so was. Wie was, das grade abheilt. Schau dir mal die Ränder genauer an.»

Wann hatte er da unten schon jemals einen Pickel gesehen. «Die Farbe kommt aber ziemlich hin, glaub ich.»

«Dann geh doch mal bei August vorbei, wenn du dir Sorgen machst. Mußt du morgen nicht sowieso zur Pentamidin-Behandlung?»

«Doch, ja.»

«Es ist bestimmt nichts», sagte Thack und schüttelte kurz Michaels Knie. «Ich hol dir den Kummerbund.»

Mary Ann hatte am Vormittag eine Sendung über Kinderprediger gemacht, weshalb sie auch auf der langen Fahrt nach Sea Cliff über dieses Thema redeten. Michael nahm an, daß die härteren Sachen später kommen würden – dann, wenn sie sich bei allem anderen ein bißchen sicherer fühlen würden.

Der Nebel war in Sea Cliff so dicht, wie er es noch nie zuvor erlebt hatte. Das Haus war ein moderner Siebziger-Jahre-Bau, ein Konglomerat aus mehrgeschossigen metallverkleideten Kisten mit dicken Glaswänden zum Ozean hin. Blitzwürfel der Götter, dachte Michael, als Mary Ann den Mercedes einem Parkwächter übergab.

«Und was machen wir jetzt hier?» fragte er. Das Licht der Wegbeleuchtung wirkte durch den Nebel ganz weich und verwaschen. Draußen auf der dunklen Fläche des Golden Gate blökten Nebelhörner wie verlorene Schafe.

«Wir laufen einfach mal durch und sehen uns alles an», sagte sie. «Es ist eine Benefizparty zugunsten des Balletts.»

«Wem gehört das Haus?»

«Das weiß ich gar nicht mehr genau. So einem Kerl, der vor kurzem gestorben ist. Er hat eine Bestimmung in sein Testament aufgenommen, daß das Haus nach seinem Tod zur Besichtigung freigegeben werden kann.»

«Wie merkwürdig.»

«Tja ... er war Makler.» Sie zuckte mit den Schultern, als wäre das die Erklärung für alles.

Plötzlich ging ihm ein Licht auf. «Arch Gidde. Hat er so geheißen?»

«Ja», sagte sie. «Genau.»

«Ach, Gott.»

«Hast du ihn gekannt?»

«Nicht besonders gut. Aber Jon. Er ist hier dauernd eingeladen gewesen.»

«Dieser Gidde war schwul?»

«Was hast du denn geglaubt, woran er gestorben ist?»

«Prue hat erzählt, daß es Leberkrebs oder so was war.»

«Eben», sagte Michael.

«Tja... er hat vermutlich auch ein Recht auf seine Intimsphäre.»

Michael wußte, was Thack darauf geantwortet hätte.

Das Haus war hübscher, als er gedacht hatte, aber es war wohl kaum der passende Abend, um mit der Aussicht Eindruck zu schinden. Der Nebel drückte sich gegen die Fenster wie eine dicke Frau im Hermelinmantel. Während Mary Ann sich auf die Suche nach «jemand Zuständigem» machte, schlenderte er im Wohnzimmer umher und sah sich mit einem leicht verlegenen Gefühl um. Es kam ihm ein bißchen gefühllos vor, die Behausung eines Toten zu besichtigen – selbst wenn der Verstorbene seinen Segen dazu gegeben hatte.

Ihm fiel der Tag wieder ein, an dem der Makler ihn in der Gärtnerei angemacht hatte – damals, als sie noch God's Green Earth geheißen hatte. Arch war in den Laden gekommen, um Primeln zu kaufen, und hatte Michael als einen Exliebhaber von Jon erkannt. Er war ohne Umschweife auf sein Ziel losgegangen, hatte Michael eine Visitenkarte in die Overalltasche gesteckt und eine direkte, aber letztlich verklemmte Anspielung auf den Betamax-Video bei sich zu Hause gemacht.

«Betamax» hatte inzwischen den gleichen Beiklang wie «Grammophon», und die Travertinorgie von Arch Giddes Wohnzimmer – zirka 1976 – wirkte genauso seltsam vorzeitig wie ein im Museum ausgestellter viktorianischer Salon. Den Mittelpunkt bildete ein chromglänzender Kamin (mit einem passenden verchromten Behälter für die Scheite). Vor dem Kamin standen zwei italienische Sofas – geschwungene cremefarbige Monster aus butterweichem Leder, das von den fitnesscentergestählten Ärschen, die im Lauf der Jahre zu Unmengen darauf hin und her gerutscht waren, blankgerieben worden war. Das einzige, was noch fehlte, war eine einzelne Anthurie in einer Kristallvase.

Er konnte sich Jon sehr gut vorstellen hier, hingelümmelt im goldfarbenen Licht, als wäre er einer der snobistischen Pulloverreklamen in der *GQ* entstiegen. Jon war zu der Zeit ein ziemlicher Arsch gewesen, doch er hatte sich zum Ende hin grundlegend verändert, und dieser freiere, nachsichtigere Mensch war es, an den Michael sich am allerliebsten erinnerte.

«Warte, bis du erst das Schlafzimmer siehst.»

Mary Ann war wieder da. Sie hakte sich bei ihm unter, als er an der Bar gerade ein Calistoga bestellte.

«Ist es hübsch?»

«Die Wände sind mit braunem Wildleder bespannt. Und gepolstert. Eine wahre *Gebärmutter*.»

«Was trinkst du?»

«Nichts. Ach, nein, scheiß drauf. Einen Weißwein.»

«Aber hallo», sagte Michael. «Wie gewagt.»

Sie lächelte. «Ich bin so froh, daß du mitgekommen bist.»

Als sie ihre Getränke bekamen, prostete er ihr zu. «Auf daß alles besser wird.»

Sie trank einen Schluck und sagte dann: «Warum stell ich mich so blöd an dabei, Mouse?»

«Wobei?»

«Beim Schlußmachen.»

«Ach so.»

«Ich hab mir so gewünscht, daß ich ihm nicht weh tue ... daß ich es auf die richtige Art mache ...»

«Und du meinst, es gibt eine?»

«Eine was?»

«Eine richtige Art.»

«Ich weiß es nicht.» Sie trank einen Schluck Wein. «Wenn ich's ihm eher gesagt hätte, wär's wahrscheinlich ...»

«Genau.»

«Ich weiß, daß ich tue, was getan werden muß. Und trotzdem ... ich komm mir vor wie der letzte Dreck, weißt du?» Sie sah ihn beinahe ehrfürchtig an, als erwartete sie von ihm Absolution.

«Ach, komm schon ... du bist nicht der letzte Dreck.»

Der Raum füllte sich nach und nach, was bei ihr anscheinend ein gewisses Unbehagen auslöste. «Gehen wir doch von der Bar weg», sagte sie.

«Von mir aus.»

Auf einer tiefergelegenen Wohnebene fanden sie auch einen ruhigeren Platz – eine Art Arbeitszimmer. «Das Entscheidende ist doch», fuhr sie an der Stelle fort, an der sie aufgehört hatte, «daß ich mich gar nicht mehr erinnern kann, wie das war, als ich noch was empfunden hab für ihn. Ich bin immer wieder mal wach geworden morgens, hab ihn angesehen und mir gedacht: Wie ist das passiert?»

Welche Antwort erwartete sie von ihm darauf?

«Ich meine ... ich erinnere mich, daß ich etwas empfunden habe, aber an das Gefühl selbst kann ich mich nicht mehr erinnern. Zum Beispiel damals bei dieser Totenwache ...»

«Für Harvey Milk?»

«Für John Lennon.»

«Ach so, ja.» Er lächelte, als er sich ebenfalls daran erinnerte. Brian hatte Kerzen mit Erdbeerduft gekauft, um die Erinnerung an «Strawberry Fields» aufleben zu lassen. Mary Ann und er hatten stundenlang auf dem Marina Green gestanden und dem berühmtesten Hausmann der Welt ihre Reverenz erwiesen. Anschließend waren sie mit verheulten Augen und in getragener Stimmung in die Barbary Lane zurückgekehrt.

«Er war so süß damals», sagte Mary Ann. «Und hinterher hat er mir einen Zettel an die Tür geheftet, auf dem gestanden hat: ‹Help me, if you can, I'm feeling down, and I do appreciate your being around.›»

Michael nickte.

«Genauso war er. So schwülstig und sentimental und richtig nett.» Sie lächelte schwach. «Zum Teufel noch mal, wenn ich dieses Gefühl nur jetzt auch haben könnte.»

«Du mußt es doch haben. Du beschreibst es mir ja.»

«Aber nur aus der Erinnerung. Und die Erinnerung ist was ganz anderes.»

«Na, zumindest mußt du doch ...»

«Glaub mir, ich empfinde überhaupt nichts.» Sie legte eine Pause ein und schaute mit düsterem Blick hinaus in den Nebel. «Nur manchmal ein bißchen Mitleid für ihn.» Als sie sich umdrehte und ihn ansah, schwammen ihre Augen in Tränen. «Wenn ich deswegen ein Miststück bin, dann kann ich auch nichts machen.»

Er griff nach ihrer Hand. «Du bist deswegen kein Miststück.»

Sie fing an, leise zu weinen. Als er sie in den Arm zu nehmen versuchte, wich sie zurück. «Nein, Mouse, das geht nicht. Sonst brech ich vollends zusammen.»

«Kannst du gerne.»

«Nein. Nicht hier.»

Mit einemmal stand eine reichlich aufgetakelte Frau in der Tür. «Ach, ist das hübsch hier! Ist das das Arbeitszimmer?»

«Nein, der Orgienraum», sagte Michael.

Die Frau stieß ein nervöses Kichern aus, bevor ihr Gesicht in sich zusammenfiel wie ein Soufflé und sie sich zurückzog.

«Du bist schrecklich.» Mary Ann wischte sich über die Augen.

«Tja ... der war doch wahrscheinlich auch hier.»

«Komm, wir verschwinden.»

«Liebend gern», sagte er. «Wollen wir hier draußen in den Avenues noch irgendwo einen Kaffee trinken?»

«Oh, das klingt ganz wunderbar.»

«Ich kenn das perfekte Lokal für uns.»

«Hab ich's doch gewußt», sagte sie und drückte seinen Arm.

Sie waren schon fast aus der Tür, als Mary Ann die strahlenden und wie gemeißelt wirkenden Gesichter von Russell und Chloe Rand entdeckte – die beiden stachen aus der Menge hervor wie zwei Leuchtfeuer. Mary Ann blieb wie angewurzelt stehen. «Mouse, sieh mal da ...»

«Ja.»

«Wir sollten noch hallo sagen, findest du nicht auch?»
«Ich hab gedacht, wir ...»
«Sie müssen wieder aus L. A. zurück sein.»
«Ja, müssen sie wohl.»
Er folgte ihr gehorsam, während sie sich mühsam einen Weg durch die Menge bahnte. Als sie nach hinten griff und ihn an der Hand nahm, meinte er einen flüchtigen Augenblick lang zu wissen, wie man sich als ihr Ehemann wohl vorkam.

Pipifax

Es war ein richtiges Tal, ein dunkles Becken, in dem unzählige Verandalampen leuchteten und keine größeren Fixpunkte auszumachen waren. Es gab weder Brücke noch Bay noch Transamerica Pyramid, die einen darauf hinwiesen, daß man sich in San Francisco befand, aber es hätte – für Brian jedenfalls – nirgendwo sonst auf der Welt sein können.

Thack stellte sich zu ihm aufs Deck und blickte auf die weichen Nebelballen hinaus. «Draußen in Sea Cliff kommen sie sich bestimmt vor wie in der Waschküche.»
«Ja, wahrscheinlich.»
«Es ist noch etwas Häagen-Dazs im Eisfach.»
«Später vielleicht.»
«Mach dir keine Sorgen wegen der ganzen Sache. Er war gar nicht verstimmt.»
«Bist du sicher? Ich hätte Jon wirklich nicht auf die Art ins Spiel bringen sollen.»
«Warum nicht?»
«Na ja... Mann... ein Toter.»
Thack lächelte ihn an. «Wir reden die ganze Zeit über Tote.»
Brian nickte geistesabwesend.
«Es ist nun mal so, wie es ist.»
«Ja, wahrscheinlich.»
«Er hat Mary Ann in Schutz genommen, stimmt's? Und dann hat sich das Ganze verselbständigt.»

«Mehr oder weniger», sagte Brian.

«Tja... geschieht ihm ganz recht. Wenn er immer solche Eiertänze aufführt.»

Brian war von dieser unnachsichtigen Reaktion überrascht. «Er kennt sie schon lange», sagte er zu Michaels Verteidigung.

«Mhm.»

«Und ich erwarte ja nicht, daß er sich auf meine Seite schlägt, nur weil...»

«Das weiß er», sagte Thack. «Und er weiß auch, daß dir übel mitgespielt wird. Das Problem ist, daß er bei allen Liebkind sein möchte. Und dafür legt er sich viel zu sehr ins Zeug. Er spielt den netten kleinen Jungen schon so lange, daß er nie so recht kapiert hat, welche Leute es überhaupt wert sind.»

Brian überlegte, daß Thack das wohl seinetwegen gesagt hatte. Um ihn davon zu überzeugen, daß das, was er schon bald verlieren würde, nichts Bedeutendes war, nichts, über das es sich zu jammern lohnte. Aber das kaufte er ihm nicht ab.

Thack schaute immer noch auf die Nebelbank hinaus. «Wo bist du nach der Arbeit hin? Wir haben uns Sorgen um dich gemacht.»

«Ich hab nur ein paar Bier getrunken.»

«Kommst du denn klar?»

«Ja.» Er sah Thack von der Seite her an. «Du mußt die Nase doch schon gestrichen voll haben von meinem ewigen Geseiere und Gejammere.»

«Ach was.»

«Dabei ist das alles Pipifax im Vergleich zu dem, womit ihr, Michael und du, fertig werden müßt.»

Thack zuckte mit den Schultern. «Wir müssen alle mit irgendwas fertig werden.»

«Ja, vielleicht, aber...»

«Wenn Michael mich verlassen würde, würd ich ganz bestimmt nicht sagen, daß das Pipifax ist.» Er schenkte Brian ein müdes Lächeln. «Du hast jedes Recht, unglücklich zu sein.»

Es folgte längeres Schweigen.

Brian fragte: «Macht dir das keine Angst?»

«Was? Michael?»

«Ja.»

Thack schien seine Gedanken erst noch ordnen zu müssen. «Manchmal seh ich ihm zu, wenn er mit Harry spielt oder im Garten rumgräbt. Und dann denk ich: Das ist es. Das ist der Kerl, auf den ich mein Leben lang gewartet habe. Und dann meldet sich diese andere Stimme, die mir einredet, daß ich mich nicht zu sehr gewöhnen soll an alles, daß es später nur um so schmerzhafter sein wird. Es ist schon komisch. Da spürst du dieses enorme Glücksgefühl und wartest gleichzeitig darauf, daß es zu Ende geht.»

«Du machst aber einen ganz glücklichen Eindruck», warf Brian ein.

«Ich bin auch glücklich.»

«Na ... das ist ja schon 'ne Menge. Da beneid ich dich drum.»

Thack zuckte mit den Schultern. «Ich vermute mal, daß uns beiden nur das Jetzt bleibt. Aber mehr haben alle anderen auch nicht. Und wenn wir unsere Zeit dann dreingeben, indem wir uns fürchten ...»

«Absolut.»

«Hast du jetzt Lust auf das Eis?» sagte Thack.

Auf dem Klo

Die Rands, die Guten, hatten sie wie eine alte Freundin begrüßt und sich offenbar sehr darüber gefreut, daß sie bei einem ihrer vielen Benefizauftritte unter lauter Fremden ein vertrautes Gesicht ausgemacht hatten. Sie ließen sich ein bißchen viel Zeit mit Michaels Namen, weshalb Mary Ann ihnen aus der Klemme helfen wollte.

«... und Sie erinnern sich bestimmt noch an Michael.»

«Natürlich», sagte Chloe.

Russell streckte ihm die Hand hin. «Welche Frage. Wie geht's Ihnen denn?»

«Danke, gut», antwortete Michael.

«Wollten Sie gerade gehen?» fragte Chloe.
«Na ja...»
«Ach, bitte nicht. Wir kennen hier garantiert niemand.»
«Ja», sagte Russell zu Michael. «Bleiben Sie doch noch und leisten Sie uns Gesellschaft.»
«Tja, von mir aus», sagte Mary Ann. «Gern.»
«Wunderbar.»
«Wie war die Gala?»
Chloes hohe elfenbeinfarbene Stirn legte sich in Falten.
«Waren Sie nicht bei einer Aids-Benefiz-Gala in L. A.?»
«Ach so, ja», sagte Russell. «Es war sehr nett dort. Sehr bewegend.»
«Genau», sagte Chloe. «Ich hatte gerade einen kleinen Aussetzer.» Sie sah sich in der Diele um, in der die Leute dichtgedrängt standen. «Ist es im ganzen Haus so voll?»
Michael erwiderte: «Es wird besser, wenn man erst mal an der Bar vorbei ist.»
«Eigentlich», sagte Chloe, «muß ich ja allerdringendst pinkeln. Wissen Sie, wo das Klo ist?»
«Kommen Sie, ich zeig's Ihnen.» Als Mary Ann Chloe an der Hand nahm, wurde sie schlagartig von einem schwesterlich-verschwörerischen Gefühl durchströmt.
Chloe drehte sich zu ihrem Ehemann um. «Könnt ihr zwei mal ein bißchen alleine spielen?»
«Aber klar», sagte Russell.
Michael warf Mary Ann einen Blick zu. Es war einer der Ausgesetztes-junges-Hundchen-Blicke, mit denen Brian sie immer so gerne ansah.
«Wir sind gleich wieder da», sagte sie zu ihm.

Die Toilette, die man den Frauen zugedacht hatte, war riesengroß und in schimmerndem schwarzem Onyx gehalten.
«Also», sagte Chloe, «ich sterbe schon fast vor Neugier. Ich wollte Sie nämlich nicht vor Ihrem Mann fragen.»
Das verschlug Mary Ann einen Augenblick lang die Sprache. «Ach so... Michael ist nicht mein Mann.»
«Ach. Scheiße. Der andere...»

«Genau.»

«Tut mir leid.»

«Macht nichts», sagte sie. «Wirklich nicht.»

«Also ... wie haben Sie sich wegen der Show entschieden?»

Mary Ann zuckte verlegen mit den Schultern. «Ich nehm das Angebot an.»

Chloe umarmte sie kreischend. Mary Ann fühlte sich wie eine Erstsemesterin beim Bewerbungsabend für eine Studentinnenverbindung. «Sagen Sie mir, daß ich es nicht bereuen werde», sagte sie.

«Sie werden es nicht bereuen. Na, wie hört sich das an?»

Mary Ann lächelte lahm.

«Ist ... wie heißt Ihr Mann?»

«Brian.»

«Ist er damit einverstanden?»

Sie zögerte kurz und beschloß dann, alles zu gestehen. Chloe war ihr vom Moment ihres Kennenlernens an wie eine Verbündete vorgekommen. «Er geht nicht mit», sagte sie. «Wir lassen uns scheiden.»

Chloe nickte langsam. «Mhm.»

«Das hat sich schon länger angekündigt.»

«Wollten Sie das oder er?»

«Beide, eigentlich.»

«Tja, dann ist doch alles gut.»

«Ich hab aber im Grunde genommen schreckliche Angst davor. Ich meine, ich weiß, daß es das Richtige ist, aber ... es ist ein bißchen sehr viel Neues auf einen Schlag.»

«Ach, Sie kriegen das schon hin. Sehen Sie sich doch mal an. Sie werden auf allen vieren landen wie eine Katze.»

«Glauben Sie?»

«Absolut.»

«Aber, ich trenne mich ja nicht nur von meinem Mann. Es ist ja gleich mein ganzes Leben hier ... Michael zum Beispiel ...»

«Die können doch alle zu Besuch kommen nach New York. Sie ziehen ja nicht ans Ende der Welt.»

«Na, find ich aber schon.»

«Ach, Sie wissen doch, daß ich aus Akron komme. Und wenn ich es geschafft habe...»

«Aber Sie haben es zusammen mit jemand geschafft, der Ihnen was bedeutet...»

«Ja... nur...»

«Ich beneide Sie so sehr darum. Daß Sie jemand haben, der mit Ihnen auf derselben Wellenlänge liegt. Der dieselben Sachen toll findet, die Sie toll finden. Der über dieselben Witze lacht wie Sie. Der mit Ihnen ausgeht.»

Chloe schaute drein, als hätte sie nicht ganz verstanden.

«Zwischen Brian und mir war es nie so.»

«Wie war's denn zwischen Ihnen?»

«Ich weiß nicht. Bestimmend war der Sex.»

Chloe zog sich vor dem Spiegel die Lippen nach. «Sie armes Kind.»

Mary Ann lachte verlegen. «Das soll nicht heißen, daß wir die ganze Zeit nur gevögelt haben. Ich wollte sagen, daß der Sex das war, was uns... Sie wissen schon... zusammengehalten hat.»

«Haben Sie ihn denn auch wegen des Sex geheiratet?»

«Nein, nicht nur.»

«Wegen was sonst noch?»

«Er war auch... sehr sanft.» Mary Ann machte eine Pause. «Und er hatte keinen Namen für seinen Schwanz.»

«Wie bitte?»

Sie verdrehte die Augen. «Ach, damals hatte aber auch wirklich jeder Kerl, mit dem ich was hatte, einen Namen für seinen Schwanz.»

«Das ist doch ein Witz, oder?»

«Nein.»

«Sagen Sie mir mal ein Beispiel.»

«Was weiß ich. Mein guter alter Henry oder so.»

Chloe prustete los. «Mein guter alter Henry? War das hier oder in Ohio?»

«Hier! Es war so was von deprimierend!»

Sie brachen beide in schallendes Gelächter aus.

«Na gut», sagte Chloe, als sie sich wieder etwas erholt hatte.

«Da kam also der gute alte Brian mit dieser namenlosen Wunderkerze zwischen den Beinen daher...»

Jemand klopfte an die Tür.

Sie kicherten mit geschlossenem Mund und rangen um Fassung. «Herein», sagte Chloe mit übertriebener Süßlichkeit in der Stimme.

Die Tür ging langsam auf, und ein Gesicht schob sich durch den Türspalt. Mary Ann erkannte die Frau. Sie war eine der tragenden Säulen im Verwaltungsrat des Balletts. «Oh, entschuldigen Sie», stieß die Frau hervor. «Ich hatte gedacht...»

«Kein Problem», sagte Chloe. «Es steht ganz zu Ihrer Verfügung.»

Sie erkennt uns garantiert beide, dachte Mary Ann. Was wird sie ihren Freundinnen nicht alles zu erzählen haben.

Sie befanden sich inzwischen in einer Art gläserner Aussichtskabine hoch über dem Wasser.

«Sollten wir uns nicht mal nach den Jungs umsehen?» fragte Mary Ann.

«Ach, scheiß drauf. Sollen die doch uns suchen.»

Mary Ann lachte in sich hinein. Sie hatte ein bißchen ein schlechtes Gewissen, weil sie Michael im Stich gelassen hatte, aber sie wußte auch, daß er sehr wohl alleine zurechtkam. Außerdem fand er es wahrscheinlich aufregend wie nur was, daß er mit Russell Rand plaudern konnte.

«Das ist vielleicht ein verrücktes Haus», sagte Chloe. «So siebziger-Jahre-mäßig.»

Mary Ann nickte, obwohl sie nicht genau wußte, was Chloe damit meinte.

«Das Ding hier sieht aus wie einer von den Fahrstühlen im Hyatt Regency. Sie wissen doch, oder?»

«Ja, Sie haben ganz recht.»

«Ich glaube, das Haus war vor langer Zeit mal der allerletzte Schrei. Jedenfalls hat Russell mir so was erzählt.»

«Das hier?» sagte Mary Ann. «Kennt er es denn?»

«Er hat den Kerl gekannt, der hier gelebt hat.»

«Ach so.»

«Nicht besonders gut, aber er war zu einigen Parties hier.»

Mary Ann nickte.

«Wenn Sie wissen, was ich meine», sagte Chloe.

Diese Ewigkeitsscheiße

Haben wir hier nicht angefangen?» fragte Russell Rand mit einem jungenhaften Lächeln.

Auf der Suche nach Mary Ann und Chloe waren sie von einer bevölkerten Wohnebene zur anderen gewandert. Allerdings waren sie dabei bisher nur Modehörigen begegnet, Leuten, die einfach alles stehen und liegen ließen und gafften, sobald der berühmte New Yorker auftauchte.

«Ich glaube, Sie haben recht», sagte Michael.

«Ich weiß genau, daß ich die da drüben schon mal gesehen habe.» Rand deutete mit dem Kopf auf eine champagnerblonde Frau in Kniebundhosen aus Goldlamé.

«Stimmt. Aber vielleicht hat sie ja vorhin auch woanders gestanden.»

«Nein. Sie steht schon die ganze Zeit an derselben Stelle. Wie ein Leuchtturm. Ich bin mir da ganz sicher.»

«Tja...»

«O Gott.» Der Designer machte auf dem Absatz kehrt und zog den Kopf ein.

«Wer ist das?»

Rand packte Michael am Ellbogen, lenkte ihn aus der Zielrichtung der anrückenden Nervensäge und tat mit einem überraschten, heiteren Gruß in den Nebenraum so, als hätte er dort jemand entdeckt. Michael spielte mit und winkte demselben Phantom etwas verlegen zu.

Als sie sich auf eine tiefere und weniger bevölkerte Wohnebene durchgekämpft hatten, sagte Michael lachend: «Wer war das?»

«Prue Giroux.»
«Ach so.»
«Sie kennen sie?»
«Nein. Ich hab nur von ihr gehört.»
«Sehen Sie zu, daß Sie sie nie kennenlernen. Sie würden es zutiefst bereuen.»
Michael lachte. «Ich hab gehört, daß sie gern redet.»
«Bei Gott. Ich hab gedacht, wir könnten das hier hinter uns bringen, ohne daß wir ihr schon wieder begegnen.» Er sah Michael flehend an. «Gehen wir doch ein bißchen an die frische Luft. Mir ist das alles zuviel.» Ohne eine Antwort abzuwarten, öffnete der Designer eine Tür, die in einen zum Meer hin gelegenen Steingarten führte. Ein Scheinwerfer, der in einem Sukkulentenbeet steckte, schickte rosa Licht durch den Nebel. Am Ende des Wegs stand eine Steinbank, auf die Rand sich mit einem Seufzer der Erleichterung setzte. «Die Leute hier in dieser Stadt sind Raubtiere», sagte er.
Michael setzte sich zu ihm auf die Bank. «Nicht alle.»
«Aber alle, die heute hier sind.»
Dagegen war nichts zu sagen.
«Was machen Sie beruflich?» fragte Rand.
«Ich bin Gärtner.»
«Oh, ja?»
«Mhm.»
«Das ist ein hübscher und solider Beruf.»
«Tja . . .» Michael zuckte mit den Schultern. Er wußte nicht so recht, was er darauf sagen sollte.
«Kennen Sie Mary Ann schon lange?»
«Seit Jahren.»
«Hat sie Ihnen von ihrer neuen Show erzählt?»
«Oh, ja.»
«Warum ist ihr Mann heute nicht da?»
Michael entschied sich, nicht ins Detail zu gehen. «Er mag solche Veranstaltungen nicht.»
Rand nickte mitleidig. «Sie aber schon.»
«Eigentlich nicht. Sie hat mich nur dringend um einen Gefallen gebeten.» Er hoffte, daß er nicht wie ihr Gigolo dastand.

Nach einer Pause sagte Rand: «Dann sind Sie nicht verheiratet?»

Michael lächelte. «Mit einer Frau?»

Das hatte sein Inquisitor offensichtlich nicht erwartet.

«Ich bin in festen Händen.» Es war wohl kaum nötig zu erklären, ob es sich um Frauen- oder Männerhände handelte.

Rand nickte.

«Seit drei Jahren.»

«Wie schön.»

«Ja... wirklich.»

Das darauffolgende Schweigen war zutiefst suggestiv.

«Ist es eine offene Beziehung?»

«Ja, klar.» Michael lächelte ihn an. «Es wissen alle Bescheid.»

Rand schüttelte den Kopf. «So habe ich das nicht gemeint.»

«Ach so...»

«Ich habe eine Suite im Meridien. Du könntest um Mitternacht zu Hause sein.»

So, so, dachte Michael. Was sagt man dazu? «Was ist mit Ihrer Frau?»

Rands Lippen kräuselten sich auf das allerhübscheste. «Sie hat ihre eigene Suite.»

«Aha.»

«Unsere ist nämlich offen.»

«Ihre Suite?»

«Unsere Ehe.»

«Ach so.»

«Na, wie wär's?»

«Nein, danke.»

«Bestimmt nicht?»

«Nein.»

«Es würde natürlich ganz safe ablaufen», sagte Rand. «Daran halte ich mich nämlich immer.»

«Es ist kalt hier draußen», sagte Michael. «Ich werd mich mal nach Mary Ann umsehen.»

«Komm schon, Junge. Bleib noch ein bißchen da.»

Michael schaute einige Zeit zu Boden, bevor er sagte: «Wissen Sie, Sie sind wirklich unglaublich.»

Der Designer runzelte die Stirn.
«Wie halten Sie es nur aus mit sich selber?»
«Hör mal, wenn du Chloe meinst . . .»
«Nein. Ich meine Ihre eigene Selbstachtung. Was denken Ihre Freunde über Sie, wenn Sie diese ganze Scheiße von sich geben?»
«Welche Scheiße?»
«Sie wissen schon. Über die Liebe zu einer treusorgenden Frau. Über die Freuden des Heterodaseins. Ich hab Sie letzte Woche in der *Today*-Show gesehen. In meinem ganzen Leben hab ich noch nie jemand eine solche Scheiße reden hören. Aber damit halten Sie nicht halb so viele Leute zum Narren, wie Sie glauben.»
Trotz des Nebels und des rosa Lichts sah man deutlich, daß Rand rot wurde. «Hör mal, du kennst mich doch gar nicht . . .»
«Aber ich weiß, daß Sie ein Heuchler sind.»
Rand brauchte lange, bis er reagierte. «Du hast eine Gärtnerei, Herrgott noch mal. Da erwartet niemand von dir, daß du hetero bist.»
«Und Sie meinen, von Modeschöpfern erwartet man das?»
Rand nickte traurig. «Die Welt will nichts davon wissen. Glaub mir.»
«Das ist doch egal.»
«Mir nicht. Mir kann es nicht egal sein.»
«Und ob es Ihnen egal sein kann. Sie sind einfach nur geldgeil. Sie erhalten eine Fassade aufrecht, während Ihre Freunde abkratzen.»
Rand sah ihn mit eiskaltem Blick an. «Ich hab so viel Spendengelder für Aids eingetrieben, so viel Geld wirst du im Leben nicht zu sehen kriegen.»
«Und damit sind Sie aus dem Schneider? Das gibt Ihnen das Recht zu lügen?»
«Ich glaube, daß es mich dazu berechtigt . . .»
«Wissen Sie, Sie hatten die Chance, etwas völlig anderes auf die Beine zu stellen. Sie hätten den Menschen zeigen können, daß es überall Schwule gibt, daß wir keinen Deut schlechter sind als . . .»

«Ach, bleib mal auf dem Teppich!»

«Was spricht dagegen? Ekeln Sie sich dermaßen vor sich selber?»

«Warum sollte die Öffentlichkeit über mein Privatleben Bescheid wissen?»

«Sie schleppen doch auch Chloe an die Öffentlichkeit, oder etwa nicht?»

Rand seufzte und stand auf, räumte das Feld.

«Sie sind ein Dinosaurier», sagte Michael. «Die Welt hat sich fortentwickelt, und Sie haben das nicht geschnallt.»

Rand drehte sich mit finsterem Gesicht zu ihm um, während er auf das Haus zuging. «Was weißt du schon von der Welt? Du lebst in San Francisco.»

«Gott sei Dank», schrie Michael. «Hoffentlich finden Sie einen anderen zum Ficken.»

Als Rand weg war, blieb Michael inmitten des rosafarbenen Nebels stehen und zog sich das Zeug tief in die Lungen, während er seine Gedanken ordnete. Dann fiel ihm plötzlich etwas ein. Er beugte sich vor, zog das Hosenbein hoch und sah sich den purpurroten Fleck erneut genau an.

Als er Mary Ann fand, war sie gerade dabei, einem überschwenglichen Fan ein Autogramm zu geben.

«Können wir bald mal gehen?» fragte er.

Sie überreichte ihrem Fan die Cocktailserviette, auf die sie ihre Unterschrift gesetzt hatte. Die Frau betrachtete das Autogramm ganz ungläubig, trat dann einen Schritt zurück und machte eine Verbeugung wie eine Dienerin bei Hofe. «Ja, warum nicht?» antwortete sie. «Langweilst du dich?»

«Nein. Ich bin eigentlich nur ... mit allem durch.»

«Ja, von mir aus.» Sie sah sich suchend um. «Wir sollten uns noch von Russell und Chloe verabschieden.»

«Nein», sagte er. «Sollten wir nicht.»

Sie runzelte die Stirn. «Was ist los? Was ist passiert?»

«Wir hatten so was wie eine Szene. Ich erzähl's dir nachher noch genauer.»

«Mouse ...»

«Ich hol das Auto.»

Sie ging hinter ihm den Weg zum Parkwächter hoch. «Was für eine Szene?»

«Er hat mich angemacht.»

«Was soll das heißen?»

«Er hat mich in sein Hotel eingeladen.»

«Na ja, das muß ja nicht unbedingt ...»

«Ich glaub schon, daß ich mich da auskenne», sagte er.

Nach drückendem Schweigen fragte sie im Auto: «Was hast du ihm gesagt?»

«Nicht viel. Daß er eine Klemmschwester ist und sich verpissen soll.»

«Das hast du nicht gesagt.»

«Doch. Nur ein bißchen ausführlicher.»

«Mouse ...»

«Was hätt ich denn lieber sagen sollen?»

«Es geht nicht darum, was du sagst. Wichtig ist, wie du's sagst. Bist du unverschämt geworden?»

«Spielt das eine Rolle?»

«Für mich ja.»

«Warum?»

«Weil die beiden sehr nett waren zu mir. Chloe hilft mir bei meinem Umzug, und ...»

Er lachte so bitter, wie er nur konnte.

«Ich meine das ganz im Ernst», sagte sie.

«Was hätte ich denn tun sollen? Ihm einen blasen, um ihm deine Dankbarkeit zu zeigen?»

«Leg mir nicht was in den Mund.»

«Der Kerl ist ein Kotzbrocken.»

«Du bist doch früher auch schon angebaggert worden», sagte sie. «Und du weißt sehr genau, wie man jemand auf freundliche Art eine Abfuhr erteilt.»

«Ich glaub das einfach nicht.»

«Wo nimmst du eigentlich diese Scheinheiligkeit her? Du hast eine Unmenge Männer abgeschleppt, bevor du Thack kennengelernt hast.»

Das Entscheidende hatte sie wie gewohnt überhaupt nicht verstanden.

«Mit dem Abschleppen von Männern hat das doch gar nichts zu tun», sagte er.

«Ja... womit denn dann?»

«Er ist ein Lügner, Mary Ann.»

«Er ist eine öffentliche Person.»

«Ach so, ich verstehe. Da geht es natürlich nicht an, daß ganz Amerika erfährt, daß er schwul ist. Ogottogott, das wäre ja das Allerletzte.»

«Dafür gibt es rein praktische Erwägungen», sagte sie. «Aber mit Vernunft ist dir ja wohl nicht beizukommen.»

«Ich hab keine Zeit für Leute, die sich selber nicht ausstehen können.»

Er schaute mürrisch aus dem Fenster. Bleiche Putzfassaden zogen in der Dunkelheit vorbei. Die Erkenntnis, daß sie dieses ganz grundlegende Konzept in all den Jahren, die sie sich schon kannten, nicht begriffen hatte, machte ihn traurig. Wenn sie das schon nicht kapierte, welche Hoffnung ließen einem da die richtig Bornierten?

Sie drehte sich zu ihm hin und sah ihn an. «Du hast so einen schneidenden Ton. Das ist nicht sehr schön.»

Er blieb still.

«Im Stars hast du Russell noch sympathisch gefunden. Ist Thack über ihn hergezogen oder so?»

«Nein.»

«Was ist dann in dich gefahren?»

Sein Piepser legte los und beantwortete ihre Frage ausdrucksstärker als alles, was er vielleicht gesagt hätte.

Sie sah ihn einen Moment lang verwirrt an. «Soll ich irgendwo anhalten, wo's Wasser gibt?»

«Nein.»

«Bestimmt nicht?»

«Nein. Ich nehm sie erst zu Hause.»

«Ich kann jederzeit...»

«Es ist nicht nötig, okay?»

Sie schwiegen einige Zeit und schauten jeder auf seiner Seite zum Fenster hinaus. Als sie nach Cow Hollow hinunterfuhren, drehte er sich zu ihr hin und sagte: «Du bist nämlich die, die sich verändert hat.»

«Meinst du?» Ihre Stimme klang überraschend sanft.

«Ja.»

«Es tut mir leid, wenn mein Weggang...»

«Damit hat das nichts zu tun. Es ist schon vor einiger Zeit passiert.»

«Aha.»

«Es wär so schön, wenn ich dich davon überzeugen könnte, daß ich noch nicht tot bin.»

Sie sah ihn blinzelnd an. «So hast du dich nämlich verhalten», fügte er hinzu. «Die ganze Zeit, seit ich dir erzählt habe, daß ich positiv bin.»

Sie tat so, als würde sie nicht verstehen. «Was meinst du damit? Wie hab ich mich verhalten?»

«Ich weiß nicht. Besorgt und distanziert und betont höflich. Es ist nicht mehr so wie früher zwischen uns. Du redest jetzt mit mir, als wär ich Shawna oder so.»

«Mouse...»

«Ich werf dir das auch gar nicht vor», sagte er. «Du willst nicht noch mal so was durchmachen wie mit Jon.»

«Was glaubst du denn, was das heute abend war? Oder der Tag an der Wellenorgel?»

Er zuckte mit den Schultern. «Unsicherheit.»

«Ach, komm.»

«Du hast jemand gebraucht, der dir die Hand tätschelt. Jemand, der dir zuhört. Sonst nichts.»

«Das ist jetzt nicht sehr nett von dir.»

«Vielleicht nicht», sagte er. «Aber es ist die Wahrheit.»

«Wenn ich mich auf dich nicht verlassen kann, Mouse...»

«He, es muß auch andersrum laufen.»

Sie sah verletzt aus. «Das ist mir klar.»

«Du läßt hier mehr als einen Mann zurück, weißt du.»

Sie bemühte sich anscheinend sehr um die passenden Worte. «Mouse... du und ich, wir werden immer...»

«Ach, Blödsinn. Kaum ist diese Klemmschwester zur Tür hereinmarschiert, hast du sofort unsere Pläne über den Haufen geworfen. Fang mir bloß nicht mit dieser Ewigkeitsscheiße an. Du hast jetzt neue Freunde gefunden. Und wir hier sind nur noch eine Übergangserscheinung.»

«Ich weiß, daß du das nicht so meinst.»

«Und ob ich das so meine. Ich wär glücklich, wenn es nicht so wäre, aber es ist so. Du scherst dich einen Dreck um andere.» Er drehte sich von ihr weg und schaute aus dem Fenster. «Ich bin überrascht, daß ich so lang gebraucht habe, bis mir das klargeworden ist.»

«Ich glaub das alles nicht.»

«Glaub's lieber.»

«Mouse, wenn ich was gesagt habe ...»

«Mein Gott, warum tust du immer so unschuldig?»

«Hör mal, wenn du mir sagen würdest, wo dieses Café ist ...»

«Vergiß es. Bleib an der nächsten Ecke stehen. Ich steig aus.»

«Ach, Herrgott noch mal.»

Er drehte sich zu ihr hin und warf ihr einen Blick zu, der seine Entschlossenheit verdeutlichen sollte. «Bitte, ich hab gesagt, du sollst stehenbleiben.»

«Wie willst du denn nach Hause kommen?»

«Mit dem Bus, mit dem Taxi. Ganz egal.»

Sie hielt an der Ecke Union und Octavia.

«Das ist alles so unnötig», sagte sie.

Er machte die Tür auf und stieg aus, ohne sich noch einmal umzudrehen. Als der Mercedes auf der nebeldurchwallten Straße davonstob, stand er an der Bordsteinkante und fragte sich betrübt, ob es ihr denn etwas ausmachte, ob sie denn überhaupt etwas empfand.

Herzlichkeit vom Band

Am nächsten Morgen wurde er schon vor Sonnenaufgang wach. Der einzige Traum, an den er sich erinnern konnte, war ein richtig üppiger Schinken gewesen, ein Monumentalfilm in vollem Dolby-Sound, in dem tote Schildkröten, altmodische Doppeldecker und ein überaus prickelnder kurzer Auftritt der Princess of Wales vorgekommen waren. Aus alter Gewohnheit blieb er noch etwas liegen, rekonstruierte das Epos und erwies ihm durch sein Stilliegen seine Reverenz – wie ein Kinobesucher, der sitzen bleibt, bis der Nachspann durchgelaufen ist.

Er ließ Thack weiterschlafen, schlüpfte in Jeans und ein Kordsamthemd und führte Harry zu seinem Morgenspaziergang aus – die abgekürzte Variante –, bevor er dann die Wäsche sortierte und sich ein Frühstück aus Äpfeln und Joghurt machte.

Seine Pentamidin-Behandlung war für neun angesetzt, aber die Praxis machte schon um acht auf. Er wußte aus Erfahrung, daß August nichts dagegen haben würde, eine spontane Untersuchung dazwischenzuschieben.

Als er ging, schlurfte Thack in seinem morgendlichen Tran gerade Richtung Dusche. «Soll ich mitkommen?»

Michael sagte nein.

«Kommst du hinterher nach Hause?»

Das war schwer zu sagen. «Ich weiß nicht.»

Sein Liebhaber drückte ihm einen Kuß auf die Schulter. «Dann ruf mich an. Oder ich ruf dich in der Gärtnerei an.»

«Okay.»

«Und mach dir keine Sorgen», sagte Thack.

Augusts Praxis lag in einem Gebäude mit schwarzer Glasfront an der Parnassus Street, gegenüber vom U.C. Med. Center. Michael parkte in der Tiefgarage und fuhr dann mit dem Lift, in dem es nach Desinfektionsmittel und nach den Hot dogs aus der Snackbar im dritten Stock roch. Im vierten Stock stieg eine massige Samoanerin zu, die mitleiderregend lächelte und ihren geschienten Zeigefinger hochhielt. Er sprach ihr sein Beileid aus und verließ den Lift dann im sechsten Stock.

Die Empfangsdame, die in Augusts Wartezimmer hinter der Glasscheibe saß, zähmte ihr Lächeln gerade so weit, daß die Klammer verborgen blieb, die Michael zuvor schon so oft gesehen hatte. «Morgen, Michael.»

«Hallo, Lacey.»

«Du bist aber zu früh dran, hm?»

«Ich hab um neun Pentamidin, aber ich hab gehofft, daß August sich noch was anschauen könnte.»

Sie nickte. «Er ist bis Mittag weg.»

«Oh.»

«Er ist bei einer Anhörung in Sacramento.»

«Ach so, mhm.»

«Du weißt schon, Gelder ... so was in der Richtung. Joy ist aber da. Willst du zu ihr?»

Joy war Diplomkrankenschwester. «Klar. Warum nicht? Es ist nur eine Stelle am Bein.»

«Na, dann.» Ein erneutes verhüllendes Lächeln. «Setz dich. Sie hat gleich Zeit für dich.»

Er nahm Platz, schnappte sich eine Ausgabe der *House & Garden* und blätterte sie mechanisch durch. Eines der vorgestellten Anwesen war das Haus von Arch Gidde in Sea Cliff, das aber kaum wiederzuerkennen war inmitten eines Dschungels aus exotischen Pflanzen, die man eigens für den Fotografen angeliefert hatte. Er sah sich das Erscheinungsdatum an – es lag zwei Monate zurück. Der Makler mußte bereits im Sterben gelegen haben, als das Heft an die Kioske gekommen war.

«He», sagte Lacey, «hast du mitgekriegt, wo Jessica Hahn jetzt ein Video macht?»

Michael rang sich ein Kichern ab.

«Ist das nun eklig oder nicht?»

«Ja, ganz schön schrecklich.»

«Es heißt, daß man ihr eine Brust abgenommen hat.»

«Gut möglich», sagte er.

Er wandte sich wieder seiner Zeitschrift zu, und als er spürte, daß er schweißnasse Hände bekam, studierte er eingehend die in Acrylglaskästen ausgestellten Kavallerieuniformen in Arch Giddes Schlafzimmer.

Fünf Minuten später holte Joy ihn an der Tür zum Wartezimmer ab und führte ihn einen sonnigen Flur entlang, in dem Augusts Sammlung von Broadwayshowpostern hing.

«Das war übrigens ich», sagte sie, «die dich gestern angehupt hat.»

Er verstand nur Bahnhof.

«Auf der Clement», erklärte sie ihm. «Du bist grade aus deiner Gärtnerei gekommen, glaub ich.»

«Ach so, ja.» Er gab vor, sich zu erinnern. Im Moment konnte er sich auf überhaupt nichts konzentrieren. Und schon gar nicht auf den Vortag.

«Ich find's schrecklich, wenn die Leute mich anhupen, und ich kann nicht sehen, wer's ist. Dann ist mein ganzer Tag im Eimer.»

«Ja, das kenn ich», sagte er.

Als sie im Untersuchungsraum waren, sagte sie: «Also, was gibt's?»

Er setzte sich auf den Tisch und rollte sein Hosenbein hoch. «Ist das Ding da das, wofür ich es halte?»

Sie musterte es eine Zeitlang schweigend, bevor sie sich wieder aufrichtete: «Wie lang hast du es schon?»

«Keine Ahnung. Es ist mir vorher nie aufgefallen.»

«Wann hast du's entdeckt?»

«Gestern abend.»

Sie nickte.

«Und?»

«Es sieht ganz danach aus», sagte sie.

Er zwang sich, tief durchzuatmen.

«Ich bin mir nicht hundertprozentig sicher.»

Er nickte.

«August ist gegen Mittag wieder da. Er sollte auch mal einen Blick drauf werfen. Und wir können eine Gewebeprobe entnehmen.»

«Von mir aus.»

«Und sonst? Geht's dir gut?»

«Ja, sehr.»

«Ich bin mir nicht völlig sicher», sagte sie.

«Ich versteh schon.» Er lächelte matt, um zu signalisieren, daß er sie nicht darauf festnageln würde.

Bis neun hockte er im Wartezimmer herum und fuhr dann zu seiner Pentamidin-Behandlung in das Labor im zweiten Stock. Während er an dem phallischen Plastikmundstück nuckelte, spulte der Krankenpfleger, der sich um ihn kümmerte, wie gewohnt seinen Monolog herunter.

«... und dann ist George also zu diesem riesigen tollen Schwulen- und Lesbenbankett nach Washington gefahren, nur hat die Airline sein Gepäck mit seinem ganzen Lederkam drin verloren, und ... na ja, das kannst du dir ja vorstellen ... er hat dann vor den ganzen Leuten in Wollhose und weißem Button-down-Hemd antanzen müssen ...»

Michael lächelte mit seinem Mundstück nur schwach.

«Er ist natürlich völlig in den Schatten gestellt worden von so einer S/M-Lesbe, die überhaupt nur ein Korsett getragen hat ... mit *sichtbaren Peitschenstriemen* auf dem Rücken. Ist das nun ein tolles Modebekenntnis oder nicht?»

Michael gluckste.

«Alles in Ordnung, Mann?»

«Ja, ja.»

«Red ich zuviel? Sag mir Bescheid, wenn ich zuviel plapper.»

«Nein, gar nicht.»

Der Inhalationsdampf hinterließ in seinem Mund wie immer einen bitteren, alufolienartigen Geschmack.

Er verließ das Gebäude kurz vor zehn, marschierte den Hügel hinunter zum Park und spazierte dort zwischen Leuten herum, die mit Frisbees oder Hunden herumtollten. Drei Jahre tägliche Sorgen hatten ihn mehr als ausreichend auf diesen Augenblick vorbereitet, und trotzdem kam er ihm völlig irreal vor. Er hatte geschworen, nicht mit dem Schicksal zu hadern, wenn seine Zeit gekommen war. Zu viele Menschen waren schon gestorben, zu viele, die er sehr gemocht hatte, als daß «Warum ich?» eine vernünftige Reaktion hätte sein können. «Warum nicht?» wurde dem schon eher gerecht.

Und es gab eine Unmenge Sachen, die schlimmer waren als Kaposi. Eine Pneumocystis zum Beispiel, die einen innerhalb von ein paar Tagen um die Ecke bringen konnte. August hatte ihm versichert, daß die Pentamidin-Behandlung derartiges verhindern würde, wenn er sie nur regelmäßig machte. Und man wußte, daß Kaposi bei richtiger Behandlung wieder völlig verschwand. Es sei denn, es breitete sich aus, es sei denn, es drang in den Körper ein.

Er dachte an Charlie Rubin zurück. Als die Geschwüre bei ihm ins Gesicht hochgewandert waren, hatte er wegen des einen auf der Nase gewitzelt, daß er damit wie Pluto aussehe. Gegen Ende hatten die Geschwüre ihn fast zur Gänze bedeckt und große purpurfarbene Kontinente gebildet. Zu der Zeit war Charlie natürlich bereits blind gewesen, was ihm wenigstens ihren Anblick erspart hatte.

Er setzte sich auf eine Bank und begann zu weinen. Es war kein größerer Kummer, sondern nur einer der Boxenstops während seines HIV-Grand-Prix. Es ging ihm doch immer noch gut, oder? Er hatte doch immer noch Thack und ein Zuhause. Und Brian und Shawna. Und Harry. Und Mrs. Madrigal, wo sie auch gerade war.

Er legte den Kopf schräg und ließ sich die Tränen von der Sonne wegtrocknen. Die Luft roch nach frisch gemähtem Gras, und alles, was er vom Himmel im Blickfeld hatte, war geradezu lächerlich blau. Die Vögel in den Bäumen waren genauso dick und fett und quietschvergnügt wie die in den Comics.

Als er in Augusts Praxis zurückkam, wurde Laceys Gesicht ganz weich vor Besorgnis. Sie hatte die Nachricht offensichtlich erhalten.

«August ist schon da», sagte sie. «Er erwartet dich.»

Er traf den Arzt im ersten Behandlungsraum beim Händewaschen an. «Na, junger Mann», sagte er lächelnd. «Tut mir leid, daß wir uns verpaßt haben.»

August war Ende Vierzig und damit nicht so viel älter als der Großteil seiner Patienten, aber er redete sie alle mit «junger Mann» an. Er hatte mitangesehen, wie seine friedliche kleine Dermatologenpraxis im Lauf der Zeit zu etwas herangewachsen war, das eher einer Bruderschaft als einer medizinischen Einrichtung glich.

«Wie geht's deinem hübschen Mann?»

«Gut», sagte Michael.

«Sehr schön, sehr schön. Setz dich bitte auf den Tisch.» Er riß ein Papiertuch ab und wischte sich die Hände trocken.

Michael setzte sich.

«Wo ist es?»

Er streckte sein Bein vor und zeigte darauf.

August beugte sich über die Stelle und betrachtete sie argwöhnisch. «Tut es weh?»

«Eigentlich nicht.»

«Tja.» August schüttelte den Kopf. «Ich würd sagen nein.»

«Was?»

«Ich glaube nicht, daß es ein Geschwür ist.» Er ließ Michaels Bein los und verließ den Untersuchungsraum. Kurz darauf kam er mit seiner Diplomkrankenschwester zurück.

«Noch mal hallo», sagte Joy.

«Hallo.» Michael war überzeugt, daß sie mitbekam, wie heftig sein Herz schlug.

«Es ist so eine Art Hof drum herum», sagte Joy, als sie sich den Fleck noch einmal ansah. «Deswegen hab ich gedacht, daß es ...» Sie beendete den Satz gar nicht erst.

«Ich versteh schon, warum du das gedacht hast», sagte August sachlich, «aber es ist nur eins.»

Sie nickte.

«Und sie treten fast nie allein auf.»

«Ja ... verstehe.» Sie warf Michael einen entschuldigenden Blick zu.

«Das Ding rechtfertigt eigentlich keine Gewebeprobe», sagte der Arzt zu ihm. «Wenn es in einer Woche nicht verschwunden ist, können wir noch mal drüber reden, aber es würd mich überraschen, wenn's nicht von selber verschwinden würde.»

Michael nickte. «Dann brauch ich also nichts zu tun?»

«Du kannst es vielleicht mit ein bißchen Clearasil versuchen», sagte August.

Wie jeder andere falsche Alarm, den er im Lauf der Jahre durchgemacht hatte, verlieh auch dieser seinem Schritt eine bemerkenswerte Elastizität, als er die Praxis verließ. Er hatte den unwiderstehlichen Drang, etwas zu kaufen. Kleider vielleicht, oder Möbel. Aber vielleicht fuhr er auch einfach nur mit der runden Rolltreppe in der neuen Nordstrom-Filiale und wartete ab, was ihm in den Sinn kam. Nichts Großartiges, nur was Nützliches mit Erinnerungswert.

Er kannte dieses Gefühl gut. Zum Beispiel war nach den ersten sechs Wochen mit AZT die Zahl seiner Helferzellen auf sechshundert hochgeschnellt. Der Konsumrausch, den das zur Folge gehabt hatte, war schon nicht mehr schön gewesen. Er hatte sich natürlich nur auf das Allernötigste beschränkt und seine Visa Card in der Wäscheabteilung von Macy's bis zum Limit ausgeschöpft, bevor er dann auf dem Garagenflohmarkt in der Fair Oaks Street sein ganzes Bargeld verjubelt hatte.

Er rief Thack aus der Tiefgarage des Ärztehauses zu Hause an. «Ich bin's, Schatz.»

«Oh, hallo.»

«August meint, es ist nur ein Pickel.»

«Na . . . toll.» Er konnte die Erleichterung in Thacks Stimme deutlich hören. «Hab ich doch gesagt.»

«Arbeitest du heute?» fragte Michael.

«Nein.»

«Ich hab gedacht, ich ruf vielleicht Brian an und sag ihm, daß ich mir 'nen Tag freinehme.»

«Gute Idee. Mach das.»

«Gehen wir irgendwo Mittag essen?»

«Au ja. Such du das Lokal aus.»

«Ach, das ist nicht so wichtig. Gehen wir wohin, wo's gemütlich und lesbisch ist.»

Sein Liebhaber lachte. «Das hört sich ja ganz so an, als würdest du einkaufen gehen wollen.»

Michael kicherte in sich hinein. «Na ja, vielleicht.»
«Kann ich mit?»
«Klar.»
«Was soll's denn werden?»
«Keine Ahnung», sagte Michael. «Stühle vielleicht, hab ich mir überlegt.»
«Stühle?»
«Du weißt schon ... für den Küchentisch. Wie wir's beschlossen haben.»
«Ach so, ja.»
«Wir könnten ins Mission runterfahren und dort die ganzen Ramschläden abklappern.»
«Von mir aus.»
«Mrs. Madrigal schwört auf den an der Twentieth gleich neben dem Bioladen ...»
«Ach so», sagte Thack. «Sie hat angerufen.»
«Mrs. Madrigal?»
«Ja.»
«Was hat sie gesagt?»
«Nichts. Sie hat nur herzliche Grüße hinterlassen. Auf dem Anrufbeantworter. Sie war offenbar in Athen.»
«Sie ist wohl auf dem Nachhauseweg.»
«Ja», sagte Thack. «Wahrscheinlich.»

D'orothea's Grille litt an diesem Tag etwas unter Prominentenmangel, weshalb sie sich beim Leutebeobachten auf den Knaben mit dem Sahnearsch konzentrierten, der ihnen ihren chinesischen Hähnchensalat brachte. Als sie schon fast fertig waren, kam DeDe aus der Küche und küßte zuerst Michael und dann Thack auf die Wange. «Hallo, ihr. Wie gefällt euch die neue Ausstattung?»
«Nicht schlecht», sagte Michael.
«Ist auch noch gar nicht fertig. Wir müssen noch die Wand da hinten rausschlagen und das Ganze ein bißchen großzügiger machen. Ach, Gott, mir wird schon anders, wenn ich nur dran denke. Wie war der Salat?»
«Wunderbar», sagte Thack.

«Ihr hättet früher kommen sollen. Chloe Rand war nämlich da.»

Thack ächzte.

«Kennst du sie?»

«Nein», sagte Thack. «Aber ihr Mann wollte gestern abend mit meinem Mann vögeln.»

DeDe drehte sich zu Michael hin und ließ in einer witzigen Geste ihr Kinn herunterklappen. «Nein!»

Michael lachte glucksend.

«Hast du's denn getan?» fragte DeDe.

Er lächelte geheimnisvoll.

DeDe schaute Thack an. «Ich glaub, er hat's getan, was?»

Thack lachte.

«Wo ist das passiert?» fragte DeDe.

«Draußen im Haus von Arch Gidde.»

Sie nickte. «Wir waren zu irgend so einem Brunch bei Prue Giroux eingeladen, aber D'or hat gemeint, daß sie das nicht erträgt. Sie hat nämlich mal für ihn gemodelt, müßt ihr wissen... damals, als er noch schwul war.»

Dafür erntete sie Gejohle von Thack.

Eine Stunde später landeten sie in einem Ramschladen in der Valencia Street einen großen Coup: zwei zusammenpassende Eßtischstühle aus Holz, die zwar einen verdreckten weißen Plastikbezug hatten, aber eine unmißverständliche Art-déco-Silhouette zeigten. Sie zahlten einem alten Mann zehn Dollar dafür, banden sie auf ihrem VW fest und führten sich auf wie ein Haufen Nonnen bei einem Bus voll frisch angelieferter Waisenkinder.

Zu Hause machten sie sich mit Hämmern und Brecheisen an die Arbeit und rissen zwei, drei, vier Lagen Plastik und Polsterung herunter, bis die originalen Stühle zum Vorschein kamen. Ihre spitz zulaufenden Rückenlehnen und die ovalen Griffstücke der Armlehnen hatten einen gewissen Sieben-Zwerge-Touch, der nach Michaels Meinung perfekt zu ihrem Haus paßte.

Als in der Abenddämmerung der Nebel heranrollte, lagen

sie völlig erschöpft auf dem Deck und betrachteten ihre Schätze.

«Wie sollen wir sie anstreichen?» fragte Michael. «Ganz grell vielleicht?»

«Wie wär's mit türkis?»

«Wunderbar. O Gott, sieh mal, wie viele Stifte da drin waren!»

«Ja.»

«Sie fühlen sich garantiert wohler», sagte Michael.

«Wer?»

«Die Stühle. Wo doch jetzt die ganzen Stifte raus sind.»

«Ja, genau.»

«Tja, denk doch mal nach. Das war doch wie eine Kreuzigung oder so.»

Thack lächelte ihn müde an. «Du bist vielleicht ein verrückter Kerl», sagte er.

Michael faßte hinüber und legte die Hand über Thacks Schwanz. Durch die Polsterung der Jogginghose fühlte er sich ganz dick und warm an. Ohne loszulassen, schob Michael sich näher an Thack heran und küßte ihn auf den Mund.

«Geht's dir besser?» fragte Thack.

«Sehr viel besser.»

«Ich will, daß du mir erhalten bleibst. Einverstanden?»

«Einverstanden», sagte Michael.

Sie hörten das Zischen einer Coladose und wußten ohne hinzusehen, daß Brian nach Hause gekommen war.

Hinterlassenschaften

Am Vormittag danach hatte Chloe kurz vor ihrer Rückkehr nach New York noch ein vergnügtes «Bis bald!» auf Mary Anns Anrufbeantworter hinterlassen, was wohl hieß, daß die häßliche Szene, die es zwischen Michael und Russell gegeben hatte, zu dessen Frau gar nicht erst durchgedrungen war. Gott sei Dank wenigstens das nicht. Vier Tage nach dem Debakel in Sea Cliff hatte Mary Ann immer noch nichts von Michael gehört, und wie sie ihn kannte, war es nicht wahrscheinlich, daß er in absehbarer Zeit weich werden würde. Seine Wutanfälle wirkten zumeist lange nach.

Dito Brian. Einen Tag zuvor hatte sie auf Michaels Anrufbeantworter gesprochen und ihrem Mann mitgeteilt, daß sie Ende der Woche abreisen werde und daß Shawna ihren Vater nicht länger als unbedingt nötig entbehren solle. Er hatte nicht zurückgerufen. Sie fragte sich inzwischen, ob er es darauf anlegte, ihr die Abreise zu vermasseln – er wußte genau, daß sie nicht mit gutem Gewissen weggehen konnte, wenn sie Shawna nicht zuvor in seine Obhut übergeben hatte.

Shawna war mit den verschiedenen Erwachsenenkindereien dankenswerterweise spielend fertig geworden. (Wenn sie überhaupt beunruhigt war, dann offenbar eher über die gegenwärtige Abwesenheit ihres Vaters als über die bevorstehende von Mary Ann.) Dasselbe konnte man von Mary Anns Chefs beim Sender allerdings nicht sagen. Deren schlecht kaschierter Groll über ihren neuen Posten hatte sie nur insofern mit Genugtuung erfüllt, als er ihren wahren Wert für den Sender bestätigt hatte – oder doch eher verraten, denn in dieser Frage hatten sie sich immer sehr bedeckt gehalten.

Sie hatte in Larry Kenans Büro gesessen, ihm in groben Zügen ihre neue Aufgabe geschildert und die pochende Ader an seiner Schläfe beobachtet – und sich dabei sehr zusammenreißen müssen, um nicht à la Sally Field die Offenbarung hinauszuschreien, die ihr nach all den Jahren endlich zuteil geworden war:

Sie mögen mich ... Sie mögen mich wirklich!

Ein letztes *Mary Ann in the Morning* hatte sie noch ertragen – «Die Wahrheit über Brustimplantate». Im Moment stand sie zu Hause in ihrem begehbaren Kleiderschrank und zerrte einen Koffer hervor, der dort seit ewigen Zeiten ungeöffnet gestanden hatte. Er war vollgestopft mit Sachen aus Connies Wohnung im Marina. Wally, Connies kleiner Bruder, hatte ihn nur ein paar Tage, nachdem er mit der neugeborenen Shawna vor der Tür gestanden hatte, vorbeigebracht. «Könnte ja sein, daß sie die Sachen mal haben möchte», hatte er mit Melancholie in der Stimme gesagt und damit Dingen eine Art Erbstückcharakter zugesprochen, die wegzuwerfen er wohl einfach nicht übers Herz gebracht hatte.

Als Mary Ann den Deckel hochklappte, stürzte Shawna sich sogleich auf seinen muffig riechenden Inhalt.

«He, Puppy. Nicht so stürmisch.»

«Was ist das?»

Es war eine schmutzige Frotteepython mit beweglichen Plastikaugen. Mary Ann erinnerte sich nur allzu gut an alles. Connie hatte sie auf ihrem Bett liegen gehabt, zusammen mit ihrem riesigen Snoopy. «Es ist eine Schlange, siehst du?» Sie ließ die Augen für Shawna hin- und herrollen.

«Hat die ihr gehört?»

«Ja. Die ganzen Sachen hier haben ihr gehört.»

«Aaaah!» Zutiefst beeindruckt steckte das Kind die Hände erneut in den Koffer und zog eine kleine Pappschachtel heraus, die Mary Ann sofort erkannte.

«Was ist das?»

«Mach mal auf.»

Shawna machte die Schachtel auf, schaute dann aber finster. «Es ist nur ein blöder Stein.»

«Nein, es ist ein Pet Rock.»

«Und was ist das?»

«Na ja ... die hat man halt früher mal so gehabt.»

«Und zu was ist das Ding gut?»

«Das ist ein bißchen schwer zu erklären, Puppy. Aber schau dir doch das da an.» Sie zog ein Satinkissen heraus, dessen ursprüngliches Kastanienbraun zu einem zarten Rosa vergilbt war, und las die Aufschrift laut vor: «School Spirit Day, Central High, 1967.»

«Was ist das?»

«Tja, das ist von der High-School, auf die deine ... Geburtsmommy und ich in Cleveland gegangen sind. Sie war dort Vortänzerin bei den Cheerleaders. Weißt du, was das ist?»

Shawna schüttelte den Kopf.

«Sie ist vor der Kapelle hermarschiert. Sie hatte einen Dirigentenstab und eine wunderhübsche Uniform. Das war ganz was Tolles. Alle Leute haben sie gesehen. Weißt du, vielleicht ist da sogar noch...» Sie wühlte im Koffer herum, weil sie hoffte, daß Wally Connies *Freibeuter* gerettet hatte.

Tatsächlich, da war er! Er steckte hinter einem grauenhaften, auf schwarzem Samt gemalten Bild eines Stierkämpfers. Das erhabene Medaillon auf der Vorderseite des Schuljahrbuchs hatte durch Stockflecken einen mittelalterlichen Touch bekommen. «Ich zeig dir ein Bild», sagte sie.

Es war ein ganzseitiges Foto auf der ersten Seite des Sportkapitels: Connie zeigte, was sie hatte. Die Knöpfe glänzten, Kinn und Busen waren hochgereckt. Mary Ann hatte das Foto damals als nuttig abgetan, aber wahrscheinlich war sie einfach nur neidisch gewesen. Jetzt kam es ihr beinahe jungfrauenhaft vor.

Shawna setzte sich nach Indianerart auf den Boden, legte sich das Jahrbuch in den Schoß und sah sich die Seite genau an. «Sie war hübsch», sagte sie schließlich.

«Ja», sagte Mary Ann. «Sehr sogar. Ich finde, sie sieht dir richtig ähnlich. Meinst du nicht auch?»

Shawna zuckte mit den Schultern. «Bist du mit ihr hierhergezogen?»

«Nein. Sie war schon lange vor mir da. Aber ich hab bei ihr gewohnt, als ich aus Cleveland hierhergekommen bin.»

«Wie lange?»

«Ach... eine Woche.» Eine lange Woche war es gewesen bei den ganzen Kerlen, die Connie aus dem Thomas Lord's und dem Dance Your Ass Off abgeschleppt hatte. Mary Ann war mit dem Gefühl größter Erleichterung ausgezogen und hatte die ganze Verkommenheit einfach hinter sich gelassen. Jedenfalls hatte sie das damals so gedacht. Wer hätte sich träumen lassen, daß sie einmal die Hüterin der Erinnerung an Connie sein würde?

«Hast du sie nicht gemocht?» fragte Shawna.

Das brachte sie völlig aus dem Konzept. «Aber natürlich,

Puppy. Klar hab ich sie gemocht. Wie kommst du denn auf so eine Idee?»

Das Kind zuckte mit den Schultern. «Du hast sie allein gelassen.»

«Ich hab sie nicht allein gelassen.»

«Aber du hast gesagt ...»

«Ich konnte in Annas Haus einziehen. Ich wollte meine eigene Wohnung haben. Bei deiner Geburtsmommy hab ich nur vorübergehend gewohnt. Das hat sie auch von vornherein gewußt.»

Shawna schien das Ganze abzuwägen. Ihre blauen Augen verengten sich dabei zu Schlitzen. Dann blickte sie wieder auf das Jahrbuch hinab. «Bist du da auch drin?» fragte sie.

Mary Ann fand ihr lächerliches Schulfoto mit den gebügelten Haaren und zeigte es dem Kind, wobei sie innerlich zusammenzuckte angesichts der mageren Verdienste, die bei ihr aufgeführt waren, und des herablassenden Sinnspruchs: «Stille Wasser sind tief.»

«Ist das alles?»

«Ja, das ist alles.» Was konnte sie schon sagen. Sie war eine Langweilerin gewesen.

Shawna klappte das Buch zu und legte es zur Seite. «Kann ich mit den Sachen spielen?»

«Aber ja. Sie gehören dir, Puppy. Deine ... Mommy hat sie dir ja hinterlassen.» Sie hätte beinahe noch einmal «Geburtsmommy» gesagt, aber das wäre ihr dann doch ein bißchen schäbig vorgekommen.

Einen Moment lang wurde sie von einer Welle uneingeschränkter Zuneigung zu Connie durchströmt – ein Gefühl, das sie nie zustande gebracht hatte, als ihre alte Klassenkameradin noch am Leben gewesen war. Außerdem schoß ihr das Bild durch den Kopf, wie strahlend Connie in ihrem BABY-T-Shirt ausgesehen hatte – das mit dem Pfeil, der auf ihren kugelrunden Bauch zeigte –, und sie mußte erneut daran denken, wie gut Connie sich als alleinerziehende Mutter gemacht hätte.

Sobald Shawna sich mit Connies Python in ihr Zimmer

zurückgezogen hatte, holte Mary Ann ihre Koffer heraus und traf ein paar Entscheidungen bezüglich der Sachen, die sie nach New York mitnehmen würde. Burke hatte ihr eine Suite im Plaza reserviert, und Lillie Rubin war für ihre gesamte Garderobe zuständig, weshalb sie beschloß, nur leichtes Gepäck mitzunehmen und ihre restlichen Sachen später nachkommen zu lassen. Chloe hatte ohnehin versprochen, mit ihr einkaufen zu gehen, sobald sie in New York war.

Es würde natürlich kalt sein dort, weswegen sie sich hauptsächlich an die Tweed- und Kaschmirsachen hielt. Sie wählte geschäftsmäßige und neutrale Sachen aus, damit auch sichtbar wurde, daß sie eine leere Leinwand war und nicht schon ein fertiges Produkt. Ihren Look würde sie später erst festlegen, nachdem sie Gelegenheit gehabt hatte, die Ausstattung unter die Lupe zu nehmen, die für die Sendung vorgesehen war.

Shawna schien zu spüren, daß die Gelegenheit für extravagante Wünsche günstig war. Auf ihr Geheiß hin fuhren sie am Abend zu Mel's Drive-In, um sich dort Schokoshakes zu holen, und die Route, die sie dazu aussuchte, glich einer Achterbahn – natürlich gehörte auch das steilste Stück der Leavenworth dazu.

«Da, sieh doch!» sagte Shawna und zeigte mit dem Finger, als sie an der Barbary Lane vorbeikamen. «Dort sind Daddy und Michael.»

«Setz dich hin, Puppy.»

«Da ... siehst du sie?»

«Ja, ich seh sie.» Mit dem Rücken zur Straße stapften sie die Treppe hoch. Sie sah Thacks hellen, fast flaumdünnen Schopf unter der Straßenlaterne am oberen Ende der Treppe. Sie kam zu dem Schluß, daß Mrs. Madrigal wohl wieder aus Griechenland zurück war.

Einen Moment lang packte die Paranoia sie, denn sie wußte, daß sie gleich alle über sie sprechen würden. Bestimmt würden sie die Fakten verdrehen und sie als gefühlloses Ungeheuer hinstellen. Es war so ungerecht.

Shawna drängte ans Lenkrad. «Hup doch», befahl sie.

Sie hielt das Kind mit einem Arm zurück. «Setz dich hin, Puppy. Das ist sehr gefährlich.»

«Drück auf die Hupe.»

«Nein. Das ist jetzt nicht der richtige Moment. Schnall dich an.»

Das Kind warf sich auf den Sitz zurück und schob die Unterlippe vor.

«Wir rufen sie an, wenn wir wieder zu Hause sind.»

Schweigen.

«Einverstanden?»

«Wann kommt er nach Hause?»

«Bald.»

Shawna wandte sich ab und schaute aus dem Fenster. «Ich will 'ne doppelte Portion Malzsirup», sagte sie.

So nicht

Sie hat sich komisch angehört», sagte Michael, während sie an den Ballaststeinen am Ende der Barbary Lane entlanggingen. «Ist dir das nicht aufgefallen?»

«Eigentlich nicht», sagte Thack.

«Tja, mir aber schon.»

«Es ist wahrscheinlich der Jet-lag», sagte Brian. «Es sei denn, du meinst wegen . . .?»

«Nein», sagte Michael; er wußte, daß Brian Mary Ann meinte. «Nicht deswegen. Wegen was anderem.»

Als sie durch das überdachte Gartentor der Nummer 28 traten, sprang eine Katze von dessen bemoostem Dach und brachte sich in Sicherheit, indem sie einen efeuumrankten Baum hochkletterte. Die Fenster des alten schindelverkleideten Hauses schienen vor Dankbarkeit für die Rückkehr ihrer Herrin regelrecht zu leuchten.

Aus Michaels alter Wohnung im ersten Stock kam Musik – so eine Art freundlicher New-Age-Ragtime. Michael hatte seine diversen Nachfolger nie kennengelernt und hatte auch an diesem Abend überhaupt keine Lust dazu. Er hoffte, daß sie ganz en famille bleiben würden. Er wollte Mrs. Madrigal nicht mit Leuten teilen, die er nicht kannte.

Als die Vermieterin die Tür öffnete, registrierte er als erstes ihre Bräune. Sie riß ihre Wedgwood-Augen theatralisch weit auf und umarmte sie einen nach dem anderen in der Reihenfolge ihres Eintretens: Michael, Thack, Brian.

«Prächtig seht ihr alle aus!» sagte sie und führte sie ins Wohnzimmer. «Setzt euch. Auf dem Tisch drüben gibt es Joints. Und ein bißchen Sherry, wenn ihr welchen wollt. Ich hab in der Küche noch ein paar Kleinigkeiten zu erledigen. Ich bin gleich wieder da.»

Brian und Thack setzten sich aufs Sofa. Michael blieb stehen. Mrs. Madrigals heftiger Gastfreundschaftsausbruch hatte ihn wenig überzeugt und auch ein bißchen beunruhigt. «Kann ich Ihnen irgendwie zur Hand gehen?» fragte er.

Die Vermieterin wirkte etwas zögerlich. «Wenn du möchtest.»

Nachdem sie mehrere Cottage Pies in den Backofen geschoben hatte, umarmte sie ihn in der Küche noch einmal und sagte: «Die Umarmung war von Mona. Ich hab sie ihr versprechen müssen.»

«Wie geht's ihr?»

«Ganz prima. Und sie ist eine sehr charmante und erwachsene Person.»

«Mona?»

Die Vermieterin schloß lächelnd die Backofentür. «Ich habe versucht, sie zu einem Besuch bei uns zu bewegen, aber man kennt das ja schon ... sie ist völlig ausgelastet mit ihrem Haus da.»

«Wo sie das nur herhat?»

Ihr Lächeln wurde etwas matt. «Du hast mir gefehlt, mein Lieber.»

«Tut mir leid, daß ich nicht mehr angerufen hab vor Ihrer Abreise.»

«Ach, red keinen Unsinn.»
«Nein», sagte er. «Ich hatte es versprochen.»
«Na ja, du hast einfach zu viel um die Ohren gehabt. Ach so... hier, bevor ich's vergesse.» Sie eilte ins Schlafzimmer und kam mit einer kleinen Pappschachtel zurück. «Ich soll dir von Lady Roughton bestellen, daß das hier der letzte Hinweis auf Sappho ist, der auf der Insel noch zu finden ist.»
Es war ein Schlüsselring mit einem grünen Emailmedaillon, das das Porträt der Dichterin trug. Er lächelte; die glatte Oberfläche unter dem Daumen war angenehm. «Hat sie sich verliebt?»
«Das würde sie mir nicht verraten», sagte Mrs. Madrigal.
«Na, und ob.»
«Kann ich ihr auch nicht verdenken.»
«Und wie ist es mit Ihnen?»
«Was meinst du damit?»
Er zuckte mit den Schultern.
Die Art, wie sie ihm zuzwinkerte, sollte andeuten, daß er ungehörig war. «Ich habe wunderbare Wanderungen durch die Berge unternommen.»
Er lachte glucksend. «Schön.»
Sie wandte sich von ihm ab und machte sich daran, Spinatblätter unterm Wasserhahn zu waschen. «Ich hab Bilder da, die ich euch nachher zeigen kann.»
«Toll.»
Nach kurzem Schweigen fragte sie: «Geht sie für immer weg?»
«Sieht ganz so aus.»
Sie murmelte etwas vor sich hin und wusch weiter den Spinat.
«Es ist ein richtig großer Bruch.»
«Geht's ihm denn einigermaßen?»
«Nein», antwortete er. «Nicht besonders.»
«Wann reist sie ab?»
«Übermorgen, glaub ich.»
Die Vermieterin trocknete sich die Hände an einem Geschirrtuch mit aufgedruckter Akropolis ab. Sie strahlte so eine

ruhige Kompetenz aus, daß er sich einen Augenblick lang vorstellte, wie sie sich gleich dranmachen würde, alles ins Lot zu bringen. Wie eine Ärztin, der man alle Symptome genannt hat und die einem gleich das Heilmittel dagegen verschreibt.

Statt dessen machte sie ihren alten Kühlschrank auf und nahm eine Platte mit gefüllten Weinblättern heraus. «Würdest du die bitte reintragen, mein Lieber?»

Schnappschüsse

«... Und in Petra ... das ist gleich das nächste Dorf ... gibt es etwas, das sich Touristenkollektiv nennt und das sich nur aus Frauen zusammensetzt. Sie verkaufen Kunsthandwerk und vermieten ihre Häuser und so. Und es ist das erste Mal überhaupt, daß Frauen aus diesem Dorf einen Penny ... oder eine Drachme oder was immer ihr wollt ... unabhängig von ihren Ehemännern erwirtschaften. Sie sitzen einfach da mit ihren Körbchen voll Spitzen und strahlen übers ganze Gesicht ...»

Nach mehreren Joints und einem langen Abendessen waren Brians Gedanken abgeschweift, aber dieser Teil ihrer Reisebeschreibungen, der wie aus dem Nichts zu ihm herüberwehte, schien in gewissem Bezug zu seinem Schmerz zu stehen. Er fragte sich, ob sie es wohl darauf angelegt hatte.

«Ich hab gedacht, Sie zeigen uns ein paar Fotos», sagte Michael.

«Tja, mein Lieber ... meint ihr wirklich, daß ihr sie ...?»

«Unbedingt», sagte Thack und klapperte heftig mit seinem Fummelkettchen. Die Vermieterin hatte jedem von ihnen eins geschenkt, indem sie damit ihre Plätze am Tisch gekennzeichnet hatte. Blaue Keramikperlen für Brian, orange für Thack und welche aus Olivenholz für Michael. Zweifellos gab es irgendwo auch ein Kettchen für Mary Ann.

Mrs. Madrigal ging aus dem Zimmer; offenbar, um ihre Schnappschüsse zu holen.

Michael lächelte die beiden etwas schläfrig an. «Sie sieht gut aus, was?» Brian nickte.

«Irgendwas muß ihr richtig gutgetan haben», sagte Thack.

Mrs. Madrigal kam mit den Fotos zurück und breitete sie auf dem Samtüberwurf der Anrichte fächerförmig aus, als wären sie Spielkarten. «Es soll jeder für sich alleine schauen. Ihr kommt auch einmal kurz ohne meine Erzählungen aus.»

Brian stellte sich zu den beiden anderen vor die Anrichte.

«Ich hab gar nicht gewußt, daß Sie eine Kamera haben», sagte Michael.

«Ich hab auch keine», sagte die Vermieterin. «Jemand anderes hat die Fotos gemacht.»

Die Schnappschüsse waren mit der Ausnahme, daß es keine gekalkten Häuser gab, größtenteils das, was Brian erwartet hatte. Versengte Hügel über blitzblauem Wasser. Hier und da ein Esel. Fischerboote in leuchtenden Farben. Anna und Mona, wie sie in die Sonne blinzelten und eine größere Familienähnlichkeit an den Tag legten als je zuvor – jetzt, wo die eine die mittleren Jahre noch nicht ganz erreicht und die andere sie schon überschritten hatte.

«Das Haus sieht wunderbar aus», sagte Thack. «Das ist es doch, oder? Das mit der Terrasse?»

«Ja, ja.»

«Das da ist Mona.» Michael zeigte Thack eines der Fotos.

«Ich weiß. Ich hab sie erkannt.»

«Wie denn?» fragte Michael.

«Sie hat uns doch letzte Weihnachten ein Foto geschickt.»

«Ach so, ja.»

Brian schweifte wieder ab, sinnierte mürrisch darüber, welchen Trost ein «uns» doch spendete und daß es aus seinem Vokabular binnen kurzem verschwunden sein würde. Mrs. Madrigal fixierte ihn und lächelte ihn mit peinigender Freundlichkeit an.

Michael hielt einen anderen Schnappschuß hoch. «Ist das der Mensch, der die Fotos geschossen hat?»

«Welcher?» fragte die Vermieterin.

«Der Kerl, der wie Cesar Romero aussieht.»

Brian war überzeugt, daß der Vermieterin das Blut in die Wangen schoß.

«Ja», erwiderte sie ernst. «Das ist Stratos. Er hat uns überall herumgeführt.»

Michael nickte und schenkte ihr einen süffisanten Blick.

«Wer braucht noch Sherry?» fragte Mrs. Madrigal. Sie hielt die Flasche hoch und schaute überall hin, nur nicht zu Michael.

«Hier, ich», rief Thack und hielt ihr sein Glas entgegen. Er hatte Michaels Stichelei offensichtlich mitbekommen und half ihr, das Thema zu wechseln. «Er schmeckt übrigens großartig. So nussig.»

«Ja, nicht?»

«Mhm.»

«Den hatte Molinari's gerade ganz frisch...»

«Ich nehm auch einen», warf Brian ein.

«Sehr schön.» Während sie ihm einschenkte, sah sie ihn direkt an und sagte mit leiser, ruhiger Stimme: «Setzen wir uns doch ein bißchen in den Vorgarten, hm?»

Ihm war fast so, als hätte man ihn gerade ins Büro der Schulleiterin zitiert.

«Ihr entschuldigt uns doch, oder?»

Michael und Thack antworteten im Chor: «Klar.»

Die Bank, auf der sie Platz nahmen, hieß normalerweise «Jons Bank», weil sie seine Urne in dem Blumenbeet direkt daneben bestattet hatten. Die Erde lag dort im Moment zwar brach, aber zum Winterende hin würde die Luft betäubend nach Hyazinthen riechen.

«Michael hat es mir erzählt», begann die Vermieterin.

«Ich weiß.» Er sah sie mit einem kleinen Lächeln an. «Er hat mir erzählt, daß er es Ihnen erzählt hat.»

«Wie geht's dir denn?»

Er zuckte mit den Schultern.

Sie legte eine kurze Pause ein und sagte dann: «Ich werde dir nicht sagen, daß es wieder besser wird...»

Er beendete den Satz für sie. «... weil Sie wissen, daß ich das selber weiß.»

Sie lachte bekümmert in sich hinein. «Ach, du meine Güte. Bin ich so leicht zu durchschauen?»

«Nein. Eigentlich nicht.»

«Ich kann alte Weiber nicht ausstehen, die für alles irgendein Sprüchlein parat haben.»

«Keine Angst», sagte er. «So eine sind Sie nicht.»

«Ich hoffe und bete, daß das stimmt.»

Er lächelte sie matt an.

«Hast du mit ihr geredet?» fragte sie.

«Nicht in letzter Zeit.»

Sie schwieg.

«Sie finden, daß ich mit ihr reden sollte, hm?»

Mrs. Madrigal faltete ihre langgliedrigen Hände im Schoß. «Ich glaube, es gibt Szenen ... die wir ganz einfach zu Ende spielen müssen. Wenn wir das nicht tun, berauben wir uns selbst der Möglichkeit, überhaupt noch etwas zu empfinden.»

«Aber, ich empfinde doch etwas.»

«Ja, klar.»

Er hob einen kleinen Kiefernzapfen vom Boden auf und schleuderte ihn ins Gebüsch. «Übermorgen reist sie ab. Und dann wollte ich wieder zurück sein.»

«Was ist mit Shawna?»

«Ich bring sie immer noch jeden Tag zur Schule.»

«Ich meinte nachher.»

«Ach so. Das krieg ich schon hin. Kein Problem.»

«Wenn du tagsüber Hilfe brauchst ... du weißt, wie gern ich auf sie aufpassen würde.»

«Danke.»

Die Vermieterin ließ ihren Blick durch den Vorgarten schweifen. «Sie ist zu gern hier unten, weißt du.»

Er nickte. «Ja.»

«Sie ist ein kluges kleines Mädchen.» Mrs. Madrigal sah ihn an. «Sie wird schon wissen, wie sie damit zurechtkommt.»

Erneutes Nicken. «Das weiß sie jetzt schon besser als ich.» Seine Verlegenheit schlug ihm ein Schnippchen. «Es tut mir leid, daß wir sie nicht mehr vorbeigebracht haben.»

«Red doch keinen Unsinn.»

«Nein . . . wirklich.»

Sie griff nach seiner Hand.

Sie saßen schweigend nebeneinander und blickten in die Dunkelheit. Schließlich sagte er: «Sie finden, ich sollte es tun, hm?»

«Was?»

«Raufgehen und mich wie ein Mann verabschieden.»

Sie nickte.

«Horror.»

«Ich weiß.» Sie seufzte leicht. «Ich habe es auch gerade tun müssen.»

Er war verdattert. «Bei Mary Ann?»

«Nein. Auf Lesbos.»

Er dachte kurz nach. «Der Mann auf dem Bild?»

Sie nickte.

«Sie hatten eine kleine . . .?»

«Ja.»

«Und er fehlt Ihnen.»

«Wie Sau», sagte sie.

Dann bleib doch

Keine Sendung am nächsten Tag, das hieß auch keine Hausaufgaben, wurde ihr klar. Shawna war schon im Bett, ihre Koffer waren gepackt, und sie kam sich auf irritierende Art vor wie eine Sechstkläßlerin am Samstagvormittag. Wild entschlossen, dieses Gefühl auch auszuleben, hatte sie zuerst ein langes Bad genommen und es sich dann im Bademantel mit dem Buch *And so it Goes – Adventures in Television* von Linda Ellerbee auf dem Sofa bequem gemacht. Schon seit einem Jahr hatte sie immer wieder versucht, das blöde Ding zu Ende zu lesen.

Als sie an der Eingangstür Schlüsselgeklapper hörte, wußte sie, daß Brian nach Hause kam.

«Hallo», sagte er.

«Hallo.» Sie legte sich das Buch auf den Bauch und gähnte so unerwartet, daß reflexartig ein «Entschuldigung» folgte, das sich für ihn wohl völlig dämlich anhörte.

Er ging an ihr vorbei und dann den Flur entlang ins Bad. Sie hörte, wie er pinkelte und sich dann Wasser ins Gesicht spritzte. Sie richtete sich auf, blieb aber auf dem Sofa sitzen. Falls er mit ihr reden wollte, würde er schon kommen.

Er kam auch und setzte sich in den Sessel gegenüber. «Ich war bei Mrs. Madrigal.»

«Dann ist sie also zurück.»

«Ja.»

«Hat sie dir was zu essen gegeben? Es ist noch etwas Truthahnsalat da, wenn ...»

«Nein, danke. Ich bin voll bis obenhin.»

Sie nickte.

«Ich bleib nicht hier.»

Nach einer Pause sagte sie: «Das wäre aber schön.»

Er schüttelte den Kopf.

«Ich finde es schrecklich, daß es so laufen muß.»

Er zuckte mit den Schultern.

Sie schenkte ihm den freundlichsten Blick, den sie zustande brachte. «Sei bitte nicht sauer.»

«Ich bin nicht sauer.»

«Dann bleib doch.»

«Nein, das fände ich nicht gut.»

Er litt offenbar, weshalb sie das Thema nicht weiter verfolgte. «Ich hab die Sachen aus der Wäscherei geholt», sagte sie statt dessen.

«Danke.»

«Ich hab gedacht, daß du wahrscheinlich schon fast keine Hemden mehr hast.»

Er nickte. «Geht's Shawna denn gut?»

«Sehr. Hat sie dir erzählt, daß sie eine Rolle gekriegt hat beim Weihnachtstheater der Presidio Hill?»

«Mhm.»

«Ich hab zwar das Gefühl, daß es nicht die Hauptrolle ist,

aber . . .» Sie riß die Augen auf und sah ihn so einnehmend wie möglich an.

«Sie spielt ein Atom», sagte Brian leise.

«Ein Atom?» Sie runzelte die Stirn.

«Ja. Ein *Atom*.»

Diese Schule, dachte sie. «Das hört sich aber nicht sehr weihnachtlich an.»

«Es geht um . . . tja, um die Rettung des Planeten.» Er brachte ein Lächeln zustande. Halbwegs.

«Was kann ich ihr denn sagen, wann du wiederkommst?»

«Am Freitag.»

Mit anderen Worten, nachdem sie weg war.

«Das weiß sie aber schon», schob er nach.

«Ach so . . . na, dann.»

«Sie wird doch nicht alleine sein, oder?»

«Nein», antwortete sie. «Nguyet bleibt bei ihr. Ich hab Shawna alles erklärt. Sie nimmt es eigentlich ganz gelassen.»

Er nickte.

«Es ist schon alles geregelt.»

«Das denk ich mir», sagte er. «Wann fährst du?»

«Um sechs kommt eine Stretch-Limo.»

«Abends?»

«Morgens.»

Wie aus Mitgefühl verzog er das Gesicht. «Na, für den Job mußt du aber auch ganz schön früh aufstehen.»

Sie lächelte. «Ich bin's ja schon gewöhnt.»

Ihre Blicke kreuzten sich einen Moment lang und suchten sich dann gefahrlosere Ruheplätze.

«Es tut mir wirklich leid», sagte sie.

Er hob die Hand. «Laß doch.»

«Ich finde, du bist so ein toller Kerl . . .»

«Mary Ann.»

«Ich weiß nicht, was ich sagen soll. Ich komm mir so schrecklich vor.»

«Ach, scheiß drauf», sagte er ruhig. «Ich bin drüber weg.»

Er sah nicht annähernd so aus.

«Red lieber mit Michael», fügte er hinzu.

«Was soll das heißen?»

«Na ja ... das war's ja wohl für euch beide.»

«Was?»

«Ich meine, wenn er krank würde ... Darüber hast du dir doch wohl schon Gedanken gemacht, oder?»

«Was soll das? Was redest du denn da? Daß ich nicht weggehen soll, weil er vielleicht mal krank wird und ich dann dasein soll, um ...?»

«Hab ich das gesagt? Das hab ich nicht gesagt.»

«Na ja, gut. Mouse würde mir nämlich niemals ...»

«Ich weiß.»

«Laß mich ausreden. Er würde mir niemals, wirklich niemals vorwerfen, daß ich ...» Sie war kurz vor dem Heulen, weshalb sie sich erst einmal sammelte. «Er weiß, was ich tue und warum ich es tue, und er wünscht mir alles Gute. Es freut mich, daß ich ihm fehlen werde ... falls er dir so was erzählt hat ... denn er wird mir auch fehlen. Aber so ist das eben, Brian. Das Leben spielt halt manchmal so.»

Er sah sie verdutzt an und sagte: «Dein Leben.»

«Ja. Von mir aus. Mein Leben. Ist doch egal. Nur, wirf mir nicht vor, daß ich ... vor seiner Krankheit davonlaufe.»

«Das hab ich nicht getan.»

«Ich wäre auf der Stelle da, wenn ...»

«Das geht doch gar nicht. Wie solltest du das machen können?»

Sie fand es furchtbar, sich darüber Gedanken zu machen. Und das wußte er auch. Michael war seine letzte Karte, und er war entschlossen, sie auszuspielen. «Das ist doch das Allerletzte, Brian. Wenn Michael wüßte, daß du ihn benutzt, um ...»

«Red mit ihm. Mehr sag ich doch gar nicht.»

«Von wegen. Du willst mir doch bloß ein riesiges schlechtes Gewissen einreden.»

«Dafür kann ich ja nichts, wie das bei dir ankommt.»

«Du hast keine Ahnung, was zwischen Mouse und mir läuft. Du weißt gar nicht, wie gut wir einander verstehen.»

Er bedachte sie mit einem matten, traurigen Lächeln. «Nein», sagte er, «wahrscheinlich nicht.»

Sie sah, welche Wirkung das bei ihm hatte, und versuchte, es rückgängig zu machen. «So hab ich's aber doch gar nicht gemeint.»

«Ruf ihn einfach an, okay?»

«Ja.»

Er stand auf.

«Geh noch nicht», sagte sie.

Er lächelte matt. «Ich hol meine Hemden.»

Sie stellte sich ans Fenster und starrte auf die Bay hinaus. Er war gleich wieder zurück. Die Hemden hatte er sich über die Schulter geworfen wie ein kurzes Cape.

«Du könntest auf dem Sofa schlafen», sagte sie, «wenn dir das Bett unangenehm ist.»

Er beugte sich vor und küßte sie flüchtig auf den Scheitel. «Ist schon in Ordnung.»

An der Tür legte sie ihm aus irgendeinem dämlichen Grund die Hand auf den Arm und sagte: «Fahr vorsichtig.»

Wieder mal ein Brief an Mama

Liebe Mama,
als du mir neulich von Papas Grabstein erzählt hast, ist mir deine Erwähnung aufgefallen, daß bei ihm noch für die ganze Familie Platz ist.

Nein. Peinlich. Noch mal von vorn.

Liebe Mama,
unser Gespräch von neulich war sehr schön. Thack meint, wir beide sollten ohnehin mehr miteinander reden, und ich glaube, er hat recht, denn nach unseren Gesprächen geht es mir immer viel besser.

Hör auf zu lügen und komm zur Sache.

Liebe Mama,
ich finde es schön, daß wir vor ein paar Tagen telefoniert haben. Du hast dabei allerdings eine Erwähnung gemacht, die mir Sorgen bereitet. Du stellst dir wohl vor, daß eines Tages die gesamte Familie auf demselben Friedhof begraben liegen wird. Ich weiß, wie du es gemeint hast, aber ehrlich gesagt finde ich ein christliches Begräbnis unnötig und ein bißchen makaber.

Wirklich dezent, Tolliver.
Schreib weiter. Du kannst es nachher noch umändern.

Ich kann nicht sagen, wieviel Zeit mir noch bleibt – ob es zwei oder fünf oder fünfzig Jahre sind –, aber ich möchte nicht nach Orlando zurückgebracht werden, wenn alles vorbei ist. Mein Zuhause ist jetzt hier, und ich habe Thack gebeten, alle Vorkehrungen zu treffen, damit ich hier in San Francisco eingeäschert werde.

Mir wäre das alles nicht so wichtig, wenn ich den Wert einer Familie nicht genauso hoch einschätzen würde wie du. Ich habe hier meine eigene Familie, und sie bedeutet mir mehr als alles auf der Welt. Wenn ein Abschied nötig wird, dann möchte ich, daß er hier stattfindet, und ich möchte auch, daß die Verantwortung für alles bei Thack liegt. Ich hoffe, du kannst das verstehen.

Wenn du weiterhin möchtest, daß in Orlando eine Totengedenkfeier stattfindet (immer davon ausgehend, daß du nicht in der Lage bist hierherzukommen), dann kann Thack dir ja einen Teil der Asche schicken. Ich glaube, du weißt, daß es mir lieber wäre, wenn kein Priester daran teilnehmen würde, aber das kannst du so handhaben, wie du gerne möchtest. Sorge aber dafür, daß er nicht für mein Seelenheil betet oder den Herrn um Vergebung bittet oder etwas in der Art.

Bitte mach dir jetzt keine falschen Vorstellungen. Es geht mir durchaus gut. Ich wollte das nur aus dem Weg haben, damit wir nicht weiter darüber nachdenken müssen. Ich habe keine allzu großen Bedenken, wie du das Ganze aufnehmen wirst, da ich weiß, wie sehr du Thack magst. Er läßt dir übrigens herzliche Grüße bestellen und dir ausrichten, daß er dir Fotos von den neuen Stühlen schickt, sobald wir sie lackiert haben.

Ich werde mich bemühen, häufiger anzurufen.

In inniger Liebe
Michael

P.S.: Meine Freundin Mary Ann Singleton (du hast sie vor Jahren einmal kennengelernt) hat eine neue Vormittagstalkshow, die landesweit gesendet wird. Sie fängt im März an. Halt also die Augen offen. Sie ist eine wirklich gute Freundin von mir, und wir freuen uns alle sehr für sie.

Erleichterung

Mit dem Winter kamen die Niederschläge, aber bei weitem nicht genug. Die kümmerlichen Sprüh- und Nieselregen, die vom Ozean herübertrieben, wirkten sich auf die ausgetrockneten Wasserspeicher der East Bay fast überhaupt nicht aus. Michael sah sich die abendlichen Wettervorhersagen mit zunehmender Angst um die Gärtnerei an. Ende Februar war es wieder einmal soweit, daß der Meteorologe die Nachrichten einleitete und in düstersten Farben die bevorstehende strenge Wasserrationierung an die Wand malte.

Doch einen Tag nach dem Saint Patrick's Day tauchten riesige flanellgraue Wolken über der Stadt auf wie Luftschiffe, und sie verharrten ewig, wie es schien, bevor sie ihre Fracht über eine dankbare Bevölkerung ausgossen. Der Regen kam mit erfrischender Gewalt und wusch alles wieder sauber, strömte die Hügel hinunter und trug die Hundescheiße mit sich fort wie ein Gebirgsfluß gefällte Baumstämme.

So ging das die ganze Woche, bis Harrys Laufwiese im Dolores Park zu einem Sumpf geworden war, unpassierbar für Mensch und Tier. Als es am Samstag vormittag für kurze Zeit aufklarte und Michael zum ersten Mal nach vierundzwanzig Stunden mit Harry wieder richtig nach draußen konnte, hielt er sich strikt an die Route über die betonierten Gehwege entlang der Cumberland Street. Der blaue Riß in der Wolkendecke würde bald wieder gekittet sein, und deswegen war es wohl besser, wenn sie sich beeilten – was sogar Harry zu begreifen schien.

Während der Hund am oberen Ende der Treppe in reichlich unrühmlicher Stellung im feuchten Gras hockte, setzte Michael sich auf das Geländer und blickte über das regenverhangene Tal. Auf den Flachdächern der nichtviktorianischen Häuser bildeten sich schon kleine Seen.

Ein großer, dünner Mann mit einem kleinen blauen Rucksack kam langsam die Treppe heraufgestiegen. Als er oben anlangte, erkannte Michael in ihm den Kerl aus dem Rawhide II, Eulas Sohn. Der mit den sechs Helferzellen. «Na, wie geht's?» fragte er, als er Michael erkannte.

«Sehr gut. Ist die Luft nicht wunderbar?»

Der Mann blieb neben ihm stehen und atmete tief durch. «Pentamidin ist ein Dreck dagegen.»

«Ja, nicht?» Michael lächelte. «Wie geht's deiner Mutter?»

«Phantastisch. Sie soll beim Mister-Brustmuskel-Wettbewerb die Punktrichterin machen.»

Er lachte glucksend. «Da muß sie ja im siebten Himmel sein.»

«Und ob.»

«Wohnst du hier in der Gegend?»

Der Mann schüttelte den Kopf. «Ich war nur grade unten beim Buyer's Club.»

«Bei dem in der Church Street?»

«Ja.»

«Was hast du dir geholt?»

«Dextran. Und ein paar gefriergetrocknete Kräuter.»

Michael nickte. «Ich hab auch mal einige Zeit Dextran genommen.»

«Hat's nichts gebracht?»

«Na ja, ich hab gehört, daß der Körper gar nicht genug aufnehmen kann, damit's auch wirklich was bringt.»

«Ja, das hab ich auch gehört.» Der Mann zuckte mit den Schultern. «Schaden kann's nicht. Die Japaner nehmen das Zeug wie Aspirin.»

«Mhm.»

«Hast du schon von diesem neuen Zeug gehört? Compound Q?»

Michael verneinte.

«Bei Labortests hat es den Virus abgetötet. Ohne die anderen Zellen zu schädigen.»

«Ach, ja?»

«Am Menschen hat man's noch nicht ausprobiert, aber es herrscht 'ne Menge ... na, du weißt schon.»

«Vorsichtiger Optimismus.»

«Genau.»

Michael nickte. «Wär das nicht toll?»

«Ja.»

«Und was ist es? Ein Chemiepräparat?»

«Das ist ja das Verblüffende daran. Das Zeug kommt aus der Wurzel von irgendeiner chinesischen Gurke.»

«Das ist ja 'n Ding.»

«Es ist was rein Natürliches. Es kommt auf der Erde einfach so vor.» Der Mann blickte einige Zeit auf das Tal, bevor er Michael wieder ansah. «Ich versuch, mir nicht allzu große Hoffnungen zu machen.»

«Mein Gott, warum denn nicht?»

«Wahrscheinlich hast du recht», sagte der Mann.

Sie stellten sich einander zum ersten Mal vor. Er hieß Larry DeTreaux, und er war auf dem Weg zu Metro Video. «Mein Liebhaber hat gesagt, ich soll *Mutter Teresa* und *Humongous II* mitbringen. Wenn das nichts über mein Leben aussagt.»

Michael lächelte. «Welchen schaut ihr zuerst an?»

«Gute Frage.»

«*Humongous II* ist ziemlich gut.»

Larry nickte. «Wir drehen einfach den Ton ab und lassen ihn als Hintergrund laufen.»

«Ja. Machen wir auch.»

«Die Stimmen sind das Allerfurchtbarste.»

Harry scharrte ungeduldig an Michaels Bein.

Larry lächelte. «Ist das deiner?»

«Ja. Aber bei dem Regen bleibt ja kaum mal Zeit, mit ihm rauszugehen. Beruhig dich, Harry.»

«Pudel haben doch keine Ahnung, wie das geht.»

Michael schielte zu Larry hoch, während er Harry an die Leine nahm. «Du bist doch kein Pudelhasser, oder?»

«Nein. Aber ich kenn die Rasse gut. Eula hat schon ein paar Pudel gehabt.»

Da hätt ich drauf gewettet, dachte Michael. «Ich geh ein Stück mit», sagte er. «Ich wohn gleich dort drüben.»

Thack war im Garten, als sie zum Haus kamen. Er beugte sich gerade über sein Spalier und prüfte die jungen Triebe. Das schien er ohnehin im Stundentakt zu machen.

«Du erinnerst dich doch an Larry aus dem Rawhide II.»

«Ja, richtig.» Thack lächelte und schüttelte ihm die Hand. «Thack Sweeney.»

«Ist das neu, das Spalier?» fragte Larry.

«Ziemlich.»

«'ne interessante Form.»

«Wir lassen Klematis drauf wachsen», sagte Michael, «damit es im Sommer ein rosa Winkel wird.» Er war überzeugter denn je, daß niemand es als solchen entschlüsseln würde, aber er versuchte, solidarisch zu sein.

«Was für eine tolle Idee! Wem ist das denn eingefallen?»

Thack wurde deutlich größer. «Mir.»

Larry linste zu den Wolken hoch, die schon wieder recht bedrohlich aussahen. «Ich mach mich besser auf die Socken.»

«Brauchst du einen Schirm?» fragte Michael.

«Hab ich dabei.» Er klopfte auf seinen Rucksack. «Macht's gut.»

«Ja, du auch», sagte Thack.

Michael fügte hinzu: «Sag Eula einen schönen Gruß von uns.»

«Wird gemacht.»

«Eula», sagte Thack, sobald Larry außer Hörweite war. «*So* hat sie geheißen, stimmt.»

Michael ließ Harry ins Haus und machte die Tür hinter ihm zu. «Wie hast du das nur vergessen können?»

«Wir sollten sie mit deiner Mutter zusammenbringen, wenn sie mal zu Besuch kommt.»

«Wag das ja nicht.»

«Sie könnte sie in die ganzen Pianobars schleppen...»

«Hör mal, wenn du noch ein bißchen länger leben willst...»

Sein Liebhaber lachte. «Du hast doch nur Angst, daß sie es toll findet.»

«Haargenau.»

«Sie wird hierhin übersiedeln, und wir müssen sie dann jeden Sonntagnachmittag mit Gewalt aus dem Galleon rausholen.»

Michael machte den Briefkasten auf. «War die Post noch gar nicht da?»

«Ich hab alles reingelegt.»

«Ist was Hübsches dabei?»

«Eine Postkarte von Mona.»

«Ach, ja?»

«Sie möchte, daß wir sie in diesem Sommer besuchen.»

«Echt? Auf Easley House?»

«Ja.»

Michael holte bei dem Gedanken tief Luft.

«Sollen wir das machen?»

«Na klar! Dir werden die Augen übergehen bei dem Haus, Thack!»

«Und was ist mit hm, hm?»

Er hatte plötzlich Gewissensbisse, die fast schon etwas Elterliches hatten. «Ach so, ja.»

«Hunde müssen sechs Monate in Quarantäne, bevor sie reingelassen werden.»

«Vergiß es», sagte Michael.

«Elizabeth Taylor hat ihre immer auf einer Barkasse mitten auf der Themse untergebracht. So waren sie nur dem Seerecht unterworfen.»

Michael verdrehte die Augen. «Na, das ist ja mal ein Reisetip, den ich mir garantiert merken werde.»

«Was ist mit Polly?»

«Was soll mit ihr sein?»

«Hat sie sich nicht schon mal als Housesitter angeboten?»

«Du hast recht», sagte Michael. «Und Harry ist ganz vernarrt in sie.»

«Und du meinst, es würde ihr nichts ausmachen?»

«Machst du Witze? Dann kann sie ihre Püppis aus dem Francine's mit nach Hause nehmen.»

«Da hast du auch wieder recht», sagte Thack grinsend.

Der Regen trieb sie hinein. Sie kochten sich Tee und betrachteten den Regenguß vom Küchentisch aus. Michael dachte an den regnerischen Frühling zurück, den er auf Easley House erlebt hatte – über fünf Jahre war das jetzt her. Vor dem überkandidelten Pavillon, der auf dem Hügel oberhalb des Hauses stand, hatte er Mona schließlich von Jons Tod erzählt. Und jetzt wünschte er sich nichts sehnlicher, als daß sie den Mann kennenlernte, bei dem er sein Glück gefunden hatte.

Er griff nach ihrer Postkarte und las sie noch einmal. Sie zeigte die Gartenansicht des großartigen Hauses. Ein mit Kugelschreiber gemalter Pfeil, der auf einen der Giebel gerichtet war, trug die Unterzeile: «Euer Gemach, meine Herren.»

«Wir sollten wirklich fahren.»

«Dann fahren wir auch», sagte Thack.

«Du findest sie garantiert toll. Sie läßt sich von niemand was gefallen.»

Thack schenkte ihm lächelnd Tee nach.

Muß Liebe schön sein

Jetzt roll es ganz fest zusammen ... ungefähr so ... dann nimm eines von den Gummibändern und schieb es über das Ende dort ... ja, so ist's richtig, mein Schatz ...»

Es war ein sonniger Maisonntag in Mrs. Madrigals Vorgarten. Brian hatte sich in seiner Speedo-Badehose auf den Ziegeln ausgestreckt und hörte zu, wie die Vermieterin Shawna das Batiken beibrachte. Zu seiner Verblüffung hatte seine Tochter darum gebeten; gebatikte Sachen seien wieder in, behauptete sie. Schon allein beim Gedanken daran wurde ihm ganz anders.

«Okay, jetzt noch ein paar Gummibänder drauf.»

«Wohin?»

«Überallhin.»

«Zeig mir, wohin, ja?»

«Nein, Liebes. Du sollst sie überall dort hintun, wo du sie haben willst. Dadurch werden sie erst richtig schön. Die Muster sind dann nämlich alle unterschiedlich.»

«Aber ich will genau so eins wie das, was du grade gemacht hast.»

«Tja, was hätte das denn für einen Sinn? Dann wäre es doch gar nicht deines, oder?»

Schweigen.

«Mach nur weiter. Du wirst schon sehen.»

Brian setzte sich auf, beschirmte die Augen mit der Hand und sah zu, wie seine Tochter die Gummibänder auf das zusammengerollte T-Shirt bugsierte. «Wie läuft's denn?» fragte er die Vermieterin.

«Wunderbar.»

Shawna verdrehte die Augen wie die großartige Drew Barrymore. «Ich hab bisher noch gar nichts gemacht.»

«Tja, dann halt dich ran.»

Seine Tochter zog sich Gummihandschuhe über, die ihr entschieden zu groß waren, und tauchte das verschnürte T-Shirt in Mrs. Madrigals Porzellanbottich.

«Die sind für Michael und Thack», verkündete Shawna.
«Prima Idee.»
«Sie können sie dann zum May Festival anziehen.»
«Na, das ist doch toll.»
«Haben sie alle beide Medium?»
«Ich glaube schon, ja.»
Shawna wandte sich an Anna. «Ich hab's dir doch gesagt.»
«Ja, stimmt», sagte die Vermieterin und wandte sich wieder Brian zu. «Wie geht's Michael übrigens?»
«Gut.»
«Er hatte gerade eine Halsentzündung, als ich das letzte Mal mit ihm gesprochen habe.»
«Die ist schon wieder weg.»
«Das grüne mach ich für Thack und das blaue für Michael.» Shawna redete lauter, um ihrer beider Aufmerksamkeit wieder auf sich zu lenken.
«Ja», sagte Brian. «Ich glaube, Grün steht Thack auch besser.»
«Können wir sie ihnen nicht heute abend vorbeibringen?»
«Wenn du möchtest, gern.»
«Michael hat gesagt, er zeigt mir den Papageienbaum.»
«Verlaß dich da mal nicht drauf», warnte Brian sie. «Man weiß nie, ob sie auch kommen.»
«Ach, das ist mir doch klar.»
«Außerdem ist es sowieso beeindruckender, wenn sie einen überraschen. Wenn sie wie aus dem Nichts herabsausen.»
Das Kind wandte sich wieder an Mrs. Madrigal. «Wenn wir mehr Salz dazutun, leuchten die Farben dann auch mehr?»
«Ja, da hast du ganz recht.»
«Dann geben wir doch noch welches dazu.»
«Von mir aus, Liebes. Dann schau mir jetzt einmal ganz genau zu ...»
Shawna sah ihre Mentorin mit solcher Bewunderung an, daß Brian kurz von Eifersucht durchzuckt wurde.

Später, als seine Tochter im Haus ein Schläfchen machte, setzte Mrs. Madrigal sich auf die Bank und unterhielt sich mit ihm, während er sich weiter sonnte. «Und wie ist es bei ihr jetzt?» fragte sie.

«Haben Sie nicht die *People* von dieser Woche gesehen?»

«Nein.»

«Da ist sie drin. Und dazu ein Foto von ihrer Wohnung.»

«Aha.»

«Die Wohnung sieht schön aus. Altbau, hohe Fenster.»

«Das hört sich richtig hübsch an.»

«Nur wenig Möbel natürlich...»

«Nein.»

«Man nennt sie schon die neue Mary Hart.»

«Die neue was?»

«Das ist die Frau, die *Entertainment Tonight* macht.»

«Ach so.»

«Ich bring Ihnen den Artikel mal vorbei.»

«Mach dir keine Umstände, mein Lieber.»

Er lächelte ein ganz klein wenig.

«Du hast abgenommen», bemerkte sie. «Dein Bauch sieht so flach aus.»

«Ich mach jetzt wieder Fitnesstraining.»

«Wo?»

«Zu Hause. Ich hab aus ihrem alten Kleiderschrank einen Kraftraum gemacht.»

Sie giggelte. «Kluger Junge.»

«Ja, find ich auch», sagte er.

Sein Ziel war es, bis Ende des Sommers wieder fit zu sein.

Als Brian am nächsten Morgen in die Gärtnerei kam, stand Michael in dem gebatikten T-Shirt im Büro und sah fern.

«Aber hallo», sagte Brian. «Sieht gut aus.»

«Ja, nicht?» Michael schwenkte kurz seine Brust hin und her und schaute dann wieder auf die Mattscheibe. «Rat mal, wen sie heute abend dahat.»

Als Brian hochsah, erblickte er einen sehr braungebrannten Russell Rand, der mit einstudierter Eleganz auf Mary Anns Sofa saß, und zwar ganz nahe an ihrem Sessel. Offenbar hatte er gerade etwas Amüsantes gesagt, denn Mary Ann lachte fröhlich.

«Aber es war die naheliegendste Idee der Welt», sagte sie, als sie sich wieder sammelte. «Designereheringe. Man fragt sich, warum nicht schon vorher jemand darauf gekommen ist.»

Der Designer setzte ein angemessen bescheidenes Gesicht auf.

«Und Sie und Chloe sind natürlich selbst Ihre beste Reklame.»

Rand senkte den Blick. «Na ja...»

«Nein, wirklich. Es ist einfach wundervoll, wenn man zwei Menschen sieht, die sich so sehr lieben.» Es kam vereinzelter Applaus auf, weshalb sie ihr Publikum sofort ermunterte. «Nicht wahr? Ist so was zur Abwechslung nicht mal nett?»

«Ich schrei gleich», sagte Michael.

Brian lächelte. «Glaubst du, sie hat Chloe hinterm Vorhang bereitstehen?»

«Wahrscheinlich. Damit Russell sie auch vor der Kamera küssen kann.»

«Und lassen Sie mich eins sagen...» Mary Ann war jetzt in ihrem Element und leitete zu ihrem großen Thema über. «Diejenigen unter uns, denen in Herzensdingen kein so großes Glück beschieden war...»

«Scheiße», sagte Brian.

«... können gar nicht umhin, ein bißchen neidisch zu sein.»

«Scheiße, Scheiße, Scheiße.»

Michael schenkte ihm einen mitleidsvollen Blick.

«Sie kriegt keine Sendung hin, ohne daß sie damit anfängt. Keine einzige. Als wär sie von Berufs wegen geschieden.»

«Ja... man könnt's fast glauben.»

Brian schlug auf den Aus-Knopf. Es war ein merkwürdig befriedigendes Gefühl. «Man würde ja erwarten, daß sie wenigstens Ruhe gibt, bis die Scheidung amtlich ist.»

Sein Partner bedachte ihn mit einem kraftlosen Lächeln. «Ich glaube, sie wollte gleich mit einer neuen Identität anfangen.»

Brian ächzte. «Hast du in letzter Zeit mit ihr geredet?»

«Nicht grad in letzter Zeit. Letzte Woche.»

«Das ist in letzter Zeit.» Er blickte schuldbewußt zu der

schwarzen Mattscheibe hoch. «Tut mir leid. Wenn du lieber weiter...»

«Nein. Ist doch egal. Ich hab nur gedacht, daß sie vielleicht was über Lucy bringt.»

«Na, wenn das so ist...» Er streckte die Hand in Richtung Fernseher aus. «Schalten wir doch wieder ein.»

«Nein. Wirklich. Lucy hängt mir schon zum Hals raus.»

Wie sollte das auch anders sein? dachte Brian. Erst gestern war sein Partner an einer improvisierten Totenwache an der Ecke Eighteenth und Castro vorbeigekommen und von diesem Anblick dermaßen gerührt gewesen, daß er eine kleine Schachtel Pralinen («Für meine Lieblingsfolge») gekauft und sie feierlich zwischen den Blumen niedergelegt hatte.

«Bestimmt?» fragte Brian.

«Ja. Sie zeigen immer nur die Szene, wo sie auf den Weintrauben rumtrampelt.»

Brian lehnte sich gegen den Tresen. «Und, was hat sie gesagt?»

«Wer?»

«Mary Ann.»

«Nicht viel. Nur so Sachen über die Show.»

«Und über mich nichts?»

Michael machte ein finsteres Gesicht.

«Tut mir leid... Ich hab versprochen, das zu lassen.»

«Stimmt. Hast du versprochen.»

«Okay.» Brian nickte. «Schon verstanden.»

«Das Leben geht weiter, Junge.»

«Ich weiß.»

«Sollen wir heute abend ins Kino?»

«Ja, gern.»

«Thack will nämlich *Scandal* sehen.»

«Was ist das?»

«Ach, du weißt schon. Die Geschichte um Christine Keeler.»

Er zuckte mit den Schultern. «Ja. Von mir aus.»

«Meinst du, du kriegst 'nen Babysitter?»

«Ja. Mrs. Madrigal wird wahrscheinlich...»

«Na, na, na.» Michael war plötzlich durch etwas draußen vor dem Fenster abgelenkt. «Das mußt du dir mal ansehen.»

Er sah hinaus.

«Jessica Rabbit ist wieder da.»

Tatsächlich. Diesmal hatte sie eine rosa Baumwollbluse und knappe khakifarbene Shorts an. Brian trat ans Fenster und sah zu, wie sie einen mit Sonnenflecken gesprenkelten Gang entlangmarschierte; ihre rostfarbenen Haare schwangen mit wie drapierter Satin. Er konnte sie regelrecht riechen.

Dann enterte wie aus dem Nichts Polly die Bühne und machte eine kleine Abkürzung quer durch das Burmesische Geißblatt, um ihr Opfer am Durchgang abzufangen. Er konnte nicht hören, was gesagt wurde, aber die beiden Frauen lächelten viel, und an einer Stelle streckte Polly die Hand aus und berührte Jessica am Arm.

«Ich hab's gewußt», sagte er mit leiser Resignation.

Michael sah ihn mit einem teilnahmsvollen Spanielblick an.

«Ich hab sie schon in dem Moment durchschaut, als sie Polly zum ersten Mal gesehen hat.»

«Na, dann.»

Brian wandte sich von den Frauen ab und versuchte, das Ganze sportlich zu nehmen. «Ach, egal. Sollen sie ihre Power doch haben.»

«Ich weiß nicht», sagte sein Partner, der die beiden weiter beobachtete.

«Ach, komm. Wenn das da kein Aufriß ist.»

«Aber, was macht sie dann jetzt?»

Jessica ließ Polly nämlich stehen. Sie hatte ein entschlossenes Glitzern in ihren schrägen Katzenaugen. Als sie ans Ende des Gangs kam, schlugen ihre cremefarbenen Beine eine andere Richtung ein und trugen sie raschen Schritts Richtung Büro.

«Ich verdünnisier mich mal», sagte Michael.

«Wo willst du hin?»

«Nur nach hinten. Ich muß noch ein paar Sachen umräumen.»

«Michael . . .»

Doch sein Partner hatte sich bereits in den Lagerraum verdrückt und die Tür hinter sich zugemacht. Als Brian sich wieder umdrehte, stand Jessica Rabbit bereits an der Tür zum Büro. «Hallo», hauchte sie und trat ein.

«Hallo.»

Sie kam an den Tresen und lächelte ihn träge an. «Erinnern Sie sich noch an mich?»

«Aber sicher.»

«Die Sträucher haben sich wunderbar entwickelt», sagte sie.

«Tja ... schön. Freut mich für Sie.»

Sie musterte ihn lange und schaute dabei höchst amüsiert drein.

«Ist irgendwas?» fragte er.

«Ach, nein.» Sie befeuchtete ihre Lippen. «Ganz und gar nicht.»

Er mußte sich sehr zusammenreißen, um sich nicht wie ein Aal zu winden.

«Ihre Freundin da draußen» – sie deutete mit dem Kopf in Richtung Fenster, behielt Brian aber weiter im Auge – «hat mir erzählt, daß Sie wieder ein freier Mann sind.»

Er schaute verlegen zum Fenster hinaus. Polly stand an der Gewächshaustür und beobachtete sie beide. Sie grinste ihn kurz an und reckte ihm dann triumphierend den hochgestellten Daumen entgegen. Er war überzeugt, daß er rot anlief, als er sich wieder zu Jessica umdrehte.

«Ja», sagte er. «Sieht ganz so aus.»

Ende des letzten Buches

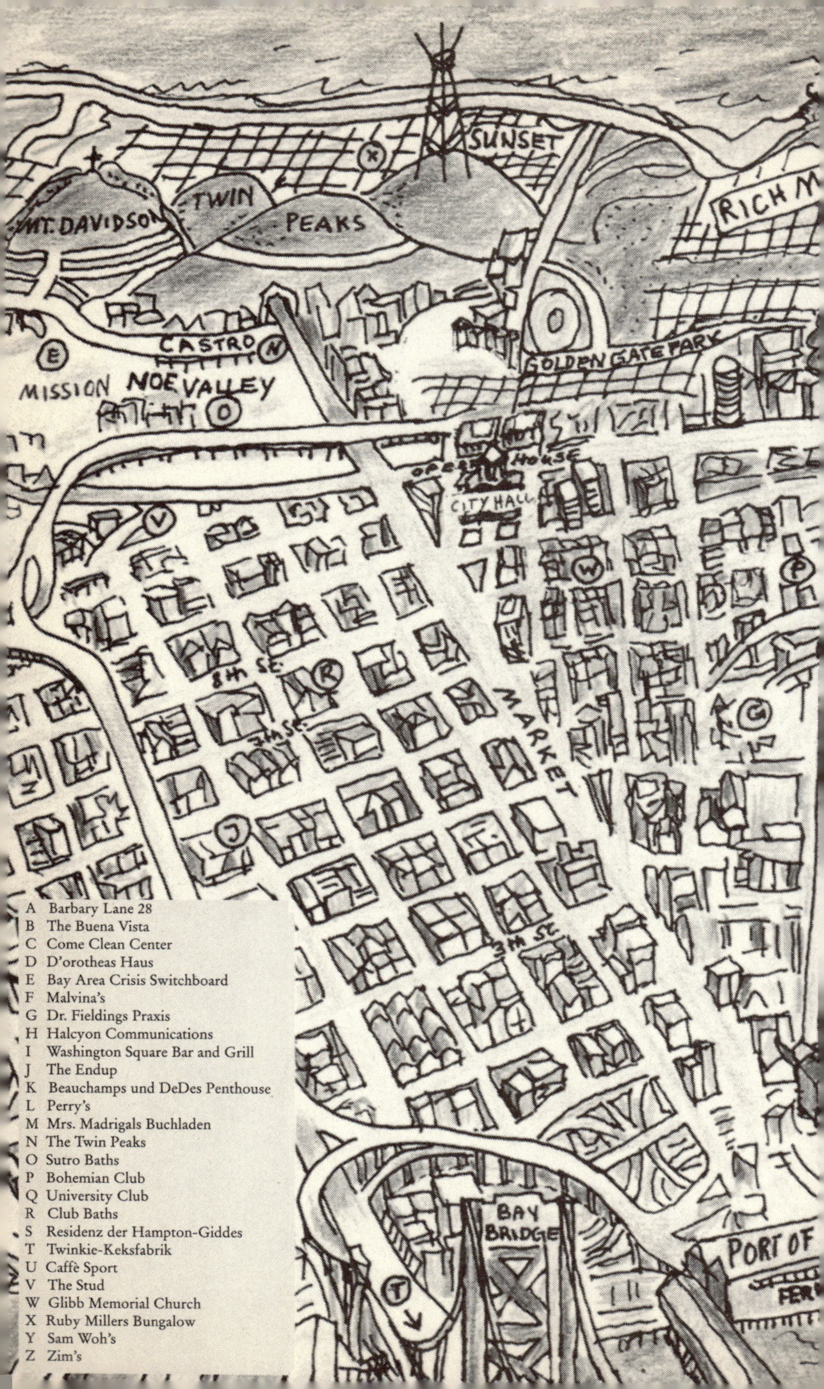

SUNSET
TWIN
PEAKS
MT. DAVIDSON
CASTRO
MISSION
NOE VALLEY
GOLDEN GATE PARK
OPERA HOUSE
CITY HALL
8th St.
7th St.
MARKET
3rd St.
BAY BRIDGE
PORT OF
A Barbary Lane 28
B The Buena Vista
C Come Clean Center
D D'orotheas Haus
E Bay Area Crisis Switchboard
F Malvina's
G Dr. Fieldings Praxis
H Halcyon Communications
I Washington Square Bar and Grill
J The Endup
K Beauchamps und DeDes Penthouse
L Perry's
M Mrs. Madrigals Buchladen
N The Twin Peaks
O Sutro Baths
P Bohemian Club
Q University Club
R Club Baths
S Residenz der Hampton-Giddes
T Twinkie-Keksfabrik
U Caffè Sport
V The Stud
W Glibb Memorial Church
X Ruby Millers Bungalow
Y Sam Woh's
Z Zim's

PACIFIC OCEAN
PALACE OF THE LEGION OF HONOR
THE PRESIDIO
GOLDEN GATE
PALACE OF FINE ARTS
VAN NESS
AQUATIC PARK
RUSSIAN HILL
COLUMBUS
CHINATOWN
NORTH BEACH
FILBERT STEPS
COIT TOWER
TELEGRAPH HILL
BROADWAY
THE EMBARCADERO
SAN FRANCISCO BAY
N